KB260509

박선희
장편소설

그늘

|주|자음과모음

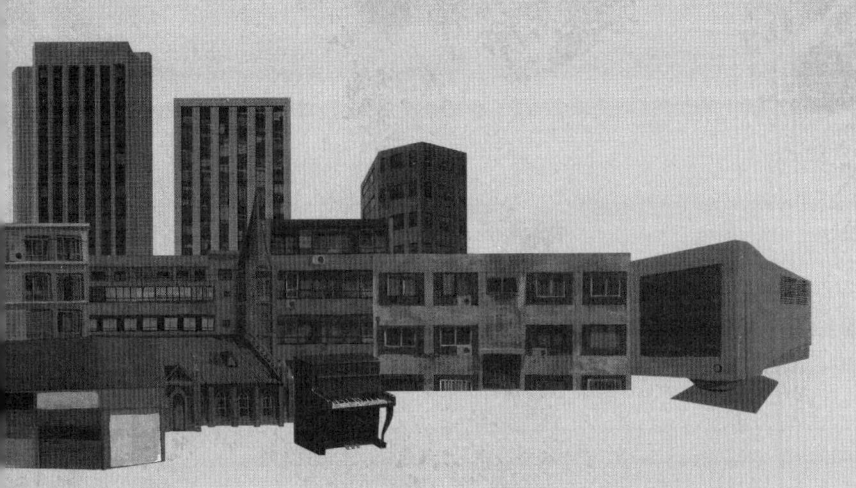

차례

나 좀 냅둬 쫌!

1

빌어먹을, 나는 천재다. 아니, 천재란다. 아이큐가 무려 152라나. 입학식 다음 날 지능검사를 했는데 1, 2, 3학년 통틀어 최고였다고 한다. 빌어먹을, 브라보다. 주머니곰은 한 학기 내내 아이큐와 성적의 격차를 놓고 끔찍한 잔소리를 해댔다. 머리 좋은 녀석이 왜 공부를 안 해. 검사지를 재미 삼아 풀 때는 신물 나게 이 말을 들을 줄 상상도 하지 못했다. 머리 좋은 녀석은 반드시 공부를 잘해야 한다는 법이라도 있어? 아, '주머니곰'은 며칠 전 온라인 게임 '프리우스'에서 만난 아우로라 지역 몬스터로, 불그스레한 얼굴과 옆으로 길게 찢어진 입이 닮아 담임 양춘식의 닉네임으로 쓰기로 했다. 담탱이보다는 낫잖아.

주머니곰은 머리가 나쁘거나 심보가 나쁘거나 둘 중 하나다. 아이큐와 성적의 상관관계가 그리 높지 않다는 건 부반장 몬스터도 꾸준히 증명해 보이고 있는데 나에게만 아이큐를 들이대곤 한다(하긴 졸라 아둔한 머리로 아둥바둥 상위권을 유지하는 녀석에게 무슨 잔소리를 하겠어). 한번은 조례 시간에 공개적으로 내 아이큐를 들먹이는 바람에 교실이 한참이나 술렁이기도 했다. 서른일곱 명의 몬스터들은 하나같이 '믿어야 하나' 하는 표정이었고, 그날은 종일 아이큐가 몇이니 혈액형이 뭐니 하는 멍청한 얘기들로 시끄러웠다. 주머니곰 하여튼, 쪽팔려 미치는 줄 알았다니까.

─독고단, 머리님한테 송구스럽지도 않냐? 천재적 두뇌를 언제까지 방치할 건가 말야.

또 천재 타령이야? 주머니곰은 중간고사 성적 전표를 앞에 놓고 담배를 피워 물었다. 교사가 학생 앞에서 버젓이 담배를 피우다니, 간이 부은 게 틀림없었다. 아무리 수업이 끝난 시간이고 사람들 출입이 거의 없는 상담실이라지만 한두 번이 아니었다.

─한 대 피울래?

빨간색이 두드러진 던힐 담뱃갑이 눈앞에 다가왔을 때 나는 움찔 몸을 뒤로 뺐다. 빌어먹을, 이건 곰이 아니라 불여우였다. 그 제스처에 담긴 메시지를 내가 금세 알아채리란 걸 뻔히 알고 하는 수작이었으니까. 넌 내가 여기서 담배 피운 걸 절대 까발릴 수 없을걸? 네가 체육관 뒤에서 수시로 야리깐다는 걸 알고 있다고.

주머니곰은 담뱃갑을 양복 주머니에 넣으며 싱긋 웃었다. 오른쪽 입꼬리가 옆으로 늘어나는가 싶더니 위로 말리듯 치켜 올라갔다. 1초라도 빨리 자리를 뜨고 싶었다. 훈계를 할 거면 뜸들이지 말고 빨리 하라고! 머리가 폭발할 것 같았다.

─데카르트가 한 말을 완성해 봐라. 나는 생각한다. 고로 나는?

씨발, 김칸트가 교무실에서 열라 떠든 게 분명했다. 수업 시간에 갑자기 지명을 받아 그 질문에 답했다가 웃음거리가 되었는데. 나는 '머리가 터질 것 같다'고 말했던 것이다. 뭐가 문제야. 나에게는 그게 답인데('김칸트'는 빌어먹을 윤리 선생의 별명이다).

─존재한다…….

돌아버릴 것 같았지만 나는 대답했다.

─데카르트가 아니었다면 '머리가 터질 것 같다'도 틀리지는 않겠지.

주머니곰은 미친놈처럼 켁켁거리고 웃었다.

─데카르트가 한 말엔 동의할 수 없어요.

─뭐? 어째서?

마음껏 늘어났던 입을 오므리며 주머니곰이 물었다.

─'나는 존재한다. 고로 나는 생각한다'가 맞지 않나요? 존재가 먼저고 생각이 나중이죠.

─니 수준에선 나름 일리가 있는 말이네. 인식론이고 나발이고 간에, 게으르고 할 일 없는 작자들의 말장난일 뿐이지.

켁켁거리는 웃음이 또 한 차례 이어졌다.

—토론은 김칸트랑 해보고, 다리 좀 그만 떨면 안 되겠냐? 정신 사나워서 어디.

주머니곰은 통통한 손으로 내 허벅지를 고정시켰다. 마법에 걸린 듯 쉬지 않고 볼펜을 돌려대는 오른손이나 멈출 일이지. 정말 정신 사나웠다.

—두진이 노트는 왜 찢었냐?

빌어먹을, 아이큐가 어쩌니 머리님이 어쩌니 하는 것보다 5만 배는 더 짜증 났다.

—몬스터 D 새끼 얘기는 왜 꺼내는 거야, 씨발.

—야, 이 새꺄, 나한테 한 소리냐?

미치겠네, '그놈' 짓이었다. 언제나 이런 식으로 나를 물 먹인다.

—아니, 요. 그냥 입이 저 혼자 나불거렸을 뿐입니다.

빡! 내 무릎에 얹혀 있던 손이 순식간에 짱돌로 돌변해 이마로 날아들었다. 거짓말이 아니라 눈앞에서 노란 별 두 개가 튀어 올랐다.

—몬스터 D가 두진이냐?

주머니곰은 화가 난 것 같지는 않았다. 볼펜을 팽팽 돌리며 실실 웃고 있었으니까.

누가 꼰지른 거야. 빨라도 더럽게 빠르다니까. 마지막 수업이 끝나고 일어난 일이 벌써 주머니곰의 귓구멍으로 들어가다니 말

이다. 사실 남의 일에 참견한 몬스터 D가 나쁜 새끼지, 내 잘못은
없었다. 몬스터 H와 한판 붙으려고 하는데 그 자식이 끼어들었으
니까. 몬스터 H도 개새끼다. 내가 몸을 가만 놔두지 않는다고 수
업 시간에 열 번도 넘게 내 등을 볼펜으로 찌르다니. 그리고 맹세
컨대 난 일부러 그랬던 게 아니다. 한 자리에 10분 이상 앉아 있
으면 좀이 쑤시고 몸을 가만 놔둘 수 없는데 어쩌라고(이것도 분
명 그놈 짓이다). 불평을 하든 불만을 터뜨리든 상관하지 않겠지
만 볼펜 따위로 등을 찔러대는 건 참을 수 없었다. 그래서 버릇을
바로잡아주려고 했는데 몬스터 D가 재수 없게 초를 치고 말았다.

　—너 때문에 도 닦고 있는 애들 일, 이 명이 아닐걸? 귀차니즘
때문에 꾹 참고들 있다고.

　한마디로 몬스터 H가 볼펜으로 날 찌른 게 옳다는 얘기였다. 이
런 우라질레이션이 있나. 2학기 들어 이 새끼와 짝꿍이 되었을 때
이미 앞날이 불길했지만, 하루에 서른두 번씩 속에서 불이 났다.

　몬스터 D가 내 속을 완전히 뒤집어놓은 건 그다음이었다.

　—네 옆에 계신 분은 이미 득도했다는 것만 알아둬. 똥 마려운
개처럼 부산하게 구는 녀석 참아주려면 끝없는 인내가 필요하니
까. 게다가 어디 떡대나 작아? 전교 최고의 체표면적이잖아.

　가증스러운 새끼, 내 옆에 계신 분이란 몬스터 D 자신을 말하
는 거였다. 그런데 뭐? 득도를 했다고? 그럼 하루에도 몇 번씩 면
상을 구긴 채 연습장에 영어 단어를 휘갈겨대는 건 귀신이란 애

기야 뭐야. 대놓고 나에게 성질을 부리는 대신 외국어 영역을 넓히는 지독함은 혀를 내두를 정도다. 전교 최고의 체표면적이니 뭐니 하는 말은 더러운 욕을 하는 것보다 10만 배는 모욕적이었다. 야비하게 남의 외모를 가지고 인격 모독을 해?

몬스터 D의 노트가 교실 바닥에 팽개쳐진 것을 보고 나서야 나는 그놈이 내 속에서 또 충동질을 하고 있다는 걸 알았다.

저 새끼 엿 먹여.

잘한 짓인지 멍청한 짓인지, 나는 그놈 말을 듣지 않았다. 주먹으로 책상을 꽝 내려친 게 다였으니까. 싸워봐야 나에게 득 될 게 없다는 걸 나는 잘 알고 있었다. 돌아올 것은 몬스터들의 쑥덕거림과 강 건너 불구경 식의 얄팍한 호기심, 주머니곰의 훈계밖에 없었다. 그런데 몬스터 D 자식, 겁대가리를 상실했나. 나에게 싸움을 걸어오듯 시비조로 나오긴 이번이 처음이었다. 좀 컸다 이거지. 노트는 바닥에 떨어지자마자 지나가던 녀석이 밟아 찢어졌는데, 주머니곰의 귀에 들어갈 때는 내가 찢은 것으로 되어버렸다. 창선고등학교 1학년 1반이라는 던전에는 악의적인 각색을 즐기는 몬스터들이 수두룩하다. 타인의 불행을 낙으로 삼는 좀비 새끼들.

—요즘 어째 정신머리가 공중 부양하고 있는 것 같다? 집에선 잘하고 있는 거야?

—네.

빌어먹을, 란이 또 주머니곰에게 전화를 했나 보다. 우리 단, 학교에서 잘하고 있나요? 이러면서 신경 좀 써달라느니, 부탁드린다느니, 그따위의 얘기를 늘어놓았을 것이다. 그러니까 지금 주머니곰은 개별 상담을 한다기보다 란의 부탁에 최소한의 성의를 보이고 있는 거였다. 학기 초에 꽤 비싼 백화점 상품권 티켓을 받았을 테니 모른 척할 수는 없겠지. 백화점을 좋아하는 란은 학년이 바뀔 때마다 백화점 상품권을 담임 호주머니에 찔러 넣는 습관이 있었다. 나 같은 녀석을 맨입으로 잘 봐달라고 하기가 염치없는 모양이다. 중딩 때까지는 한 학년을 끝내고 고급 식당에서 상품권 전달식을 가졌는데, 고딩이 되자 안 되겠는지 학년 초로 시점을 바꾸었다.

란은 집에서 부르는 내 어머니 이미란의 애칭이다. 해외 연수로 미국 물을 약간 먹은 란과 유학 생활로 미국 물을 많이 먹은 수는 집안 가풍을 버터 냄새 나는 쪽으로 만들어왔다. 온 식구가 위아래 없이 모두 반말을 지껄이게 된 것도 란과 수 덕분이다. 수는 란보다 여섯 살 연하인 나의 아버지, 정확히 말하자면 새아버지인 독고민수의 애칭이다. 수는 내가 공갈젖꼭지를 물고 있던 때 란과 결혼해 낯선 느낌은 전혀 없다. 하루도 빼놓지 않고 겪는 스트레스의 중요한 원천이 되고 있다는 게 문제지.

주머니곰은 의자에 반쯤 몸을 누인 채 볼펜을 돌리면서 무슨 말인지 계속하고 있었다. 들으나마나 시시껄렁한 소리일 게 뻔했다. 담배 연기를 콧구멍으로 내뿜는 모습이 비위 상했다. 네, 네, 네……. 머릿속으로는 딴생각을 하면서 입으로는 고분고분 대답을 했다. 시간은 더럽게도 천천히 흘러갔다. 네, 네, 네……. 주머니곰의 손이 다시 내 다리를 고정시켰을 때에야 나는 정신이 들었다.

─우리 반에서 성적이 꼴찌에서 세 번째면 실제로는 완전 꼴찌라는 거 알지? 1학기 때는 그래도 중간은 하더니 어떻게 된 일이야?

다시 성적 얘기로 돌아온 거야? 그런데 빌어먹을, 치사한 계산법으로 약을 올리고 있었다. 공부는 일찌감치 때려치운 육상선수 한 명과 무슨 문예 공모에서 은상을 받았다는 허세 캡짱인 녀석 한 명을 빼면 내가 꼴찌라는 얘기였다. 1학기 때는 그래도 가끔 꼰대들 얼굴이라도 쳐다봐 3, 4등급을 받았다. 하지만 2학기부터는 교실에 앉아 있기조차 힘들어 시험도 문제 하나 읽지 않고 아무 답이나 마구 찍어 바닥을 길 수밖에 없었다. 구역질 나게 학교가 싫은데 어쩌라고.

─누구든 꼴찌는 반드시 있기 마련 아닌가요?

이번에는 마음먹고 말대답을 했다. 모두 1등을 만들 생각이 아니라면 꼴찌니 뭐니 하는 잔소리는 집어치워야 한다는 걸 가르쳐 주고 싶었다. 주머니곰은 또 짱돌 주먹을 내 이마로 날리고 미친 듯 웃었다. 실성을 하지 않고서야 어떻게 이런 진지한 얘기에 웃을 수 있단 말인가. 정말이지 토할 것 같았다.

—또 한 번 말대답하면 자근자근 밟아준다.

겨우 진정한 그는 의자에서 몸을 일으켰다. 자기보다 거의 두 배에 가까운 덩치를 자근자근 밟겠다니, 수면제라도 먹이고 시작하겠다는 건가, 남자의 급소를 한 대 걷어차고 시작하겠다는 건가.

—날씨 죽인다. 옆으로 새지 말고 집에 가라.

손가락의 반동으로 담뱃불을 끈 주머니곰은 거의 필터만 남은 꽁초를 휴지통에 던져 넣었다. 그러고는 숏다리로 내 엉덩이에 허접한 똥킥을 날린 다음 삼선 슬리퍼를 직직 끌고 상담실을 나갔다. 아마 교사들 중에 삼선 슬리퍼를 신는 꼴통은 주머니곰밖에 없을 것이다. 똥킥은 조금도 아프지 않았다.

슬리퍼 소리가 사라지자 숨통이 조금 트였다. 생각보다 훈계가 일찍 끝나 다행이지, 좀 더 길어졌으면 그놈이 어떻게든 일을 벌이라고 부추겼을 것이다. 요즘 들어 그놈의 상태가 심상치 않았다. 정신 똑바로 차리고 있어야 하는데 그게 어디 마음대로 되나? 한 가지 분명한 사실은, 더 이상 학교에 다니는 게 불가능하다는 거였다. 거의 매일, 교문을 들어서는 순간부터 나서는 순간까지 머리가 아파 죽을 지경이었다. 몬스터들은 갈수록 역겨워지고, 선생들도 하나같이 지겨웠다. 주머니곰 양춘식처럼 까놓고 뻔뻔스러우면 그나마 참을 만했다. 어디서 머릿속을 똑같이 프로그래밍한 것처럼 빤하게 말하고 빤하게 몬스터들을 길들이려는 꼰대들을 보면 속이 메슥거렸다.

상담은 일찍 끝났지만 기분은 여전히 개떡 같았다. 아침부터 이리 부딪치고 저리 부딪치고 한 탓이었다. 안 그런 날이 이상한 날이지만. 오늘은 머리 전체를 송곳으로 후비는 것처럼 두통이 심했다. 역시 시작이 엉망이면 줄줄이 되는 일이 없다니까. 발단은 수였다.

오전 6시도 안 되었을 때였다. 수가 느닷없이 방문을 두드리며 잠을 깨웠다. 새벽부터 뭐하는 짓이야. 잠결에 머리 뚜껑으로 스팀이 팍팍 올랐지만 나는 침대에서 벌떡 일어났다. 벽에 설치한 무기 아트리움을 치워야 했다. 안 쓰는 식탁보에 일정한 간격으로 고리를 만들어 제작한 아트리움을 걷어내는 데는 3초도 걸리지 않았다. 내 보물들인 스물네 개의 무기는 순식간에 식탁보에 싸여 침대 밑으로 들어갔다.

—단, 앞으로 방문 잠그지 마라.

나는 아무 대답도 하지 않았다. 내 방인데 방문을 잠그든 떼어내든 무슨 상관이야. 방 안을 둘러본 수는 눈살을 찌푸린 채 10분 후 청소 검사를 하겠다며 군기를 잡았다. 빌어먹을, 졸린 눈 까뒤집고 방을 헤매는 것도 한두 번이지. 게다가 저녁도 아니고 새벽이란 말이다, 진짜 아버지가 어때야 하는지를 모르는 얼치기 새아버지야. 찬의 방으로 가는 수의 뒤통수를 향해 가운뎃손가락을 치켜올렸다. 방 청소는 간단했다. 방에 널려진 것들을 몽땅 옷장에 쓸어 넣기. 그 이상은 정신 건강에 해로웠다.

3분도 안 돼 방에 들어온 수는 가뜩이나 좁은 이마를 빡빡 구기고 말했다.

—방이 이 지경인데 잠이 와?

남자치곤 미성인 목소리에 힘을 주느라 턱을 바짝 당긴 게 가관이었다. 언제는 '이 지경'이 아닐 때도 있었나. 수의 눈길이 닿은 책상엔 온갖 잡동사니가 뒤죽박죽 산더미처럼 쌓여 있었다. 옷장을 열어봤다면 악 소리를 냈을지도 모른다. 어디든 깨끗하게 직각을 이루며 반듯반듯 정리되어 있어야 마음을 놓는 결벽증 환자니까.

내 방 맞은편 찬의 방에서는 박자를 맞춰 "정, 리! 정, 리!" 하는 소리가 들려왔다. 열린 방문으로 분주히 자기 방을 맴도는 찬이 보였다. 일찌감치 사태를 파악하고 선수를 치는 것이었다. 과연 눈치 100단, 기분 맞추기 500단인 녀석다웠다. 아홉 살짜리의 천부적 생존 능력이라니, 란의 배 속에서부터 타고난 게 틀림없었다. 찬의 방 쪽으로 고개를 돌린 수가 웃음을 참는 모습을 보니 졸라 우울했다.

수는 집게손가락으로 허공을 찌르며 지적질을 시작했다.

—옷걸이, 양말, 컵라면 그릇, 망치! 접착제와 운동화 깔창이 왜 책상에 있는 거야? 모자, 과자 봉지, 담배꽁초! 이게 쓰레기 하치장이지 어디.

수의 외침에 따라 물건을 치우는 일은 죽기보다 싫었다. 나는 모든 게 뒤죽박죽되어 있지 않으면 불안하다고! 이리저리 뛰어다니느라 땀이 줄줄 흘렀다. 씨발, 미치겠네. 아침은 굶어도 좋으니 담배가 피우고 싶었다.

담배가 없다면 나는 어떻게 되었을까. 숨이 막혀 300번도 더 돼졌을 것이다. 수와 란이 나의 흡연을 허락한 것은 약 9개월 전, 고등학교 입학식 한 달 전이었고 퇴원을 앞둔 시점이었다. 빌어먹을, 나는 무려 석 달이나 병원에서 썩었다. 매일 아침저녁으로 지긋지긋한 약을 먹으면서. 심각한 정도의 주의력결핍과잉행동장애에 우울증, 게임 중독이 의사가 내린 진단이었다. 웬만한 중딩, 고딩들은 다 가지고 있는 증상들을 그는 죽을병이라도 되는 양 과장해 말했다. 소아청소년정신과 안정병동. 이름만 들어도 끔찍하다.

퇴원하기 전, 란과 수는 나에게 두 가지 다짐을 받았다. 첫째, 학교에 무단결석을 하지 않는다. 둘째, PC방엔 절대 가지 않는다. 그 대가로 두 사람은 내게 큰 선물을 주었다. 하루에 열 개비 이상은 피우지 마라. 흡연을 금지하기보다 허용하는 게 더 조용하리란 걸 인정하고 만 것이다. 내가 두 사람에게 고마워하는 일이라면 그거 딱 한 가지뿐이다. 아, 또 한 가지가 있었지. 보충수업과 야자를 빠지는 데 동의해준 것. 보충과 야자까지 한다면 미쳐버리고 말 거라며 정말 미친놈처럼 길길이 날뛰고 머리카락을 한 줌이나 뜯었더니 어쩔 수 없이 눈감아주었다. 내 앞에서 어떻게

든 어깨를 넓히려고 하지만, 터미네이터가 아닌 이상 수도 많이
지친 게 분명했다.

—체육복이 책꽂이에 처박혀 있는 이유는 뭐야? 옷장은 괜히
있는 줄 아나?

수는 습관적으로 시비를 거는 군대 상관처럼 굴었다. 내 방인
데 나만 괜찮으면 됐지. 열이 뻗쳤다.

체육복을 꺼내 들고 옷장 문을 열다가 나는 기겁을 하여 쾅 닫
았다. 옷장 안에 쓸어 넣은 오만 잡동사니들이 쏟아져 나왔다간
크게 일을 치를지도 몰랐다. 수는 상당히 침착한 편이지만 한번
흥분하면 정말 꼴불견으로 돌변한다. 말을 심하게 더듬고 거기서
조금 돌면 이성을 잃기도 하니까. 란은 그런 일이 있을 때마다 착
가을 하게 된다고 한다. 찬이 아니라 내가 그의 친아들로 보인다
나. 지저스 크라이스트!

나는 손톱만큼의 예의도 없이 자기 꼴리는 대로 사람 갈구는
수와 결투라도 하고 싶었다. 너무 이른 시간이라선지 내 안의 그
놈은 맥을 못 추는 것 같았다. 아침에 담배를 한 대 피워줘야 그
놈도 그날의 에너지를 얻는가 보았다.

내 경우 지금까지 기분이 잡친 채 시작한 하루가 무사히 넘어
간 적이 없었다. 수한테 시달린 오늘도 어김없이 일이 계속 꼬인
건 물론이고. 몬스터 D, 그 자식은 내 원수다. 그런 꼴 같지 않은
새끼와 초등학교 때부터 중학교, 고등학교까지 같은 학교를 다니

게 된 건 악연이자 불운이었다. 어떤 조건도 없이 뺑뺑이를 돌렸는데 세 번 다 같은 학교로 굴러떨어지다니, 이렇게 재수가 없을 수도 있나?

뒤끝이 꽤나 질긴 몬스터 D는 3교시 음악 시간의 일을 내내 마음속에 담아두고 있었던 게 틀림없다. 나는 바른말을 했을 뿐이다. 〈그리운 금강산〉을 반주하면서 마치 장작개비 패듯 건반을 두드려대는 걸 어떻게 눈 뜨고 보란 말이야. '모데라토 칸타빌레'라고 분명히 악보에 씌어 있는데 완전 개무시였다. 모데라토 칸타빌레가 아니라도 그렇지, '그리운' 금강산을 어떻게 싸구려 막장 행진곡처럼 쳐.

—씨발, 못 들어주겠네.

순간 음악실이 뜨거운 물을 끼얹은 듯 조용해졌다.

—악보에 콩나물 대가리만 있는 줄 아나.

그놈이 내뱉는 말인지 내가 하는 말인지 헷갈렸다. 전주 부분이라 아직 노래가 시작되지 않았기 때문에 듣지 못한 몬스터는 없었을 것이다. 음악 선생까지도. 하지만 누구도 내 말을 걸고넘어지지 않았다. 저 새끼 하여튼……. 뭐 이 정도로 생각하고 있었겠지. 몬스터들에겐 내가 이상해 보인다는 걸 난 안다. 어디 1, 2년 겪은 일이야? 그리고 멍청한 몬스터들은 내가 무슨 얘길 하는지 알지도 못했을 게 뻔하다. 악보에 콩나물 대가리만 있는 줄 아는 대가리들이니까.

몬스터 D는 자존심이 뭉개진 게 분명했다. 잠깐 멈칫하더니 두 군데나 반주를 틀렸고, 쥐새끼 같은 얼굴이 불쌍할 만큼 빨개졌으니까. 하지만 손가락은 끝까지 장작개비를 면치 못한 채 피아노를 욕보이고 있었다. 같은 피아노 학원에 다녔던 초딩 때에 비하면 콩나물 대가리를 따라가는 건 거의 선수급이었지만, 건반을 마구 두드려 대기만 하는 무식한 연주였다. 콩나물 대가리만 알지 악보도 모르고 피아노도 모르는 녀석을 반주자로 밀어준 몬스터들 책임이 컸다. 녀석이 해볼게요, 하면서 흘긋 나를 돌아보았던 게 기억난다. 그 난해한 눈빛을 굳이 해석하지는 않았다. 녀석의 반주를 듣는다는 것만으로도 큰 스트레스였으니까. 망치질을 하다 엄지손가락을 된통 찧었다는 음악 선생을 비난할 수도 없고, 징말 미치는 줄 일있다.

하여간 오늘 음악 수업 후에 몬스터 D가 나에게 던진 시선은 볼만했다. 언젠가 복수하고 말 테다, 뭐 이런 유치 화려한 생각이 가득한 눈빛이었다. 그리고 마지막 수업 후 몬스터 H를 편들면서 나를 물 먹이려 했던 거다. 비열한 새끼. 그러니 내 안에 있는 그 놈도 가만있기가 힘들었겠지.

몬스터들이 보충수업을 받으며 이산화탄소를 배출하고 있는 시간, 혼자 운동장을 걸어 나가는 것도 별로 가뿐하지 않았다. 머리는 계속 아프고 더럽게 몸도 무거웠다. 이럴 때 가야 할 곳은 한 군데뿐이었다. 몬스터다운 몬스터들이 기다리고 있는 장엄한 던전! 오늘은 아니마를 만날 수 있을 것이다. 레벨 10까지 두 단계밖에 남지 않았다. 보라색 머리카락의 귀엽고 깜찍한 여자애에 대한 기대로 가슴이 서서히 부풀어 올랐다. 주머니에 있는 돈을 확인했다. 2천 원. 됐다, 가자!

2

아우로라 지역의 테라실 게이트를 거쳐 무나네오르 시역에 있
는 몽환의 숲으로 왔다. 분홍빛과 연둣빛, 푸른빛이 일렁이는 평
원 너머로 푸른 안개에 휩싸인 커다란 나무 몇 그루가 적당한 거
리를 두고 서 있었다. 이렇게 고요하고 판타스틱한 곳을 거닐자
니 내 모습이 더욱 아름다워 보였다. 온몸에 우아한 가죽 장식을
한 나는 왼손엔 은색 권총을 들고 등엔 내 키만 한 장총을 멘 채
천천히 발걸음을 옮겼다. 귀티가 물씬 나면서도 도도한 사수. 절
대로 질리지 않을 것 같은 캐릭터를 선택했다는 건 백만 번 잘한
일이다.

초미니 스커트를 입은 NPC가 섹시하게 내 앞으로 다가왔다.

그녀의 머리 위엔 '전투단 장교 에디사'라는 이름이 씌어 있었다. 야구공 두 개를 엎어놓은 듯한 젖가슴이 일품이었다. 정말 끝내주는 가슴이었다. 더 감상하고 싶지만 머리 위에 뜬 붉은색 느낌표를 보니 여유를 부릴 수 없었다. 마우스 왼쪽을 더블클릭했다. 받아 든 퀘스트는 '달숲 이끼구렁이 퇴치.' 그녀는 말했다. 초록으로 가득 찬 달숲에 초록이 아닌 것들이 소란을 부리고 있습니다. 달숲 이끼구렁이를 퇴치해주시기 바랍니다. 가슴이 울렁거렸다. 달숲 이끼구렁이만 퇴치하면 레벨 10! 아니마를 만나는 순간이 다가왔다.

달숲 이끼구렁이는 루나데오르 남서쪽에서 찾아낼 수 있었다. 용이 되려다 실패한 듯 괴상한 모습을 한 녀석은 빨갛게 독이 올라 나를 노려보았다. 몬스터는 이쯤 돼야 사냥할 맛이 나지. 칙칙하고 찌든 내가 풀풀 나는 창선고등학교 1학년 1반 몬스터들에 비하면 신선하기까지 했다. 'Tab' 키를 눌러 타깃을 잡았다. 달숲 이끼구렁이를 똑바로 바라보며 마우스로 한 번 더 클릭했다. 굼뜨게 움직이는 녀석을 향해 연달아 총을 쏘았다. 총구에서 뿜어져 나오는 불꽃이 주변을 환하게 밝혔다. 달숲 이끼구렁이는 공격력이 그리 강하지 못해 금세 맥을 못 추고 나자빠졌다. 이렇게 싱거울 수가.

나는 녀석이 떨어뜨린 아이템 축제사탕과 320리프를 주웠다. 경험치도 450이나 더 쌓였다. 축제사탕은 곧 만나게 될 아니마에게 선물해야지. 그 아이에게 줄 선물은 그것 말고도 한 가지 더 있었다. 레벨 2 때 주머니곰을 퇴치하고 얻은 청동 목걸이. 첫 만남에서 이 정도의 부담 없는 선물을 받으면 기뻐하지 않을까. 다시 가슴이 뛰었다.

아니마 퀘스트를 빨리 수행하고 싶던 차, 훈련 교관 노아에게서 메일이 날아왔다. '베네딕트 주교님으로부터 소포가 왔다더군요. 제독 라첼 님께 도착한 것 같으니 제독님께 가보세요.' 나는 조금도 지체하지 않고 테라실 게이트를 통해 라첼 제독에게로 갔다. 탐스럽고 빨간 실타래 같은 머리를 한 라첼은 소포로 온 아모에나꽃을 건네주며, 흰나무 숲에 있는 제단에 가서 아모에나꽃을 사용해보라고 했다. 아니마를 만나기 위한 마지막 통과의례임을 나는 금세 알아차렸다. 이제 180초 안에 그 의례를 행해야 했다. 문제없었다. 정교한 내 손가락은 단 한 번의 실수나 머뭇거림 없이 신속하게 그 일을 해낼 테니까.

흰나무 숲 제단을 찾아 아모에나꽃을 사용해 '별의 꼬리'라는 지역으로 이동하는 일은 순식간에 이루어졌다. 눈부신 빛을 방사하는 영혼 나비를 따라 아니마를 만나러 가는 길은 신비한 꿈결 같았다. 나는 세상에서 가장 가볍고 고요하게 바람결을 따라가는 영혼의 인도를 받았다. 내 마음은 자연스러운 리듬을 타며 영혼 나비에 이끌려 갔다. 그리고 분홍색 야생화가 번지듯 피어난 밤의 호숫가에서 그 아이를 만났다. 아…… 아니마!

빌어먹을, 하필 이때일 게 뭐야. 바지 주머니 속에서 휴대폰이 지랄을 떨었다. 뻔하지. 란이었다. 직장에서 일은 하지 않고 수시로 문자를 날리다니, 습관도 이런 악성 습관이 없었다. 생까? 하지만 왼손이 벌써 휴대폰을 꺼내고 있었다. 소심하긴. 거구는 완전히 장식용이라니까. 문자는 세 통이나 와 있었고, 내용은 예상대로였다.

란이 나 대신 휴대폰을 노려보고 있는 모습이 눈에 선했다. 빌어먹을, 애들 목 조르는 건 학교보다 학원이 더하다니까. 어쩌다 늦을 수도 있고 깜박하고 안 갈 수도 있지, 일거수일투족을 엄마들에게 시시콜콜 문자로 보고하는 물귀신 관리엔 치가 떨렸다. 몇 달을 견디지 못하고 이 학원 저 학원을 전전하는 이유들 중 가장 큰 이유가 바로 그거였다. 그런데도 학원에다 나를 맡겨 두지 않으면 안심하지 못하는 란을 어떻게 이해해야 할지 모르겠다. 아직 한 달도 못 다닌 동네 영어 학원 역시 곧 그만둬야 한다는 사실은 란도 짐작하고 있겠지. 원장이 나를 달가워하지 않는다는 걸 아니까. 내가 너무 산만하고 면학 분위기를 흐려 지장이 많다는 얘기를 원장은 지난주에 란에게 보고했다(늘 있는 일이다). 그걸 란이 나에게 말했고. 될 대로 되라지.

나는 문자를 씹었다. 포르티시모면 화가 많이 났다는 얘긴데, 할 수 없었다. 두 시간 동안 꼼짝달싹 못하게 하는 개떡 같은 학원은 단 하루도 가고 싶지 않았다. '금지 구역'이라면 PC방을 말하겠지? 들키지 않게 조심해야지. 두 번 다시 병원에 수감되고 싶진 않으니까.

아니마는 몹시 낯설어하고 있었다. 이런, 처음 만난 놈이 매너 없게 딴짓거리를 하고 있었으니 얼마나 불편했을까. 가뜩이나 낯가림이 심한 아니마인데 말이다. 친밀도는 겨우 1. 최고의 친밀도가 100이니 1은 완전 썰렁한 사이였다. 그런데 맙소사, 그사이 아니마는 혼잣말을 하고 있었다. *이상하다……. 미안헤리. 앞에 서* 있는 놈이 멍때리고 있으니 이상하기도 했겠지. 호기심의 감정만을 가진 아니마에게 다른 감정을 배우게 하려면 레벨 13이 되어야 했다. 시간만 있다면 잘 익은 바나나 껍질 벗기기보다 쉬운 일이었다. 온라인 게임 이력이 타의 추종을 불허할 정도니까. 짧은 시간에 열심히 퀘스트를 수행해야지. 나는 아트리움에 보관했던 청동 목걸이와 축제사탕을 아니마에게 선물로 주었다. 아니마는 수줍은 듯 고개를 살짝 숙였다. 이렇게 예쁜 아이를 만나다니. 뿌듯했다.

자판 옆에 둔 휴대폰이 격하게 몸을 떨었다. 란의 문자 메시지였다. 또야?

빌어먹을, 란의 필살기였다. 사람 환장하게 만드는 데 뭐 있다니까. 수 앞에서만큼은 내가 절대 개기지 못한다는 걸 란은 너무나 잘 알고 있었다. 그놈도 지금까지 수를 엿 먹이라고 충동질한 적은 한 번도 없었다. 졸라 잘난 수. 나는 최대한 성의 없이 답장을 날렸다.

더 이상 란의 문자는 오지 않았다.

처음 만난 아니마를 두고 가려니 속이 쓰렸다. 하지만 괜히 객기를 부렸다간 영영 아니마를 못 만나게 될 수도 있었다. 미련을 버리고 던전을 나와야 했다. 다시 돌아왔을 때 설마 아니마가 사라져 있지는 않겠지?

밖은 벌써 어두웠다. 프리우스의 마을과 필드와 던전을 돌아다니다 나오니, 상가의 요란한 불빛과 쓸데없이 거리를 쏘다니는 사람들을 보는 것만으로도 피곤했다. 더럽게 재미없고 잡스러운 던전. 이런 곳에서 십몇 년 동안 숨을 쉬고 살았다니 생각만 해도 아찔했다. 끼리끼리 장난치고 시시덕거리며 지나가는 인간들은 왜 이렇게 많은지. 대체 뭐가 좋은 거야? 내 눈엔 대수롭지 않은 공격에도 쉽게 나자빠질 멍청한 몬스터들처럼 보였다. 븅신들. 이유 없이 짜증이 났다.

아니마를 만나느라 몰랐는데 교복 와이셔츠와 속옷까지 땀으로 흠뻑 젖어 있었다. 배에서 꾸르륵꾸르륵 하는 소리가 잇달아 들렸다. 사발면이라도 사 먹고 싶었지만 돈이 없었다. 오늘만 그런 게 아니라 한 달 내내 돈 때문에 쩔쩔매며 지지리 궁상을 떨고 살아야 했다. 주머니가 여유로우면 PC방을 들락거릴 위험이 있다며 란이 용돈을 절반으로 삭감했다. 빌어먹을, 고딩 용돈이 일주일에 만 원이라니 말이 돼? 란은 자신이 얼마나 잔인한지를 모른다.

온라인 게임을 중단했다가 다시 PC방을 찾은 건 2학기 첫 모의고사 날이었다. 그날도 씻지 않는다는 이유로 아침부터 수에게 시달린 데다 학교에서는 몬스터 D와 한판 벌였다. 세상에 시험 보러 가는 자식한테 머리를 감으라고 성화를 하는 아버지도 있나? 아무리 떡이 졌어도 그렇지, 한국 사람이면 예외 없이 적용되는 징크스를 무시하라고 하다니 말이다. 시험 징크스는 공부를 한 사람에게만 해당한다며 수는 나를 화장실에서 나오지도 못하게 했다. 징크스의 의미를 몰라도 유분수지. 그럼 유니폼 색깔이 월드컵 우승 팀을 결정한다는 징크스는 팀의 연습량을 조건으로 한다는 말이야?

홧김에 머리를 빨랫비누로 빨고 학교에 갔는데 이번엔 몬스터 D가 피곤하게 굴었다. 내 시험지 넘기는 소리가 방해된다나. 남이 시험지를 어떻게 넘기건 자기 답만 찾으면 되지 뭐가 문제야. 나더러 시험지를 첫 페이지만 펴놓고 감상하고 있으라고? 그리고 맹세컨대 난 누구도 방해할 생각이 없었다. 정말이다. 몬스터 D는 첫 시간부터 끝 시간까지 내 시험지에 손가락질을 해 나를 열 받게 했다. 더럽게 예민한 새끼. 시험이 끝나고 녀석이 나에게 와 한마디 지껄였을 때, 나는 '그놈'이 내 속에서 요동치며 불뚝거리는 걸 느꼈다.

—병원 치료 받아보는 게 어때? 정신 산만한 거 약물로 고칠 수 있다던데.

머리꼭지가 확 도는 것 같았다. 혹시 이 새끼, 내가 소아청소년 정신과에 입원했던 사실을 알고 있는 거 아냐? 하지만 극비였으니 밖으로 누설될 리 없었다. 병원에 갇혀 있는 시기가 중3 방학 때라 다행이라며 란이 감사 기도까지 올렸던 게 기억난다. 어쨌든 같지도 않은 새끼한테 그런 충고를 듣다니 피가 거꾸로 도는 것 같았다.

몬스터 D의 책상에 있던 시험지가 휴지 조각이 되어 사방으로 날린 후에야 나는 내가 무슨 짓을 저질렀는지 알았다. 몬스터 D는 한쪽 입꼬리를 올려 소름 끼치는 표정을 짓더니 주먹 쥔 손을 들고 가운뎃손가락을 폈다. 이 새끼가! 나는 제정신이 아니었다. 아니, 그놈이 빡 돌고 있었다. 왼발로 몬스터 D의 정강이를 걸어 차 넘어뜨리고 두 주먹을 번갈아 내뻗었다. 순간 겁이 났다. 녀석을 원수처럼 생각해온 지 오래지만 주먹질은 처음이었다. 아니, 난 지금까지 물건은 때려 부순 적이 있어도 사람을 가해해본 적은 없었다. 기껏해야 만만한 독고찬을 두드려 팼을 뿐. 그놈이 폭풍 성장을 해 미치기 시작한 게 틀림없었다. 몬스터 D는 두 팔을 오므려 얼굴을 가린 자세로 빠르게 주먹을 피했다. 이 새끼 이렇게 날렵했나? 다른 몬스터들은 이게 웬 구경거리냐는 듯 시험 끝의 번개 이벤트를 즐기며 말릴 생각도 하지 않았다.

사실 몬스터 D보다 더 얄미운 건 이런 찌질이들이다. 방탄 유리관에 들어앉아 님이 빌이는 전쟁을 엔조이하는 새끼들. 그런데 뭐지? 몬스터 D의 근육이 장난 아니었다. 주먹으로 탄력이 짝짝 달라붙는 게 매일 펀칭볼이라도 두드려 팬 듯 단단했다. 중딩 때까지는 완전 약골이었는데 언제 몸을 만든 거야? 암튼 통쾌한 순간은 맛보지 못했다. 주머니곰이 종례를 하러 들어온 것이다.

교탁 바로 앞의 꼬맹이 몬스터에게 작은 소란의 자초지종을 들은 주머니곰은 내 머리꼭지를 한 번 더 확 돌게 했다.

―독고단 시험지는 얄팍한 한지로 만들어 줘야겠구만.

그 말끝에 피식 웃지만 않았어도 나는 PC방으로 튀지는 않았을 거다. 결과적으로는 주머니곰에게 고마워할 일이 되었지만.

그러니까 수에게서 시작해 몬스터 D를 거쳐 주머니곰에서 내 기분이 바닥을 찍지 않았다면 아니마를 만나지도 못했을 거란 얘기다. 그날은 잠깐 머리만 식히고 나왔지만, 그때를 계기로 나는 다시 PC방 출입을 시작했다. 그리고 아니마를 알게 된 이상 발길을 끊기는 어려운 일이 되었다.

배가 고파 위산이 분비되건 말건 집까지 걸어가기로 했다. 보이는 거라곤 꼴사나운 인간들과 건물에 더덕더덕 붙은 잡스런 간판들뿐이었지만 시원한 바람을 쐬고 싶었다. 갑자기 기온이 떨어져 날이 선선한데도 몸에선 계속 열이 났다. 양말을 벗어 가방에 쑤셔 넣었다. 란은 내가 살이 쪄서 열이 많다고 하는데, 모르고 하는 소리다. 언제나 열 받는 일뿐인데 어떻게 열이 안 나. '수한테 이른다' 같은 협박은 하지 않을 수 없나? 더럽지만 수에게 잘보일까 싶다가도 그런 말만 들으면 뚜껑이 열린다. 수가 잘난 사람이란 걸 누가 몰라?

수가 잘났다는 걸 부인하지 못할 가장 강력한 증거는 '그놈'이 가지고 있었다. 그놈이 얕보지 못하는 유일한 존재가 바로 수니까. 지금까지 별별 충동질은 다 했어도 수를 엿 먹이라는 신호를 보낸 적은 없었다. 수는 정말 졸라 잘난 사람이다. 내가 그렇게 생각하는 데는 란이 세뇌를 한 탓이 크다. 말을 배우기 시작했을 때부터 세상에서 가장 멋진 사람은 수라고 나에게 시도 때도 없이 주입시키곤 했으니까. 믿거나 말거나 나는 세 살인가 네 살 때

두 사람이 했던 말도 기억한다.

—단이 좀 반항적이고 나를 얕보는 것 같지 않아? 어쩌면 자기 아빠를 기억하고 있는지도 몰라. 거기다 단을 봐. 생긴 것까지 자기 친부를 꼭 빼닮았잖아.

수가 이렇게 말하자 란은 장담했다.

—아직 우유도 못 뗀 애가 설마. 크면서 알게 되겠지, 당신이 얼마나 멋진 사람이고 멋진 아빠인지.

빌어먹을, 그때부터 진행된 '독고민수 우상화 작업'보다 더 어처구니없는 일은 실제로 내가 수를 그런 존재로 믿게 되었다는 거다. 조기교육이 중요하단 말은 절대 허튼소리가 아니다. 나는 비리비리한 수가 정말 높고 높은 산처럼 느껴진단 말이다. 머리에 든 게 많아서라고는 할 수 없지민 그런 사실을 무시할 수민도 없었다. 수는 소위 수재들이 바글거리는 대학에서 강의를 하고 있고, 책도 여러 권 냈으며, 가끔 교육방송에도 나와 수학의 세계가 얼마나 아름다운지에 대해 장광설을 늘어놓기도 한다. 그가 나오는 방송을 집중해서 본 적도 없고 그런 말도 안 되는 소리엔 절대 동의할 수도 없지만, 앵앵거리는 목소리에도 불구하고 그가 잘나 보이는 것만은 어쩔 수 없다.

하지만 내가 가장 골치 아팠던 이유는 다른 데 있었다. 나의 법적인 아버지가 된 이후로 진짜 아버지보다 자신이 더 진짜임을 가르쳐주기로 작심했는지, 수는 온갖 방법을 동원해 아버지로서의 권위를 구축해나갔다. 즉, 내가 아장아장 걸어 다닐 때부터 나를 괴롭혔다는 얘기다.

그의 첫 프로젝트는 '지식 고문'이었다. 아직 30개월도 안 된 나에게 사칙연산을 가르치기 시작했으니까. 빌어먹을, 1, 2, 3, 4, 숫자 세기도 어려운 판에 사칙연산이라니. 덧셈 뺄셈까지는 뭐 어떻게든 버틸 수 있었다. 난 천재잖아? 문제는 곱셈부터였다. 아홉 단이나 되는 곱셈을 외우기는 아홉 끼를 굶는 것보다 어려웠다. 그리고 꼼짝없이 앉아 숫자를 외우는 일 자체도 싫었고 시간도 없었다. 놀기만 해도 하루 24시간이 모자라던 때였다.

매일 저녁 8시에 실시된 구구단 테스트와 틀린 개수대로 발바닥 맞기는 악몽의 시작이었다. 탄탄한 플라스틱 자로 발바닥을 맞는 건 정말 무시무시했다. 수는 지나치게 산만한 나에겐 스파르타식 교육이 효과적이라며 툭하면 발바닥 체벌을 했다. 나는 공포 교육에 질려 낮에는 놀고 저녁엔 분치기로 구구단을 외우느라 매일매일이 고달팠다. 란은 발바닥 체벌은 아이에게 좀 지나치다며 말리곤 했지만, 훌륭하신 교육자 독고민수의 신념은 결코 꺾이지 않았다. 어쨌든 그때부터 시작된 수난의 역사는 해가 갈수록 복잡하고 버라이어티하게 진행되어왔다. 오 마이 갓!

'그놈'이 아니었다면 지금쯤 나는 어떻게 되었을까. 창선고등학교 1학년 1반의 다른 몬스터들처럼 멍청하거나 찌질하거나 야비한 몬스터가 되었을까, 아니면 그보다 더 형편없이 찌그러졌을까.

멀리 성당의 십자가와 붉은색 뾰족지붕이 보였다. 성당에서 잠깐 담배나 빨고 갈까. 그곳엔 나만의 끽연 공간이 있었다. 사제관과 창고가 니은 자를 이루는 곳으로, 그 사이로 들어가면 사각지대나 다름없었다. 한번은 거기서 담배를 피우고 나오려다 보좌신부를 발견하고 기겁을 한 적도 있었다. 사제관 앞에서 버젓이 담배를 물고 있는 사제라니! 뻔뻔하기 짝이 없었다. 지옥이 있다면 이 '짜가' 신부는 언젠가 또 다른 뻔뻔스런 인간들을 인솔하고 지옥으로 쭉 직행할지도 모른다.

발걸음은 성당으로 향하지 않고 가던 길로 향했다. 프리우스 던전에서 놀다 온 탓일까. 이 지긋지긋한 동네는 단 1분도 돌아다니고 싶지 않았다. 침대에 누워 휴대폰에 있는 시시한 게임이나 심심풀이로 히디기 잠들고 싶었다. 하지만 보나마나 무슨 일이든 생기겠지. 내가 원하는 거라곤 '아무 일이 없는 것'뿐인데, 아무 일 없이 하루를 넘기기가 웃는 것보다 더 어려웠다. 빌어먹을, 될 대로 되라지.

3

집에 들어가기 전 쓰레기 재활용품 분리수거장 옆에서 담배를 피웠다. '그놈'이 어김없이 신호를 보냈다.

니코틴 땡긴다고!

공복에 위까지 쓰린데, 그놈은 그따위 사정은 조금도 고려하지 않았다. 아파트 옆 동에서 S라인의 섹시한 아줌마가 걸어오고 있었다. 풍만한 가슴으로 향했던 시선을 얼굴로 가져갔다. 란과 친한 척하는 사이이고 같은 성당에 다니는 아줌마였다. 빌어먹을, 담배를 땅에 떨어뜨리고 끄트머리를 발로 밟았다. 아줌마들 입처럼 무서운 건 없으니까. 안 그래도 이 아줌마, 내 애길 여기저기 하고 다닌다는 걸 알고 있었다. 중2 때 그 딸이 나와 같은 반이었다. 이름이 혜리였고 가슴은 절벽이었다는 것만 분명히 기억한다. 언젠가 길에서 한 번 마주친 적이 있는데 머뭇머뭇하더니 나를 그냥 지나쳤다. 그럭저럭 착한 애였는데, 제 엄마에게 무슨 말이라도 들은 게 틀림없었다. 빈약한 사실과 멋대로의 짐작에다 얼토당토않은 상상을 듬뿍 얹은 소설이었겠지. 암튼 인상 좋은 아버지도 있는데 얼굴이 갈수록 제 엄마가 되어가는 게 안타까웠다.

―오랜만에 보네. 학교 잘 다니니?

어느새 다가온 아줌마가 예상했던 말을 건넸다. 한두 달에 한 번씩 마주치는데 한 글자도 안 틀리고 똑같은 인사였다. 그렇게 지루한 머리통을 가지고 소설은 어떻게 창작해내는지 모르겠다. 딱 달라붙는 가죽 재킷에 가슴이 터질 듯 빵빵했다. 안됐지만 가짜 가슴은 따님의 절벽 가슴보다 보기 흉했다. 뽕브라도 어느 정도라야지.

―네.

언제부턴가 어른들이 던지는 질문에는 '네' 하나로 밀고 나가게 되었다. 구구하게 덧붙여야 돌아오는 건 더럽게 재미없는 사설뿐이니까.

―엄마한테 안부 인사 전해 드려라.

역시 녹음기를 틀어놓은 듯 똑같이 이어지는 말이었다.

―네.

일요일마다 보면서 안부 인사는 무슨. 엄청 크기만 하지 조금도 출렁이지 않는 가슴이 차츰 멀어져갔다.

마음에 드는 구석이라곤 눈을 부릅뜨고도 찾아보기 힘들지만 나는 뽕브라 아줌마를 미워하진 않았다. 이 빌어먹을 동네로 전학 왔을 때 나를 호명해준 유일한 사람이었기 때문이다. 단아, 일요일에 우리 혜리 생일 파티 하는데 와줄래? 새로운 교우의 아들이라 선심을 썼을 수도 있다. 하지만 전학을 가자마자 별종 취급을 받던 나로서는 놀라지 않을 수 없었다. 나를 끼워주는 아줌마도 있었네? 하지만 나는 생일 파티엔 가지 않았다. 한 치의 빈틈도 없이 반들반들 양육된 몬스터들과 어울리는 게 끔찍했다. 아니, 그 몬스터들이 나를 이물질처럼 불편해할까 봐 솔직히 겁났다. 생일 파티라고 뭐 다르겠어?

생각해보면 이 역겨운 명품 동네로 이사를 온 건 란이 저지른 최악의 선택이었다. 나를 상류에서 놀게 하려다 심각한 부작용을 일으킨 꼴이 되었으니까. 이전 동네에선 내가 숙제를 해 가지 않아도, 준비물을 챙기지 못한 채 등교를 해도, 아이들과 놀다가 화를 내도, 심지어 수업 시간에 맨발로 교실을 돌아다녀도 '문제아'가 되지는 않았다. 그런데 이 무균실 같은 동네에서는 정신이 좀 사나운 내가 악성 바이러스처럼 보였던 모양이다. 전염이라도 될까 봐 내 주위에서는 늘 경계경보가 울리는 것 같았으니까. 매끌매끌 흠 하나 찾기가 어려운 상류 아이들의 단단한 유대에는 1밀리미터도 끼어들 틈이 없었다. 예수가 십자가에 매달려 있는 성당에서 조금이라도 숨통이 트일 수 있었던 건 그나마 다행이었나? 네 이웃을 네 몸과 같이 사랑하라. 오, 헬!

담배를 주워 들어 다시 불을 붙였다. 먹다 남은 피자를 전자레인지에 돌려 먹는 것처럼 긴 꽁초는 맛대가리 없었다. 집에는 아무도 없거나 독고찬 혼자 있을 것이었다. 나와는 다르게 찬은 네 개나 되는 학원을 시간 한 번 어기지 않고 알아서 잘도 다녔다. 일주일 내내 어떻게 그럴 수 있지? 게다가 초등학교 2학년밖에 안 되었는데 말이다. 모든 게 정확한 독고민수의 유전자가 독고찬의 몸속에 흐르는 게 분명했다. 그러니까 엄밀히 말하면 녀석도 별종이었다. 생긴 것도 깜짝 놀란 코알라 같고 비쩍 마른 게 나와는 완전 딴판이었다. 생물학적 부친이 다른데 당연하지.

어쩌다 보니 나는 란도 닮지 않았고, 그래서인지 이목구비가 뚜렷하게 잘생겼다는 말을 듣기도 한다. 살에 파묻혀 잘 드러나지 않는다는 말과 함께. 그런 거야 아무래도 상관없었다. 잘생긴 얼굴이 제대로 드러났다고 쳐. 그렇다고 잘 봐줄 인간들이 있을까 봐? 네버! 이미 외계인으로 찍힌 몸에겐 어떤 경우에도 호의를 보이지 않는 게 이 빌어먹을 세상의 몬스터들이란 말이다.

찬은 스틱 소시지를 까 먹으며 거실에서 〈뽀롱뽀롱 뽀로로〉를 보고 있었다. 또 뽀로로야? 유아 때부터 뽀로로에 열광했던 녀석은 아직도 어린이 TV나 투니버스에서 재방송까지 찾아보며 향수를 달래곤 한다. 사실 나도 '노는 게 젤 좋아'를 모토로 2등신

꾸러기 캐릭터들이 벌이는 5분짜리 초단순 스토리가 재미있기는 하다. 화면에서는 주황색 고글을 쓴 뽀로로가 에디의 장난감을 망가뜨리고 도망치는 장면이 나오고 있었다.

싱크대에서 사발면을 찾아 정수기 온수를 부어 가지고 거실 탁자에 올려놓았다. 일단 꼬들꼬들한 면발로 위를 즐겁게 한 다음 냉장고를 뒤질 생각이었다. 란이 마트에서 장을 봐 온 지 며칠 안 돼 먹을 게 빵빵했다. 내 방 무기 아트리움에서 '날아가는5연발 톱니고무줄총'을 가져와 벽걸이 TV 위쪽을 향해 방아쇠를 당겼다. 팟팟팟팟팟! 소리와 함께 차례로 장전했던 노란 고무줄들이 벽을 맞고 튕겨나갔다.

—새로 만든 거야?

소시지를 우물거리던 찬이 나에게 바짝 달라붙었다(녀석은 내 무기 아이템에 관심이 많다). 〈뽀로로〉 다음 이야기가 이어지기 전 학습지 광고가 나오던 참이었다. 얇은 나무판자를 정교하게 잘라 사포질을 하고, 망가진 면도기와 굴러다니는 리모컨, 우산대와 악어가죽 백까지 동원해 만든 날렵한 총은 눈길을 끌고도 남을 만했다. 구닥다리 악어가죽 백은 옷방에서 찾아냈다. 란은 매일 몇 번씩 그 방에 드나들면서도 전혀 눈치를 채지 못했다. 가죽 백이 어디 한두 개라야지.

—어때, 폼 나냐?

—어.

날아가는5연발톱니고무줄총은 내가 만든 무기 아이템들 중 하나였다. 내 방에 어느 누구도 흉내 내지 못할 무기 아트리움이 있다는 사실은 나 말고 유일하게 독고찬만 알고 있었다. 녀석은 내가 주의를 주기도 전에 절대 일러바치지 않겠다고 다짐했다. 란과 수는 내가 무기를 만들거나 가지고 노는 걸 범죄라도 저지르는 양 싫어했다. 빌어먹을, 아이템으로 누구를 쏴 죽이겠다는 것도 아닌데 뭐가 문젠지. 내가 뭘 하든 마음에 들지 않는다 이거지 뭐. 생각 같아서는 5단 책꽂이를 싹 비워내고 거기에 무기 아이템들을 진열하고 싶었다. 읽지도 않는 책들이 세트로 채워진 책꽂이를 볼 때마다 갑갑하기 짝이 없었다. 란은 책꽂이에 오만 쓰레기를 처박는다고 잔소리를 하지만, 어차피 쓸모없는 공간 아냐? 그 공간을 제대로 쓰려면 용도 변경을 해야 했다. 무기 이트리움, 얼마나 근사해. 구질구질한 식탁보에 매달린 무기 아이템들을 볼 때마다 스트레스가 듬뿍 쌓인다.

찬의 손에 있던 리모컨을 빼앗아 채널을 돌리기 시작했다. PGA 골프 마스터…… 됐고, 채식주의자들을 위한 요리…… 이것도 됐고, 별난 동물들이 나오는 다큐멘터리…… 역시 됐고, OCN 영화 〈아웃 오브 아프리카〉? 보나마나 됐고…….

─〈뽀로로〉 본다고 란한테 허락받았어.

찬은 리모컨을 달라며 둥그스름한 코를 씰룩거렸다. 란에게 허락을 받았다느니 하는 얘기는 정말 비위 상했다. 란과 수에게 잘

보일 생각으로 머리가 꽉 찬 새끼. 채널을 계속해서 돌렸다.

─〈뽀로로〉볼 거야.

찬은 어리석게 고집을 부렸다. 빌어먹을, 피곤한 건 집에 와도 마찬가지였다.

─죽을래?

녀석의 옆통수를 한 대 후려치고, TV를 향해 날아가는 5연발 톱니고무줄총을 쏘았다. 팟팟팟팟팟! 노란 고무줄이 평면 와이드 화면에 맞고 떨어졌다. 녀석은 귀가 얼얼한지 고개를 좌우로 흔들었다. 꽤나 아플 텐데 눈물만 찔끔 짰을 뿐 엄살조차 하지 않았다. 맷집이 좋은 건지, 참을성이 많은 건지. 내가 수에게 꼼짝 못하는 신세라면, 찬은 내 밥이나 다름없었다.

─단, 그 총 내가 살까?

눈치 100단, 기분 맞추기 500단의 거래 제의가 들어왔다. 코알라의 위기 대처 능력은 혀를 내두를 정도다. 꿀꺽 삼키고 죽어버릴 돈도 없는 마당에 마다할 이유가 없었다. 녀석이 바지 주머니에서 꺼낸 천 원을 받아 들었다. 3천 원쯤 달라고 할 걸 그랬나? 하지만 이미 리모컨과 함께 총을 건넨 뒤였다. 멍청하긴. 열 시간 동안 공들여 만든 총을 달랑 붉은 지폐 한 장과 맞바꾸자니 사기를 당한 것 같았다. 문제될 건 없었다. 아이템은 다시 나에게로 돌아오게 되어 있으니까.

─일주일 대여다.

〈뽀로로〉에 다시 눈을 박은 찬은 고개를 끄덕였다. 계산이 다 있다 이거지. 잔대가리 굴리는 데 뭐 있는 녀석이 손해 볼 일을 할 리 없었다. 일주일 후면 또 다른 아이템이 나올 테고 그땐 새 아이템을 빌리면 된다, 그런 생각이겠지. 전에도 몇 번 그런 적이 있었다.

이런 망할, 사발면 뚜껑의 접착 부분을 떼다 라면 국물을 엎질렀다. 그냥 넘어가는 법이 없다니까. 내 몸 여기저기 눈에 보이지 않는 갈고리들이 달린 것처럼, 뭔가 흘리지 않으면 찢거나 넘어뜨리고 흐트러뜨리기 일쑤였다. 아마 이것도 그놈이 시시때때로 시근덕거리고 있기 때문일지 몰랐다. 어쨌거나 굶주렸다가 먹는 사발면 맛, 죽인다.

냉장고를 뒤져 인스턴트 먹거리로 포식을 한 다음 방으로 들어왔다. 어묵, 게맛살, 통조림 참치, 모차렐라 치즈, 우유에 만 콘플레이크……. 하지만 먹어도 먹어도 속이 채워지지 않았다. 위에 빵꾸가 난 거 아닌지 모르겠다.

쥐새끼들이 습격이라도 하고 간 듯 어질러진 주방과 거실을 보니 조금 걱정되었다. 수가 또 예민하게 굴지 않을까. 돼지우리에서 밥 먹으라는 거냐? 이런 난장판 속에서 휴식을 취할 수 있는 건 너밖에 없다고 했지. 원래 있던 대로만 해놓으면 되는데 그게 그렇게 어려워? 빌어먹을, 다음 날이면 가사 도우미 아줌마가 아무도 없을 때 싹 치우고 갈 텐데 좀생이가 따로 없었다.

주방과 거실을 어질러진 그대로 놔두었다. 막상 당할 땐 지겹지만 미리 대비를 하자면 한도 끝도 없을 것이다. 일주일에 세 번 오는 도우미 아줌마도 몇 달 못 버티고 나가는 판이니까. 란은 내 방에 학을 떼 가사 도우미들이 도망을 치는 거라고 주장하지만 모르고 하는 소리다. 집주인이 결벽증 환자니 좀 피곤하겠어? 그리고 난 집에 있을 때 가사 도우미 아줌마가 오면 분명히 말했다. 내 방은 치우지 마세요. 지금까지 내 방을 반드시 치워야겠다고 바득바득 우긴 아줌마는 없었다.

나는 학교에서 몬스터 D와 있었던 일을 찬에게 들려줄까 하다가 그만두었다. 떠들 기분이 아니었다. 가끔 뻥튀기한 무용담을 들려주면 찬은 코알라처럼 두 눈을 댕그랗게 뜨고 열심히 듣는 척했다. 찬에게 들려주는 무용담 속에서 나는 언제나 정의롭고 악을 응징하는 투사가 된다. 찬은 정말? 하면서 고개를 갸웃하기도 하지만 참을성 있게 듣는다. 맞을까 봐 겁이 나서든 내 애기가 재미있어서든, 그럴 땐 잠시 형제애가 느껴지기도 한다. 내가 입만 열면 말도 안 되는 소리나 거짓말을 하는 줄 아는 란과 수보다 아흔아홉 배는 낫다니까. 조그만 게 잔머리를 굴려 희소한 형제애를 쉽게 날려버려서 그렇지, 가끔이라도 대화라는 걸 나눌 사람은 찬밖에 없다. 가슴 큰 여자애와의 연애담을 들려주고 싶기도 하지만, 나에게 러브 스토리를 지어내기는 정리 정돈을 하는 것만큼 어려운 일이다. 하다못해 폭탄이라도 만나 봤어야 상상력도 생기고 하지.

교복을 입은 채 침대에 털썩 드러누웠다. 삐걱 하는 소리가 유달리 크게 들렸다. 거구의 몸을 지탱하느라 7년 된 아동용 침대는 과부하가 걸려 있었다. 귀에다 이어폰을 꽂고 나의 아트리움을 감상했다. 청량한 피아노곡을 들으면서 내 무기들을 바라보는 일은 최고의 휴식이다. PC방을 나오기 전 일본 애니메이션 〈피아노의 숲〉에 나온 쇼팽의 곡들을 다운 받았다. 왈츠 제8번 A플랫 장조. 학교에서 몬스터 D가 더럽힌 귀를 말끔히 씻어주는 것 같다. 언젠가 번듯한 아트리움을 만들어 식탁보에 매달린 무기들에게 제자리를 찾아주어야지.

내 무기 아이템들만 보면 혼자서도 얼마든지 살아갈 수 있을 것처럼 마음이 든든해진다. 방은 쓰레기장 같을지언정 무기들은 먼지가 쌓이지 않도록 젖은 수건과 마른 수건으로 번갈아 닦아준다. 신성한 것들에 대한 예의랄까. 특별히 아끼는 장총 몇 자루와(이 중엔 설날 세뱃돈을 몽땅 털어 인터넷 건 사이트에서 구입한 고가의 BB탄 총도 있었다.) 갖가지 재활용품을 이용해 만든 여덟 개의 핸드 건, 초기 작품인 간단한 권총들을 하나하나 감상하다 보면 숙연해진다. 무기 아이템으로 꼴 보기 싫은 몬스터들을 깨끗이 쓸어버리는 상상을 해보기도 한다. 다 죽었어!

엉덩이 밑에 깔린 휴대폰이 맹렬히 진동하는 바람에 눈을 떴다. 식곤증이 몰려와 잠이 들었던 것 같은데 누구야. 뻔하지 뭐.

란이었다. 뭐하냐, 씻었냐, 밥 먹었냐, 수행평가 없냐, 운동이라도
좀 해라, 기타 등등 지겨운 레퍼토리가 죽 지나갈 때까지 휴대폰
을 귀에서 조금 떼었다. 쓸모없는 얘기를 하루도 빼놓지 않고 할
수 있다니, 란도 강적이다.

─오늘 야근이야. 수는 교수님들과 회식 있고.

─어.

나야 좋지 뭐.

─저녁은 짜장면 시켜 먹어. 뽕짜우에 전화로 얘기해놨으니까.
탕수육, 군만두는 불포함이다.

─어.

먹을 사람은 난데 지 멋대로라니까.

─식탁 유리 밑에 끼운 거, 웬만하면 지켜라.

─어.

빌어먹을, 지킬 걸 지키라고 해야지. 란이 만든 표어는 무시하
는 듯한 어투부터가 마음에 들지 않았다. '최소한 숙제라도 하자.'
내가 유딩이야, 초딩이야. 그리고 끔찍하게 싫은 학교에서 시달
리다 왔으면 집에선 숨 좀 쉬게 해야지. 숙제를 내주는 꼰대들이
얼마나 폭력적인지는 생각지 못한 채 자식들을 볶아대는 대한민
국의 학부모들, 대낮에 학교 파하고 여름방학만 10주가 된다는
선진국으로 집단 연수를 보내야 한다니까.

수가 회식이 있다고 한 것은 틀림없이 둘러댄 말이다. 그는 란

이 없는 집에 있는 걸 두려워한다. 엄마가 있어야 안심하는 코흘리개처럼 말이다. 란이 여섯 살 연하인 수를 낚아챈 건 보호 본능을 자극해서가 아니었을까. 수가 화장품 회사 연구소 알바생이었다가 별로 예쁘지도 않은 6년 연상의 란과 엮였을 걸 생각하면 웃음이 나온다. 수가 결혼을 결심한 이유는 또 얼마나 황당한지. 수의 생일은 4월 8일, 란의 생일은 7월 5일인데, 48과 75가 부부수라나. 1과 자기 자신을 제외한 약수의 합이 서로 상대의 수와 같아지는 숫자가 부부수라는데 확인해 보지는 않았다. 직원들과 저녁을 먹으러 가는지 란은 누군가의 이름을 부르며 전화를 끊었다.

란은 세상에서 가장 바쁜 여자다. 일을 잘하는지 욕심이 많은지, 화장품 회사 연구소 부장으로 1년 내내 일에 싸여 지낸다. 집에민 있었으면 벌써 몇 번은 말라 죽었을 거라나 뭐라나. 나를 두고 하는 말이지 뭐. 주말엔 레지오 단원으로 독거노인 도시락 배달 봉사를 하고, 일요일엔 성당에서 아주 산다. 하늘나라에다 복을 쌓는다나. 아들 볶지 말고 용돈이나 좀 올려주지. 한숨 자고 나서 새로운 무기 아이템이나 만들어야겠다. 프리우스에서 사수인 내가 메고 다니는 장총을 만들어봐야지. MP3 다음 곡은 쇼팽의 왈츠 제4번 F장조 〈화려한 원무곡〉. 가물가물 졸음이 오면서 모든 생각이 사라진다.

4

　‘그놈’이 내 안에 살게 된 것은 어쩌면 내가 란의 배 속에 있을 때부터였는지 모른다. 덥고 습하고 어두운 자궁이 참기 어려웠는지, 나는 아홉 달을 채우지 못하고 이 빌어먹을 세상으로 나왔다. 팔삭둥이로 태어난 것이다. 잘못 나왔다는 걸 깨달았는지, 나는 백일이 지나도록 목도 가누지 못했고 15개월이 지나서야 겨우 한 발짝 두 발짝 보행을 할 수 있었다. 그리고 그때부터 내 몸속에 무언가 있는 것처럼 나는 잠시도 가만있을 수가 없었다. 사소한 일에도 크게 흥분하고 쉴 새 없이 움직였으며 어디든 기어올랐다. 믿기 어렵겠지만, 그 당시 내 아버지였던 생물학적 부친이 나를 어떻게 불렀는지 똑똑히 기억한다. 스트롱 베이비! 슈퍼

에너자이저! 빌어먹을, 자기 아들을 몰라도 너무 몰랐지. 사실 나
는 심각할 정도로 겁쟁이였단 말이다.

독립심을 길러준다며 돌이 지나자마자 나에게 독방을 마련해
준 사람은 생물학적 아버지였다(자기 기분 내키는 대로 란에게 미
친 듯 사랑을 퍼붓다가 수틀리면 두드려 패다가 하던 그 인간은 지
금 어디서 뭘 하며 살고 있는지 모르겠다. 믿거나 말거나 나는 공갈
젖꼭지를 물고도 그 모든 것을 다 알고 있었다). 한참 엄마 찌찌를
만져야 할 아가에게 독립심은 개뿔, 나는 밤이 무서웠다. 하얀 뭉
게구름 무늬 벽지와 내 주위를 지키는 각종 완구 동물들, 값비싸
고 포근한 요람도 소용없었다. 란이 굿 나이또! 소리와 함께 희미
한 스탠드 불빛만 놔둔 채 방을 나가는 순간 공포심이 쓰나미처
럼 밀려왔으니까. 잠이 든 상태에서도 나는 고요해서 더 무서운
밤의 야성을 느끼며 기저귀에 오줌을 지려야 했다. 내가 세상에
내지른 첫 질문은 처절했다. 내 엄마의 젖가슴은 어디에 있는가!
결국 내가 여자들의 가슴에 집착하도록 만든 건 생물학적 아버지
와 란이었다. 그때 실컷 만지게 했으면 좀 좋아? 순면 이불과 베
개가 아무리 폭신폭신해도 우유를 저장하고 있는 엄마의 불룩 솟
은 지방 덩어리를 대신할 수는 없단 말이다. 도와줘! 나는 허공을
향해 구원을 요청했다. 그리고 그놈이 내 안에서 꿈틀 응답을 하
는 게 느껴졌다.

나를 스트롱 베이비로 만든 '그놈'은 내 안에 잠복해 있으면서

그 시간을 버티게 해주었다. 한 해 두 해가 가면서 정말로 독립심이 생겼고, 누구와 함께보다는 혼자서 더 잘 노는 아이가 되었으니까. 어린이집과 유치원에 다닐 때도 나는 단체 놀이보다 개별 놀이를 좋아했다. 혼자서 찰흙으로 뭘 만들거나 블록을 쌓거나 장난감을 가지고 노는 게 낫지, 어린 교사들이 쨱쨱거리는 소리를 들으며 너도 나도 똑같이 노래하고 춤추고 바보 같은 놀이를 하는 건 끔찍했다. 병아리 새끼도 아닌데 몽땅 노란 옷을 입고 유치한 율동을 따라 한다든가, 공주님처럼 꾸민 여자애와 짝을 지어 일렬로 줄을 서 다니느니, 두 손 들고 한쪽에서 벌을 서는 게 나았다. 그래도 그 나이 때는 뭘 하든 귀엽게 봐주는 게 당연한지라 별종 취급을 받지는 않았다.

어느새 다시 쓰레기 처리장처럼 되어버린 책상에 빈자리를 만들고, 아트리움을 장식할 새로운 무기 아이템 재료들을 늘어놓았다. 엊그제 밤 새워 장만한 것들이었다. 그중엔 수의 바이올린 현도 한 줄 들어 있었다. 어차피 수가 바이올린을 손에서 놓은 지 4, 5년도 넘었는데 뭐. 아무리 비싼 물건도 계속 안 쓰면 고물 아냐? 란이 수를 일컬어 '바이올린을 연주하는 수학자'라고 띄워주는 소리도 들어본 지 오래였다. 가끔 삑사리가 나서 그렇지 영 엉터리는 아니었는데. 교수님이 되신 이후론 바이올린 잡을 시간이 없나 보다. 줄 하나가 없는 바이올린은 서재 책꽂이 옆에 그대로 모셔져 있었다.

잡다하게 널린 물건들을 방바닥에 내려놓고 피아노 뚜껑을 열었다. 무기를 만들기 전엔 피아노를 친다. 교실이라는 던전의 몬스터들과 부대끼며 혼탁해진 영혼을 정화하는 의식이랄까. 더러운 찌꺼기들을 씻어내며 물결치는 피아노 소리로 내 머리와 육신이 새롭게 숨쉴 때라야 무기를 만들 수 있었다. 여든여덟 개의 건반에서 사람의 발길이 닿지 않은 숲 냄새가 났다. 싱싱한 물고기가 튀어 오르는 바다 냄새도 났다. 혼돈이 멈춘 곳에 태어나는 평화가 이런 걸까. 손가락을 건반 위에 올려놓았다. 손끝에 청량하고 차가운 감촉이 느껴졌다. 그 느낌이 온몸의 모세혈관까지 짜르르 퍼져나가는 것 같았다.

오른손 엄지, 검지, 새끼손가락에 살짝 힘을 주면서 차례로 건반을 눌렀다. 이루마의 〈인디고〉 시작. 느닷느닷 자분하게, 느리면서도 약간은 명랑하게 연주를 해나갔다. 유리창을 채운, 절대 바래지 않을 것 같은 이른 밤의 색깔과 어울리도록. 피아노를 칠 때 나는 청각과 시각, 촉각이 극도로 예민해진다. 영원한 장작개비 몬스터 D처럼 단지 손가락으로 건반을 두드리는 게 아니라 모든 감각을 동원해야 더 깊은 표현을 할 수 있기 때문이다. 악보도 보지 않는다. 무조건 외워서 피아노를 친다. 그걸 다 어떻게 외우냐고? 미치면 외우게 돼 있다.

내가 피아노를 좋아하게 된 결정적인 순간이 있었다. 네 살 때, 구구단 스트레스를 심하게 받은 다음 날이었고 일요일 오후였을 것이다. 낮잠에서 반쯤 깨어나 방을 나서니 정신을 확 깨우치는 음악이 거실을 점령하고 있었다(당시 란과 수는 상류층을 지향하는 중산층의 고상한 생활로 클래식 음악을 즐겨 듣고 있었다). 현란하면서도 서정적인 피아노 소리……. 이건 뭐야. 나는 방문 앞에서 꼼짝달싹하지 않고 피아노곡에 빠져들었다. 나중에 알았지만 그 매혹적인 선율은 쇼팽의 〈녹턴 제20번〉이었다. 너무도 비장하고 애절한 나머지 내 눈에서는 오른쪽과 왼쪽 두 줄기씩 네 줄기의 눈물이 흘러내렸다. 구구단 테러가 있었던 전날의 비참함이 아직 가시지 않은 터라 나는 흑흑 흐느끼기까지 했다. 거실 탁자에 다리 한 짝을 올리고 원두커피를 마시던 란이 내 격정을 알 리 없었다. 무서운 꿈을 꾸었냐며 자기가 먹다 남긴 닭다리를 손에 쥐여주었으니까. 일주일 뒤 내가 오디오 작동법을 터득해 쇼팽의 〈녹턴 제20번〉을 틀었을 때에야 눈이 휘둥그레져 단! 하고 소리를 질렀다. 결국 소가 뒷걸음질 치다 쥐를 잡았다느니 하며 웃음을 터뜨렸지만.

그로부터 약 4년간 나는 마음대로 쇼팽을 만날 수 없었다. 자기 물건엔 손도 못 대게 하는 수 때문이었다. 발바닥을 맞지 않기 위해 마침내 구구단을 외우고 난 후에는 나눗셈 고문이 이어졌던 터라, 나 역시도 비참한 상황을 모면하려 머리를 굴리느라고 하루하루가 바빴다. 열쇠를 목에 걸고 다니던 초등학교 시절 쇼팽과 재회했을 때는 얼마나 감격했는지. 열쇠 목걸이를 하고 다니는 아이들이 불쌍하다고? 네버! 나는 예외였다. 아무도 없는 집에서 아무 간섭도 받지 않은 채 혼자서 멋대로 노는 게 얼마나 좋았는데.

초등학교 2학년부터 4학년까지 나는 피아노를 배우기도 했다. 란이 짠 학원 목록에 미술, 태권도, 영어, 수학 학원과 함께 피아노 학원이 들어 있었다. 하지만 처음부터 독학 체질이었던 나는 누군가에게 가르침을 받는 게 고역이었다. 게다가 표독스런 피아노 선생이 30센티미터 자로 손등을 탁탁 쳐가며 히스테리를 부리는 건 참을 수 없었다(맙소사, 어렸을 때 나는 1밀리미터마다 눈금이 그려진 자가 애들 패는 도구인 줄 알았다). 미친년, 어떻게 한 번도 안 틀리고 피아노를 배워? 그런 수모를 겪으면서도 3년을 버텨낸 일은 기적이나 다름없었다. 피아노의 '피' 자만 들어도 이가 갈리게 만드는 피아노 학원이라니.

다시 피아노를 좋아하게 된 건 피아노 학원을 그만둔 다음부터였다. 나는 누구의 간섭도 없이 나만의 즐거움을 위해 피아노 치는 일에 빠져들었다. 지겨운 아농으로 손가락 훈련을 하지 않아도 되었고, 체르니니 소나티니 덮어두고 그때그때 꼴리는 대로 맘에 드는 곡들을 골라 칠 수도 있었다. 이루마, 조지 윈스턴, 유키 구라모토의 피아노곡과 국내외 가수들의 명곡들은 빠른 속도로 뇌의 주름들 사이에 입력되었다.

이루마의 〈인디고〉에 이어 오랜만에 히사이시 조의 〈Spring〉을 연주하기 시작했다. 이건 내가 혼자서 피아노를 연습하기 시작했을 때 그의 〈Summer〉와 함께 처음 마스터한 곡이다. 가볍고, 상큼하고, 생기 넘치고, 화사하고……. 천재는 아이큐 높은 놈이 아니라 잠시라도 인간의 성정을 바꿔놓을 예술 작품을 만들어내는 놈이다(히사이시 조, 예순이 넘은 분에게 버릇없는 말인가?).

란! 란! 탕탕탕……. 이건 또 뭔 소리? 정말 잡스럽고 무례한 소리에 손가락을 멈추었다. 수가 방문을 두드리고 있었다. 하여튼 도움이 안 된다니까. 한참 몰아의 경지였는데, 신성한 작업을 방해받은 것 같아 기분이 잡쳤다. 집에 오자마자 강아지처럼 란, 란, 하고 찾아다니는 게 창피하지도 않나.

아트리움을 재빨리 걷어 피아노 뒤에 숨기고 문을 열었다.

—란 아직 안 들어왔니?

—응.

—문 잠가놓고 뭐 하는 거야?

—그냥…….

—그냥 뭐 했는데? 떳떳한 일은 아닐 테고.

빌어먹을, 또 시작이다. 나는 대꾸하지 않았다.

—문 잠그지 마라.

—씨발, 냅둬 쫌!

나는 기겁해 입을 막았다. 그놈이 내지른 소리였는데 다행히 수가 듣지는 못한 것 같았다. 하지만 하나의 사건이었다. 내 기억에 그놈이 수에 대한 불만을 밖으로 표출한 건 처음이었으니까.

—란한테서 연락도 없었어?

—응.

—아무 얘기 없었는데 어디 갔지?

수는 또 란을 찾기 시작했다. 전생에 란의 펫이었던 게 틀림없다.

—너, 약 먹었니?

거실로 가던 수가 다시 돌아와 물었다. 왜 또 시비야. 어떻게든 건수를 잡아 나를 못살게 구는 게 수의 고칠 수 없는 습관이었다. 불안하면 자기가 약을 먹지 왜 나를 괴롭히는지.

—응…….

들킬 일이 없는데도 조마조마했다. 나는 벌써 한 달째 약을 먹지 않았다.

—먹는 걸 요즘 본 적이 없는데?

—먹고 있어.

당당히 말했지만 떨렸다. 란에게는 빤한 거짓말을 하면서도 눈 하나 깜짝하지 않는데, 수 앞에서는 안심할 만한 일에도 간이 졸아들었다. 아침에 란이 식탁에 놓아두는 하루 치의 알약은 책상 서랍 맨 아래 칸에 처박아 넣고 있었다.

소아청소년정신과에서 처방한 알약들 중에는 '리탈린'이라는 괴기스러운 약도 들어 있었다. 나같이 산만하고 주의력 없는 애들한테 먹이는 약이라나. 전두엽이 어쩌고 도파민이 저쩌고 하면서 닥털이 진단을 내렸던 병명은 '주의력결핍과잉행동장애.' 참 더럽게 거창했다. 영어로 ADHD라나 뭐라나 하는 그 병의 진단 과정이 얼마나 허술했는지를 안다면 내가 약을 먹지 않는 걸 이해하고도 남을 것이다. 학습과 놀이에 지속적으로 주의를 집중할 수 없다, 실수를 자주 한다, 물건을 잘 잃어버린다, 자리에 앉아 있지 못한다, 타인의 말을 주의 깊게 듣지 못한다, 외부의 자극에 쉽게 산만해진다……. 이런 행동을 하는 애들이 어디 한둘이야? 시시한 여론조사만도 못한 검사로 이상한 놈 취급하는데 완전 어이 상실이었다. 겉으로 드러나는 행동만을 묻는, 단순하기 짝이 없는 심리검사도 마찬가지였다.

여덟 팔 자 눈썹으로 태생적 울상을 한 그 닥털은 왜 이제야 병원을 찾았냐며 란과 수에게 겁을 주면서, 리탈린을 아침저녁으로 꼬박꼬박 먹이라고 신신당부했다. 주의력결핍과잉행동장애는 뇌의 한 부분이 잘못돼 자기 제어가 안 되는 요상한 병이며, 리탈린을 장기 복용함으로써 문제는 해결될 수 있을 것이라는 얘기였다. 게임에 미친 것도, 가끔씩 격한 감정을 억누르지 못해 과한 행동을 하는 것도 엄밀히 내 잘못이 아니라니 고개 숙여 감사할 일이었다. 하지만 그래도 그렇지, 나한테 괴기한 약을 먹이라고? 웃기시는 닥털 같으니라고. 리탈린은 한마디로 나쁜 약이었다. 세상에, 뇌에 작용을 가하는 약이라니. 그놈이 기가 세질 대로 세질 때는 진정 효과가 있는 것 같기도 하지만, 결국 사람을 멍청하게 만들 게 뻔했다. 함부로 뇌를 자극하다니 말이 돼? 나는 천재도 아니지만 바보도 아니다. 수와 란은 내가 이렇게 된 게 자기들 탓이 아니라 주의력결핍과잉행동장애 때문이었다는 닥털의 말에 면죄부를 받은 듯 두 손을 맞잡기도 했다. 참 환상의 커플이다.

수는 안절부절못하고 집 안을 돌아다녔다. 안방에 들어갔다 나오더니 주방에서 냉장고를 몇 번이나 열었다 닫고, 소파에 앉아 쉴 새 없이 TV 채널을 돌려대다가는 독고찬 방에 들어갔다 나와 또다시 TV 채널을 돌려댔다. 어이가 없어서. 분리 불안을 가진 아이라 해도 그 정도는 아닐 것이다. 문을 잠그지 말라고 반복하는 바람에 뚜껑이 열렸지만 참았다. 그사이 란은 교통 체증 때문에 길바닥에서 기름을 낭비하고 있다는 전화를 해 왔다.

방문을 닫고 다시 피아노 앞에 앉았다. 머릿속에 공기정정기를 장착한 것처럼 맑은 상태였는데 수가 완전히 망쳐놓았다. 요즘엔 새엄마, 새아버지가 애들한테 오리지널보다 더 잘한다던데 이건 완전히 클래식한 계부라니까. 히사이시 조의 〈Spring〉 첫 소절로 돌아가 손가락을 움직였다. 집중하자, 집중해. 그런데 꽈과광…… 엄청난 볼륨으로 터져 나와 집 전체를 뒤흔드는 소리! 베토벤의 〈운명〉이었다. 작정하고 나를 방해하는 딱 한 사람, 독고민수였다. 빌어먹을, 서재에 들어가 아름다운 수학의 세계에나 빠져들지 무슨 놀부 형놈 같은 심보야. 순간 나는 아트리움의 BB탄 총을 꺼내 방문에 대고 정신없이 쏘아댔다. 탈수 중인 세탁기

드럼통처럼 몸이 심하게 요동쳤다. 그놈이 성질을 내고 있었다. 조금 더 심했다면 거실까지 튀어 나갔을지 모른다. 심장이 쿵쾅쿵쾅 난리를 쳤다. 입에서 단내가 나며 짐승의 울부짖는 소리가 새 나왔다. 침대로 몸을 날려 이불을 뒤집어썼다. 그놈을 달래야 했다. 빌어먹을!

내가 왜
이런 벌을
받아야 하지?

1

'그놈'이 본격적으로 정체를 드러낸 것은 내가 여덟 살 때였다. 특별한 경우가 아니라면 누구나 받게 되는 의무교육을 받으러 나도 학교라는 곳엘 들어갔다. 처음 며칠은 그럭저럭 다닐 만했다. 모든 게 새로웠으니까. 다시 말하지만 처음 며칠만 그랬다. 멋대가리는 없지만 유치원보다 열 배는 큰 학교, 란보다 나이가 많은 선생님, 새 책, 새 연필, 새 크레파스, 새 옷을 입은 낯선 녀석들……. 교실에 얌전히 앉아 있기에 이런 것들은 너무도 쉽게 싫증 났다. 어처구니가 없었다. 이렇게 재미없이 아이들을 가둬두는 게 학교였단 말이야? 그건 학교가 아니라 감옥이었다. 10분 공부하고 40분을 쉰다면 모를까, 어떻게 40분 동안 꼼짝없이 한자리에 앉아 있고 고작 10분을 쉰단 말인가. 차라리 초코볼이 되어 상자 속에 들어가 있는 게 낫지. 엉덩이를 수시로 들썩거리던 나는 마침내 수업 시간에 교실을 돌아다니기 시작했다(나 말고 이런 아이가 한 명 더 있었다). 선생님의 지적질이 날아들자 나는 가슴이 답답해 숨 쉬기도 힘들었다. 내 안의 그놈이 꿈틀거리며 자기 존재를 드러낸 것은 바로 그즈음이었다. 그놈의 소리가 들리기 시작했다.

밖으로 나가.

소리가 그렇게 강력하지는 않았다. 속이 간질거릴 정도? 긴가민가 의심스럽기도 했다. 이전엔 그놈이 그런 식으로 명령을 내린 적은 없었으니까. 뭐 어쨌든, 그놈이 아니더라도 나는 충분히 밖으로 나갈 용기가 있었다. 내가 무서워하는 사람은 독고민수뿐이었으니까. 말이 많았던 수다쟁이 담임 아줌마는 조금도 무섭지 않았다. 나는 수업 종이 치든 말든 아무도 없는 운동장에서 혼자 맨발로 놀았다. 최고였다. 특히 놀이터의 정글짐엔 거의 미쳐버렸다. 철봉을 가로세로로 엮어 만든 정글짐을 한 층 한 층 기어오를 때 정수리가 뻥 뚫리는 기분! 코카인을 흡입하면 그런 기분이 들까? 정글짐 꼭대기에 머리를 빼고 하늘을 올려다보면 울렁울렁 기분 좋은 멀미가 나는 게 천국이 따로 없었다.

빌어먹을, 그때 그 담임 아줌마는 정말 끔찍했다. 수업 시간에 운동장에서 논 걸 가지고 자기 반에 괴물이라도 들어온 것처럼 기절초풍을 하다니. 하지만 괴물은 바로 담임 아줌마였다. 마지막 시간에 내가 또 교실을 돌아다니자 의자에 앉힌 채 줄넘기로 내 몸을 고정시켰던 것이다! 정신줄 놓지 않고서야 어린아이에게 어떻게 그런 짓을 할 수 있을까. 새빨간 루즈로 범벅을 한 입에서는 어이없는 말이 쏟아져 나왔다. 이 의자는 요술 의자야. 내려오려고 하는 순간 네 엉덩이에 딱 달라붙을 테니 잘 참고 있어야 해. 그러면서 마귀처럼 웃었다. 씨발, 머리가 팽 돌면서 어지러웠다.

그때 소리를 질렀던 건 내가 아니라 그놈이었다.

─사이코! 사이코! 사이코!

마귀 아줌마는 경악했다. 내가 더러운 욕설이라도 내뱉은 것 같아서였는지, 쥐똥만 한 녀석이 '사이코'란 말을 안다는 게 놀라워서였는지는 모르겠다. 둘 다였나? 하지만 석사 어머니와 박사 아버지가 있는 우리 집에서는 늘 유식한 말이 난무했기에 '사이코'쯤은 내게 어려운 어휘가 아니었다. 어쨌든, 담임 아줌마는 곧 마성을 되찾았고 수업이 끝날 때까지 나를 풀어주지 않았다. 나의 저항에 혀를 내두르면서도 말이다. 란이 집에서 틀어주던 모차르트 곡 〈반짝반짝 작은 별〉 영어 노래를 나는 수업이 끝날 때까지 중얼거렸다. 어떻게든 마귀 아줌마를 엿먹이고 싶었다. twinkle twinkle little star—how I wonder what you are—up above the world so high—like a diamond in the sky—twinkle twinkle little star—how I wonder what you are

그 일은 내가 두 번 다시 수업 시간에 정글짐을 오르지 않겠다고 약속함으로써 일단락되었다. 마귀 아줌마의 연락을 받은 란이 선생님 말씀을 잘 듣겠노라는 맹세를 나에게 강요했다. 란이 하는 말을 웬만하면 옳다고 믿었던 때라 나는 의자에 오래 앉아 있기 위해 노력했다. 그놈도 그때는 한참 어려 이따금 욱하기는 해도 강력한 파워를 행사하지는 못했다. 생각해보면 당시 나는 그놈을 좋아했던 것 같다. 가려운 데를 팍팍 긁어주기도 하고 용기를 주기도 했으니까.

밤이라고 해서 꼭 잠을 잘 필요는 없어.

불 켜고 모형 비행기를 조립해.

숙제를 너무 많이 내주는 마귀 아줌마가 나빠. 아파서 못했다고 해.

그놈이 이렇게 충동질을 하면 겁도 없어지고 내가 하고 싶은 대로 행동할 수 있었다.

학교와 나와의 불화는 그때부터 시작되었다. 그로부터 무려 10년 가까이, 학교라는 곳이 즐거웠던 적이 단 한 번도 없으니까. 빌어먹을, 의무교육은 왜 만들어낸 거야. 집단 수용소가 적성에 맞는 녀석들만 모아놓고 똑같이 가식적인 인간을 만들면 될 것을. 내 참 어이가 없어서, 하다못해 독서 지도마저도 위선적으로 하는 게 학교였다. 『미운 오리 새끼』를 읽고 '백조가 된 미운 오리 새끼는 자신을 구박했던 오리들을 보고 무슨 생각을 했을까요?'라는 질문을 던진 것도 유치 뽕짝인데, '꼴좋다'라고 한 나의 대답에 어린이는 고운 말을 써야 한다며 두 팔로 X 표를 긋는 게 학교였다. 이렇게 지긋지긋한 학교를 그토록 오래 다녔다니 기적이나 다름없었다. 초딩 때까지는 상습적인 거짓말로 머리가 아프다고 했지만, 이제는 정말 교문을 들어서기 전부터 머리가 욱신욱신 쑤실 정도다. 학교를 때려치운다면 뭘 하고 살아도 지금보다는 나을 텐데. 수와 란에게는 어림 반의 반 푼어치도 없는 소리다.

나의 아트리움을 장식할 새로운 무기 아이템을 만드느라 밤을 꼴딱 새웠다. '놀토'라 늦잠들을 자는지 집 안이 조용했다. '행운의 한 방 라이플.' 이름은 심플하게 지었다. 바이올린 줄은 라이플의 방아쇠 부분에 촘촘히 감았다. 손가락에 착 달라붙는 느낌이 어떤 몬스터라도 한 방에 퇴치할 수 있을 듯 그럴싸했다. 아직 절반 정도밖에 완성하지 못했다. 심혈을 기울어 만들 작정이다. 이니마를 만나고 나니 아이템의 개수를 늘리기보다 명품을 만들어야겠다는 생각이 굴뚝같다.

찬에게 전화를 했다. 녀석의 방까지 가기가 귀찮았다. 무슨 걸그룹의 댄스 곡 컬러링이 한참 울린 후에 찬은 전화를 받았다. 아직 꿈속인지 잠꼬대 같은 말을 중얼거리는 녀석에게 말했다.

—물 한 컵만 가져와.

목도 말랐지만 새 아이템 자랑도 하고 싶었다. 녀석이 아이 씨, 하는 소리를 못 들은 척하고 전화를 끊었다. 잠갔던 방문을 열어 놓았다. 이렇게 번거로운 짓을 하지 않고 내 방을 내 멋대로 쓸 수는 없나? 태어날 때부터 인생이 피곤하더니 가시밭길도 이런 가시밭길이 없었다.

물 한 컵을 들고 온 찬은 잠이 덜 깬 상태였다. 머리카락은 사방으로 뻗치고 얼굴은 창백했다. 물컵을 두고 나가려는 녀석을 불러 세웠다.

—새 아이템이야. 어때, 쩔지?

—별론데.

녀석은 행운의 한 방 라이플은 거들떠보지도 않고 말했다. 왜 잠도 자지 못하게 하느냐, 이런 불만이 찌푸린 얼굴에 가득했다.

—물 한 컵 더 가져와.

녀석이 떠 온 물을 단번에 들이켜고 빈 컵을 내밀었다. 밥을 먹어도 9500그릇은 더 먹은 형에게 버릇없이 구는 건 참을 수 없었다. 녀석은 앙다문 입술에 힘을 주더니 다시 물을 떠 왔다. 컵에 담긴 물은 넘치기 일보 직전이었다. 이 새끼가 오기를 부려? 그놈이 속에서 꿈틀 몸을 트는데 녀석이 선수를 쳤다.

—다 만들면 끝내주겠다.

행운의 한 방 라이플을 관심 있게 들여다보는 척하며 녀석이 말했다. 과연 눈치 100단, 기분 맞추기 500단다웠다. 내가 흥분하면 자기한테 좋을 게 없다는 걸 녀석은 이미 오래전에 터득했다. 물컵을 받아 들었다. 물이 출렁 넘쳐 바닥에 쏟아졌다. 상관하지 않았다. 그놈이 잠깐 나를 충동질할 뻔했지만 나도 일을 벌일 생각은 없었다. 아침부터 시끄럽게 해봐야 나만 당할 게 뻔하니까. 기분대로 했다간 혼자 독박을 쓸지도 몰랐다. 일의 발단이 뭔지는 알 필요도 없이 모든 사건의 주범은 무조건 독고단, 나였다.

—총신이 되게 길지? 2차 세계대전 때 가장 많이 쓰인 라이플이 이 정도였거든. 사정거리가 일반 소총보다 훨씬 뛰어나서 저격용으로는 안성맞춤이라고, 이 새꺄. 듣는 거야?

나는 찬의 옆구리를 발로 한 대 찼다. 행운의 한 방 라이플을 마지못해 들여다보면서 여전히 불만스러운 면상을 하고 있는 게 보기 싫었다. 맷집 좋고 엄살이 없는 것도 오늘은 짜증 났다.

—어, 총이 열라 길다, 2차 세계대전 때 많이 쓰였다, 멀리 쏠 수 있다, 맞지?

듣는 척만 하는 줄 알았는데, 만일을 대비해 힌쪽 귀로는 꺽딩히 입력을 하고 있었나 보다. 녀석은 내 눈치를 보며 행운의 한 방 라이플을 손가락으로 살살 만져보기까지 했다. 정말 여우 같은 새끼다.

나는 방아쇠 부분을 감은 재료가 수의 바이올린 줄이라고 말해주었다. 걱정할 필요는 없었다. 일러바쳤다간 무슨 일을 당할지 찬이 더 잘 알고 있을 테니까. 게다가 녀석은 기특하게도 철통 보안, 입이 놀랄 만큼 무거웠다.

—너, 수가 바이올린 좀 가지고 놀았던 거 기억나냐?

기분이 좀 나아져 찬에게 옛날 얘기를 했다(내 기분은 수시로 좋아졌다 나빠졌다 한다. 아마 이것도 그놈 때문일 거다).

―어. 나 유치원 학예회 때 수가 학부모 장기 자랑으로 바이올린 연주했잖아. 달달 떨면서. 난 그때 수가 독감 걸린 줄 알았어.

크하하 웃는 나를 보고 녀석도 히죽 웃었다. 이제 잠이 좀 깬 모양이었다. 맞을 땐 맞더라도 쿨하게 분위기를 바꾸는 낙천성은 누굴 닮았는지 모르겠다. 사실 수와 란의 사랑을 싹쓸이하는 것 같아 속이 뒤틀릴 때가 있지만, 말이 좀 통하는 건 녀석뿐이다. 하지만 나는 녀석을 갈굴 수밖에 없다. 나를 갈구는 수의 친아들이니까.

행운의 한 방 라이플을 아트리움에 걸다가 도로 빼냈다. 왠지 빈티가 나 찜찜했다. 니스 칠을 해볼까. 사포질을 하는 데만 네 시간 넘게 걸렸는데, 좀 반들반들해야 뽀대가 날 것 같기도 했다.

―수가 바이올린 줄 끊은 거 알면 어떡할 거야?

찬이 물었다.

―야, 신발장 서랍에 니스 있나 보고 와.

―수가 알면 펄쩍 뛰면서 말 더듬고 난리칠 텐데.

이 새끼가 재수 없게. 니스가 있나 찾아보라는데 녀석은 계속해서 바이올린 줄을 붙잡고 늘어졌다. 이럴 땐 정말 속에서 불이 난다.

―신발장에서 니스 좀 찾아보라니까!

―니스가 뭐야?

방바닥을 주먹으로 쾅 내리쳤다. 찬이 자지러지는 듯 몸을 떨었다.

—왜 또, 무슨 일이야?

잠옷 바람으로 나타난 것은 란이었다. 다크서클이 잠자리 안경처럼 파인 '생얼'도 보기 흉한데 소름 끼치는 하이 소프라노로 바짝 조여오면 귀신이 따로 없었다. 그런데 빌어먹을, 문 잠그는 걸 잊었다. 허둥지둥 아트리움을 치우는데, 란은 옛날 식탁보를 보고도 아무 말을 하지 않았다. 알고 있었던 거야? 눈썹을 좁히고 뭔가 캐내려고 하는 것보다 더 찝찝했다.

—장난감 총으로 박물관을 만들 생각? 진짜 총 저리 가라더라?

빈정거리는 것 같아 기분이 상했다.

—**씨발, 남이야 박물관을 차리든 고물상을 치리든 뭔 상괸이야.**

그놈의 말에 란은 안색이 더 나빠졌다.

—근데 왜 하필 총일까. 누구 쏘고 싶은 녀석이라도 있어?

—전부 다!

행운의 한 방 라이플로 방바닥을 내리쳤다. 총구가 떨어져나갔다. 재활용 분리수거장에서 어렵게 찾아낸 쇠 파이프였다. 돌아 버릴 것 같았다.

—인생이장난같으니? 장난감총으로보기싫은녀석들을쏴죽이다니. 그리고너랑내가남이야? 찬이니노예야? 왜난리야? 왜새벽부터부려먹으면서겁을주고그래?

란의 따발총 난사가 시작되었다. 란은 화가 나면 숨도 쉬지 않고 말을 내뱉는다. 한번 흥분하면 속사포가 되는 란과 한번 욱하면 심하게 말을 더듬는 수. 환장하게 잘 어울리는 짝꿍이다. 이를 악물고 있었지만 내 몸은 지진이 일어나기 직전처럼 힘들었다. 그놈이 내 안에서 몸부림을 쳤다.

─저것봐내가저럴줄알았다니까. 어떻게멀쩡한시디플레이어뜯어서장난감만들생각을하는지. 내가눈뜨고속는줄알았지? 옷걸이배드민턴라켓숟가락포크책꽂이뒤판 멋대로갖다쓰고뜯어쓰고작살낸게셀수도없지.

란의 입을 틀어막아.

그놈이 나를 부추겼다.

─아, 쫌!

나는 소리를 질렀다. 머리가 터질 것 같았다.

─오호그래열받니? 다른사람이열받는건총알반쪽만큼도생각못하지? 내가도닦으며살고있다는걸알턱이있나. 참아주고덮어주고가려주는것도한계가있…….

이후로 약 5분간 무슨 일이 일어났는지 기억나지 않는다. 정신을 차려 보니 찬이 울고 있었고, 녀석의 왼쪽 눈꼬리 옆으로 피가 흐르고 있었다. 행운의 한 방 라이플은 박살 난 상태였고, 방은 수류탄이라도 터진 것처럼 난장판이었다. 사색이 된 란은 한 팔로 찬을 감싼 채 방문을 붙잡고 서 있었다.

─독고단, 아무래도 내가 전생에 너랑 견원지간이었던 모양이다. 원하는 게 뭐니?

심각한 얘기를 할 때 란은 내 이름을 풀 네임으로 부르는 습관이 있었다.

─상냥하게 말해…….

나는 어렸을 때 란에게 자주 했던 말을 중얼거렸다. 뒤끝을 흐린 이유는 란 뒤에 모습을 드러낸 수 때문이었다. 완전 털렸구나. 문을 열어놓는 게 아니었는데. 아니, 찬을 부르는 게 아니었는데. 수는 란과 똑같은 테디베어 커플 잠옷을 입고 있었다. 란의 남편이 아니라 아들처럼 보였다. 자다가 일어났는데도 가르마가 반듯한 그는 입을 열 듯 말 듯 하더니 말을 더듬기 시작했다.

─무, 무슨 일인데? 마, 마마, 미음에 아, 아, 인 드는 일이 있으면 대, 대, 대, 대화로 푸, 푸울어야지. 누, 누, 누운에 뵈, 뵈는 게 없어? 너, 까까, 깡패야?

수는 여기까지 하고는 방으로 돌진해 들어와 나에게 이단옆차기를 날렸다. 할리우드 액션으로 방바닥에 쓰러졌는데도 왼발 오른발 번갈아가며 나를 걷어찼다. 내가 기억하지 못하는 5분간의 일을 목격한 게 틀림없었다. 피 흘리는 찬을 보고 눈이 뒤집혔을 것이다. 진짜 아들이 상해를 입었다 이거지. 그래, 돌 만도 하지. 어떻게 봐도 귀엽기만 한 자기 아들이 꼴통 의붓자식에게 당했으니 왜 안 그렇겠어. 퍽 퍽 퍽……. 나는 짐승처럼 엎드려 줄기차

게 맞았다. 란이 그만해! 소리쳤지만 발길은 계속 날아들었다.

그런데 수의 발작이 뭔가 허술했다. 길길이 날뛰면서도 왠지 겁을 먹은 것 같았다. 더 이상 감당할 수 없다는 사실을 깨달은 자의 공포? 그런 게 느껴졌다. 게다가 110킬로그램이 넘는 덩치가 한바탕 소동을 부리는 게 당황스럽기도 했겠지. 이제 내 몸무게는 115킬로그램에 육박하고 있었다.

수는 내가 침대 옆에서 한참 동안 축 늘어진 것을 보고서야 흥분을 가라앉혔다. 죽도록 맞은 건 아니었지만 온몸이 골고루 쑤시고 아팠다. 방 안이 진공 상태인 듯 조용했다.

—뭐, 뭐해? 야, 약상자 가져오지 않고.

수가 란에게 말했다.

이제 수의 자기반성이 시작될 차례였다. 이성을 잃고 한바탕 뒤집은 후에 참회 모드로 변하는 건 하나의 패턴이었다. 내가 병원에 입원했다가 2개월 만에 퇴원하고부터 그랬던 것 같다. 닥털에게 어떤 말을 들었을지도 몰랐다. 내가 입원하기 전 수와 란도 두 시간 넘게 무슨 검사를 받았는데 그때부터 두 사람의 태도가 분명히 달라졌으니까. 화가 나도 무던히 참으려 애쓰는 게 눈에 보였단 말이다. 성공률보다 실패율이 더 높아서 문제지.

—내가 감정을 너무 앞세운 건 백 번 생각해도 잘한 일이 아니다. 단 너도 나름대로 힘들다는 거 알고 있고…….

란이 찬을 침대에 앉혀놓고 상처 난 부위를 소독할 때, 수의 참

회가 시작되었다. 나는 그다음부터 듣지 않았다. 참된 반성이란 다시는 같은 짓을 되풀이하지 않는 것이다. 자책에 빠진 수, 아마 다음에 또 나에게 이단옆차기를 날리지 않을 자신은 없을걸?

나의 바람은 간단했다. 나를 제발 그냥 놔둬달라. 그리고 소원이라면 빌어먹을 학교를 때려치우는 거였다. 학교는 인생에 하등 도움이 되지 않고, 나를 매일같이 미치게 만드니까. 구린내 나는 꼰대들과 야비하고 멍청한 몬스터들을 보기도 구역질 났다. 내 안의 '그놈'이 갈수록 성질이 더러워지고 참을성이 없어지는 것도 당연했다. 그럴 수밖에 없잖아.

수의 반성은 지겹게 이어지고 있었다. 중간 중간 ADHD가 어떻다느니 우린 모두가 시험에 들었다느니 하는 소리가 들렸다. 언제 끝낼 거지? 앉아 있기도 힘들었다. 요즘 들어 그놈은 점점 사나워지고 있었다. 수시로 머리를 조이고 몸에서 리히터 규모 7.8의 강진이 발생한 것처럼 나를 뒤흔들어놓기 일쑤였다. 그놈도 부쩍부쩍 크고 있는 게 분명했다. 내가 1년 사이 15센티미터나 키가 크고 체중도 20킬로그램 가까이 늘어난 것처럼. 다시 리탈린을 먹어볼까. 하지만 그놈은 약을 먹을 때만 잠깐 잠잠해졌다가 약을 끊으면 곧바로 몸을 부풀리는 게 틀림없었다. 그렇다고 꾸준히 약을 먹자니 머리통이 마비돼 바보 얼간이가 될까봐 무서웠다. 빌어먹을, 될 대로 되라지.

─피아노 좀 쳐볼래?

란이 찬의 왼쪽 눈 옆에 거즈를 고정시키며 말했다. 목소리는 한풀 꺾여 있었다. 아무리 강심장이라도 그놈이 날뛸 때는 간이 졸아붙었겠지. 자기반성을 끝낸 수는 해쓱해진 얼굴로 맥없이 피아노를 가리켰다.

―그래, 한번 들어보자.

참 어색한 시추에이션이었다. 한바탕 전쟁을 치른 다음에 번개 콘서트를 열라니. 게다가 내가 피아노를 칠 때 베토벤의 〈운명〉으로 나를 돌게 만들었던 무법자가 바로 수 아니었나? 내 피아노 연주에 가장 혹독한 평가를 하는 사람도 수였다. 아무 반응을 보이지 않는 것보다 더 나쁜 평가가 어디 있어.

눈치 100단 찬이 잽싸게 일어나 피아노 뚜껑을 열었다. 부상을 입고도 분위기 반전에 나서는 녀석이 존경스러웠다. 어처구니없게도 나는 이 이상한 요청을 거부할 수 없었다. 방에 고여 있는 공기가 엄청 심란했다. 그들은 모두 겁에 질려 있었다. 이러다 집 안이 엉망진창이 되는 거 아닌가, 뭐 그런 공포감이 맴돌았다.

파헬벨의 〈캐논 변주곡〉을 연주하기 시작했다. 란과 수가 예전에 많이 듣던 곡이었다. 피아노를 만질 기분이 아니었지만 나는 군말 없이 피아노를 쳤다. 겁먹은 란과 수와 찬을 보면서 정작 내가 더 겁났다. 이러다 진짜로 확 돌아버리지는 않을까. 그놈이 무슨 짓을 저지를지 어떻게 알아.

파헬벨의 〈캐논 변주곡〉은 갈수록 요상하게 변주되었다. 박자도 불안하고 빠르기도 불안했다. 경직된 공기를 이기지 못하고 손가락은 뻣뻣하게 굳은 채 건반을 두드려댔다. 몬스터 D의 막장 연주법이 이 난장판 속에서 내 손으로 구현되고 있었다. 빌어먹을. 같은 주제가 가볍게 반복되며 돌림노래처럼 편안하게 진행되어야 할 곡이 정신 사납게 흩어졌다. 씨발, 될 대로 되라지.

2

아름다운 대륙 프리우스에서 운명의 소녀 아니마와 여행을 했다. 가슴이 벅차올랐다. 프리우스는 기억과 감성을 잃어버린 아니마와 함께하기엔 딱 좋을 만큼 몽환적이었다. 백지 상태의 아이가 그렇듯 아니마는 호기심 가득한 표정을 하고 나를 따라다녔다. 레벨 13 때, 나와 아니마를 만나게 했던 아우로라 마을 NPC가 퀘스트 하나를 주었다. 그가 소개한 다른 NPC를 통해 우리의 만남을 축하하는 선물을 얻을 수 있었다. 폭죽과 좀 별나게 생긴 모형이었다.

최고의 수확은 아니마에게 기쁨의 감정을 배우게 한 것이었다. 퀘스트를 수행한 뒤 꿈 같은 이벤트 영상과 함께 아니마는 기쁨의 감정을 되찾았다. 나는 아니마와 함께 드넓은 지역을 신나게 옮겨 다니며 화려한 스킬을 구사해 몬스터들을 퇴치했다. 요리 퀘스트를 수행해 빛나는 호랑모과와 밀가루, 설탕, 달걀, 태양사과와 마력의 수액 등을 얻은 다음, 아니마를 시켜 아트리움의 화덕에서 요리도 해 먹었다. 기쁨의 감정을 넣어 만든 요리로 우리는 원거리 공격력이 증가했다. 마력과 생명력도 빠르게 회복되었다.

갑자기 시끄러운 소리가 나 고개를 들었다. 칸막이 너머에 네다섯 자리를 차지한 녀석들이 요란스럽게 게임을 하고 있었다. 소리 소리 지르고 욕설을 내뱉는가 하면 친구들 자리로 왔다 갔다 하며 법석을 떨었다. 게임을 단순 오락으로만 아는 멍청이들이었다. 하긴 게임에 한참 맛이 갔던 예전의 나도 별로 나을 건 없었다. 리니지, 와우, 디아블로, 그따위 게임을 할 때었다. 그땐 더 좋은 아이템을 구입하기 위해 캐시를 사다가 용돈 날리며 정신 나간 채 살았으니까. PC방을 전세 낸 듯 난리치는 녀석들에게서 눈을 떼는데 누가 내 등을 툭 쳤다. 뭐야.

—야, 담뱃재 떨어지잖아.

지나가던 알바 형이 자판을 가리켰다. 숫자 2와 3 사이에 담뱃재가 얹혀 있었다. 손가락에 침을 묻혀 담뱃재를 그대로 찍어서 재떨이에 떨어냈다.

—자식, 엄청 지저분하네.

알바 형은 컵라면 용기와 감자칩 봉지, 콜라 캔을 집어가며 인상을 닦았다. 자판 주변이 라면 국물에 과자 부스러기, 구겨진 빈 담뱃갑, 종이컵으로 좀 너저분하긴 했다. 그래도 그렇지 뭘 이 정도 가지고.

—이따 치울게요.

쪼잔하게 구는 알바에게 나는 최대한 고분고분 말했다. 기쁨을 알게 된 아니마의 기운이 나에게도 전해진 것 같았다.

—시간은 보면서 하냐? 세 시간 넘었다.

모니터 오른쪽 아래를 보니 현재 시간 08:13PM. 휴대폰은 꺼놓은 상태였다. 아니마와 함께하는 동안은 누구의 방해도 받고 싶지 않았다. 하지만 시간이 꽤 지났다는 걸 알고 난 이상 마음이 급해졌다. 란이 여기저기 PC방을 뒤지고 다니지는 않을까. 그러다 딱 걸려 성가시게 일을 치렀던 적이 한두 번이 아니었다. 수에게는 뭐라고 말했을까. 혹시 연락 두절이라고 사실대로 고하진 않았겠지?

프리우스를 나왔다. 아니마와 헤어지기 싫었지만 할 수 없었다. 아예 집을 나올 생각이 아니라면 나도 살아야 하니까. 게다가 돈도 바닥나 더 있으려면 외상을 져야 할 판이었다. 그래도 뭐, 오늘은 나름 뜻깊은 날이었으니까. 아니마에게 기쁨의 감정이 살아난 것만 해도 충분히 보람은 있었다. 친밀감도 6으로 높아졌다. 셀레로 스테이션에서 아니마는 나에게 수줍게 손을 내밀기도 했다. 개구리 버스를 타고 마을을 구석구석 돌아다닐 때는 아니마와 한 뼘쯤 가까워졌다는 걸 피부로 느낄 수 있었다. 지금까지 나는 누구와도 이런 교감을 해본 적이 없다.

'책 읽는 아이'로 통했던 초등학교 4학년 때부터 나는 친구라는 걸 내 인생에 끼워 넣지 않기로 했다. 가슴이 짝짝이였던 젊은 여자 담임은 세심함이라고는 마지막 오줌 한 방울만큼도 없는 여자였다. 짝짝이 가슴은 끝끝내 몰랐을 것이다. 내가 왜 교실에서 책을 끼고 살았는지. 그 여자는 1학기 첫날부터 쓸데없이 오버를 했다. 키 순서대로 짝꿍을 정하는데 나에게만 예외를 두었던 것이다.

—독고단 좀 잘 챙겨줘라.

짝짝이 가슴은 키 큰 나를 중간으로 끌어와 세미라는 여자애 옆자리에 앉혔다. 무슨 개떡 같은 소리야. 내가 칠칠치 못한 바보라고 광고라도 하는 거야? 자신을 배려심 많은 교사라고 착각했겠지만 나에겐 최악의 배려였다. 산만한 놈은 자존심도 없는 줄 아나. 3학년 때 담임에게 무슨 얘기를 들은 게 틀림없었다. 부주의하다, 정리정돈을 못한다, 잘 잊어버리거나 잘 잃어버린다, 남의 말을 듣지 않고 자기 말만 한다, 규칙을 안 지킨다, 친구들과 어울리지 못한다, 기타 등등. 1학년부터 3학년까지, 내 생활기록부에 담임들이 썼던 내용이었다. 빌어먹을, 내가 친구들과 못 어울린다고? 당장 죽인다 해도 인정 못할 말이었다. 나는 못 어울린 게 아니었다. 정확히 말하면 어울릴 수도 없었고 어울릴 생각도 없었다. 그들에게 나는 천왕성에서 온 외계인이었고, 나에게 그들은 이기적인 슈퍼 몬스터들에 의해 사육된 덜 자란 몬스터들이었으니까. 한마디로 종족이 달랐단 말이다.

아무튼 그때 기분이 확 잡친 나는 1년 내내 귀를 막고 나만의 섬에 살기로 작정했다. 야무지고 똑똑한 세미를 대놓고 무시한 건 물론이다. 시간표대로 챙겨 오지 않은 나에게 교과서를 같이 보자고 해도, 준비물을 나눠줘도, 알림장을 보여주겠다고 해도, 무조건 거부했다. 쉬는 시간엔 학급문고를 들고 와 책에다 눈을 박고 있었다. 그때 나는 건성으로 책장만 넘기다가 위인전이라는 걸 읽게 되었는데, 나랑 비슷한 유전자를 지닌 위인들이 많다는 걸 알고 얼마나 흥분했는지! 무식하기 짝이 없는 선생들에게 에디슨, 아인슈타인, 앙리 뒤낭, 존 레논, 발자크, 기타 등등 위대한 인물들의 과거를 알고 있느냐 묻고 싶었다.

점심시간에는 책을 벽처럼 세워 놓고 혼자서 밥을 먹거나 굶었다. 졸지에 독서광이 된 나를 아이들은 확실하게 별종 취급했다. 어쩌다 한 번씩 말을 시키던 몇몇 녀석들까지 뜨악하게 굴었다. 누가 가르쳐주지도 않았는데 그들은 터득하고 있었다. 별종에게는 접근하지 않는 게 좋다! 그러니까 내가 만든 섬에 들어오고 싶어 하는 아이는 하나도 없었다는 얘기다. 뭐 그 전에도 친하다고 할 수 있는 애들은 한 명도 없었지만(나랑 친하게 지내려는 아이도 없었고, 내가 친하게 지내고 싶은 아이도 없었다). 어쩌면 내가 학교를 야비하고 찌질한 몬스터들이 득시글거리는 던전으로 생각하기 시작한 건 그때부터였는지 모른다.

PC방을 나오자마자 편의점에 들어가 담배를 샀다. 체육복 추리닝을 입고 교복은 가방에 구겨 넣었지만 점원은 의심의 눈빛을 보냈다. 뒷손님이 보채지 않았다면 민증을 까 보이라고 했을지 모른다. 그런 일이 가끔 있긴 했지만 큰 문제는 없었다. 편의점은 어디에나 있으니까. 교복 차림인데도 군소리 없이 담배를 판 점원도 있었다. DB 맛이 그렇게 좋냐? 이런 농담까지 하면서. 피울 놈은 어떻게든 피운다는 걸 알고 있었겠지. 그 현명한 점원에 대한 예의로 나는 그때 산 담배를 아껴 피웠다. 이제는 용돈이 부족해 아껴 피워야 할 판이다. 빌어먹을.

출입문과 기까운 쓰레기통 앞에서 딤뱃갑의 비닐을 빗겼다. 고양이를 안은 아이가 편의점 문을 열고 들어왔다. 언젠가 한 번 보았던 아이였다. 심하게 정신 사나운 모습에다 온통 까맣고 반들반들한 새끼 고양이를 안고 다녀 쉽게 기억이 났다. 해질 대로 해진 힙합 바지에 보풀이 많은 헐렁한 후드티, 파충류를 페인팅한 야구 모자 밑으로 삐죽삐죽 뻗친 노란색 펑키 머리, 거기다 고물상에서 건져 온 듯한 초록색 여행용 트렁크까지, 미래의 노숙자처럼 보였다. 근데 여자애야, 남자애야?

펑키 머리는 과자류가 있는 선반을 기웃거렸다. 내 시선은 자연스럽게 그 애의 가슴으로 향했다. 고양이를 안은 데다 옷이 너무 커 잘 가늠이 되지 않았다. 체격은 초등학교 5학년 정도로 보였다. 덜덜거리는 트렁크를 끌고 진열대 사이를 돌아다니며 하는 짓이 정말 특이해 보였다. 물건을 이것저것 들었다 놨다 하며 바닥에 떨어뜨리기도 하고, 코너를 돌다가 트렁크를 진열대에 박기도 했다. 너도 나랑 비슷한 '과'구나. 나는 한눈에 알 수 있었다.

편의점을 빙빙 돌던 펑키 머리는 계산대로 향했다. 바코드 리더기에 찍힌 물건은 생리대와 바나나우유였다. 여자애임을 확인해주는 것 같아 피식 웃음이 나왔다. 다시 한 번 얼굴을 보았다. 전체적인 느낌으로 판단하자면 평범한 인생은 아닌 듯했다. 나랑 같은 '과'라면 당연했다. 점원이 거스름돈을 꺼내는 동안 여자애와 잠깐 눈이 마주쳤다. 눈빛이 내 동공이라도 찌를 것처럼 날카로웠다.

―생리대 사는 거 처음 봐요?

깜짝이야. 시선을 돌릴 새도 없이 화살처럼 날아온 말이었다. 목소리는 작았지만 앙칼지게 할퀴는 말투였다. 보통이 아닌걸? 얼굴이 뜨거워졌다. 펑키 머리의 말 때문이 아니라 내가 머리를 끄덕이고 있다는 걸 알았기 때문이다. 얼마나 멍청해 보였을까. 펑키 머리는 잔돈을 받아 편의점을 나갔다. 비닐봉지를 든 손으로 검은 고양이를 안고 다른 손으로는 초록색 트렁크를 끌고 나가느라 꽤나 시간이 걸렸다.

펑키 머리가 길 오른쪽으로 사라지고 나서 편의점을 나왔다.

휴대폰을 꺼냈다. 전원을 켜자마자 벨이 울렸다. 잘못 걸려 온 전화가 아니라면 발신자는 란이었다. 그럼 그렇지, 역시나. 통화 버튼을 누르자 속사포가 터져 나왔다.

―어디서뭐하고계시는거니? 오늘병원가는날이라고아침에세번이나공고했는데. 휴대폰까지꺼놓고뭘했을까독고단?

아차, 외래 진료를 받는 날이었는데 잊어버리고 말았다. 뭐 안 잊어버리는 게 놀랄 일이지만.

―머리 아파서 사격장 갔었어.

거짓말은 쉽게 나왔다. 사격장을 가본 적은 있었지만 발걸음을 끊은 지 오래였다. 일주일 용돈 만 원 가지고는 어림도 없었다. 그 돈을 다 써도 권총을 열 발밖에는 쏘지 못하니까.

―너거짓말하는데내가귀신이라는거몰라? 휴대폰잃어버릴때마다최신형으로사줬더니 보람도없이번번이꺼놓는이유가뭐야. PC방에서손가락운동하고있었던거맞지?

―사격장 갔었다니까!

화가 치밀었다. 거짓말을 한 건 맞지만 무조건 의심부터 하고 보는 데 짜증이 났다.

―단, 잊어버린 거로 할게. 하지만 또다시 게임의 세계로 진출하면 그 즉시 입원하기로 한 약속, 잊지 않았지?

란은 가까스로 진정하고 말을 다듬었다. 더 이상 쏘아댔다가는 내가 무슨 일을 저지를지 모른다고 생각했나? 행운의 한 방 라이플 사건 이후로 속사포 발사를 자제하는 게 느껴졌다.

―수한테는 뭐라고 했어?

―들어오시면 알지 않을까? 일단 집으로 와.

전화가 끊기면서 란의 한숨이 잘려나갔다. 란이 한 달에 한 번 약 처방만 받아 오면 될 것을, 닥털에게 상담을 꼭 받아야 하나?

주치의와 얘기하면 조금은 마음이 편해지기도 한다. 절대로 화를 내는 일 없이 무슨 말이든 경청하고 용기를 주기도 하니까. 사실 병원까지 가기가 귀찮아서 그렇지 상담을 하는 게 싫은 건 아니다. 소심하지만 맘씨 좋고 차분한 주치의와 얘기를 하다 보면 잠깐이라도 낙관적인 기분이 들 때가 있기 때문이다. 한번 잘해볼까 싶기도 하다. 하지만 그뿐이다. 달라진 게 하나도 없잖아. 주치의에게 '그놈' 얘길 했다가 완전히 뒤집어쓸 뻔했다. 진짜 정신 나간 놈인 줄 알고 당황하더라니까. 세상에 전지전능한 존재란 없다. 닥털도 신도 결국엔 믿을 수 없단 얘기다.

란이 입원 어쩌고 했던 말이 귓가에 맴돌아 속이 메스꺼웠다. 그때의 약속은 병원에서 나오기 위한 약속이었지, 병원에 다시 들어갈 때를 위한 약속이 아니었다. 어디가 고장 난 게 분명한 사람들과 내가 왜 같이 그곳에 있었어야 했는지, 나는 지금도 모른다. 나 정도 문제가 있다고 병원에 입원해야 한다면 교실이 반은 비어버리게?

담배를 꺼내는데 고물 트렁크의 바퀴 소리가 들렸다. 노란색 펑키 머리가 갔던 길을 되돌아오고 있었다. 보도블록이 울퉁불퉁해 소리가 더 시끄러웠다. 정말 정신 사납네. 트렁크 소리가 가까워졌을 때 슬쩍 고개를 돌렸다. 계속 쳐다봤다가 또 무슨 봉변을 당할지 알아. 펑키 머리는 나 같은 놈에겐 아무 관심도 없는 듯 앞만 보고 걸어갔다. 나는 히피 같은 그 애 뒷모습만 멍하니 바라보았다.

집에 들어가기가 싫었다. 하지만 안 들어갈 생각도 없었다. 중학교 때 두 번 가출을 해봤지만 개고생뿐이었으니까. 수와 란이 예전보다는 나를 덜 괴롭힌다는 것, 아니 그러려고 나름 애쓴다는 것도 내가 가출을 하지 않는 한 가지 이유였다(병원 치료 효과는 내가 아니라 수와 란에게서 나타난다. 효과가 미미해서 그렇지). 그리고 부정하지 못할 분명한 사실이 있었다. 그들이 아니면 지금보다도 살아가기가 더 힘들어진다!

학교를 그만둘 수 있다면……. 이제 교복만 입어도 죽을 것 같았다. 교실에 비린내를 풍기고 앉아 있는 몬스터들은 모두 바보 자식들뿐이고, 몬스터 D는 보기만 해도 토할 지경이었다.

집에 들어가기 전 쓰레기 재활용품 분리수거장 옆에서 담배를 피웠다. 집에서 나올 때도 그렇지만 들어갈 때도 담배를 피워야 지겨운 시간을 버틸 힘이 생겼다. 오늘은 또 어떤 일이 벌어질까. 쉽게 넘어가지는 않겠지. 연락도 없이 잠수를 탔으니까. 내가 휴대폰을 꺼 연락이 안 되면 란은 속이 새까맣게 탄다고 한다. 백 번 생각해도 약을 먹어야 할 사람은 내가 아니라 란과 수다.

요즘 툭하면 날뛰는 그놈이 오늘은 가만히 좀 있어줘야 할 텐데……. 하긴 그놈이 얌전하든 지랄을 떨든 힘든 건 마찬가지 뭐. 빌어먹을, 내가 왜 이런 벌을 받아야 하지? 배 속부터 죄를 지었을 리 없잖아. 신이 있다 해도 이해할 수 없고, 신이 없다 해도 이해할 수 없는 더러운 인생이었다. 침대에 드러누워 자고 싶었다. 자다가 죽어버려도 상관없고. 쓰러질 것처럼 피곤했다.

3

빌어먹을, 생일에 왜 파티를 하는지 모르겠다. 내기 아프리가 오지의 원주민이나 알래스카 불곰으로 태어났다면 모를까. 역겨운 몬스터들이 바글거리는 곳의 인간으로 태어난 이상 축하받을 이유가 없었다. 게다가 패밀리 레스토랑은 사람을 미치게 만드는 데였다. 생전 처음 보는 사내들이 빙 둘러서서 기타를 치며 생일 축하 노래를 부르질 않나, 즉석 사진을 찍질 않나, 쪽팔려 죽는 줄 알았다.

생일 케이크에 열 살짜리 초 하나와 한 살짜리 초 일곱 개를 꽂으면서 란은 언제 이렇게 나이를 드신 거야, 하며 웃었다. 하룻밤 사이에 푹 파인 뺨은 핑크빛 화장으로도 감춰지지 않았다. 휴대폰 꺼놓고 딴짓거리 하다 들어왔다고 확신하면서도 나를 감싸느라 수에게 말도 안 되는 시나리오를 갖다 댄 게 바로 어제였으니까. 잔소리를 반쯤 줄이고 말을 좀 부드럽게 한다면 반발심도 절반은 사라질 텐데. 그놈이 성질을 부리면 나도 어쩔 수 없지만 말이다.

수는 늦게 들어간 나를 보고 아무 얘기도 하지 않았다. 란은 내 방까지 따라 들어와 다음에 또 한 번 이런 일이 있으면 정말 수에게 다 불어버리겠다고 경고했다. 뭐 처음 있는 일도 아니었다. 나는 교복을 입은 채 잠이 들었다가 아침에 그대로 일어나 학교에 갔다. 란이 휴대폰으로 생일 축하 메시지를 날리지 않았다면 내 생일인지도 몰랐을 거다.

이번 생일은 그래도 예년에 비해서는 양호한 편이었다. 지겨운 영어 학원을 어제부로 그만두었으니까. 할렐루야. 곧 다른 학원을 알아보겠지만 당장은 해방이었다. 나는 스테이크를 남김없이 썰어 먹고도 배가 차지 않았다. 찹스테이크를 하나 더 먹으면 안 되냐고 하자 수는 군소리 없이 주문을 해주었다. 생일이라고 선심 쓰는 건가? 네 식구는 단지 먹는 것밖에 할 일이 없는 사람들처럼 말없이 고기만 씹었다. 나름 분위기 메이커 역할을 하는 찬도 먹는 데 열중하고 있었다. 엄청난 육식 체질인 녀석은 고기라면 환장을 했다.

새로 서빙된 스테이크를 자르며 주변을 둘러보았다. 패밀리 레스토랑에는 테이블마다 TV광고 뺨치게 행복해 보이는 패밀리들이 비누 거품 같은 웃음과 얘기를 나누며 식사하고 있었다. 꼬맹이들이 열 명쯤 둘러앉은 옆 테이블은 계속해서 소란스러웠다. 레스토랑에 들어와 막 자리를 잡고 앉았을 때 서버들과 생일 축하 노래를 목청껏 부르던 녀석들이었다. 반짝이 고깔모자를 쓴 녀석은 나랑 생일이 같은 모양이었다. 턱이 뾰족한 게 몬스터 D의 어릴 때 모습과 비슷했다. 반듯한 가르마에 호화 사립학교에 다니는 도련님풍의 옷을 입은 모습도. 죽을 때까지 지워지지 않을 것 같은 화장에 아이의 동작을 하나하나 체크하는 듯한 눈매의 여자는 엄마겠지? 마마보이와 한 세트를 이루기에 딱 어울리는 그 여자도 몬스터 D의 엄마와 비슷했다. 입맛 떨어지네.

내 기억이 정확하다면 몬스터 D의 엄마는 꽤나 예쁘고 날씬했다. 적당히 큰 가슴이 죽여줬는데. 하지만 질리게 깐깐하고 인정머리도 없어 아름답다는 생각은 한 번도 해보지 못했다. 심지어 악의적이기까지 했으니까. 나는 몬스터 D의 엄마가 학원에서 나를 내쫓기 위해 어떤 일을 했는지 알고 있었다. 그것도 한 학원이 아니라 세 학원에서.

내가 녀석과 영수 학원을 같이 다녔던 5학년 때였다. 그때도 역시 나는 학원에서 요주의 인물로 찍혔는데, 녀석의 엄마가 향수 냄새를 진하게 풍기며 원장을 찾아왔다. 학원 분위기를 망치는 아이를 그냥 놔두고 있는 데 대한 문제 제기를 그 여자는 참 교양

머리 없게도 했다. 정 안 되면 우리 애가 학원을 그만두든가 해야 겠네요(그 여자는 정말 이런 말을 태연하게 내 앞에서 했다).

몬스터 D에게 복수를 할 수도 있었지만 나는 한 번도 그러지 않았다. 학원을 그만두는 건 내가 원하는 일이기도 했으니까. 학교만 다녀도 지겨운데 학원까지 다니며 인생을 구기기도 싫었고, 자기 생각은 조금도 없는 멍텅구리들이나 인간을 이해하지 못하는 자식들과는 어울리고 싶지도 않았다.

자기 엄마가 학원에 찾아와 독고단 죽이기를 하고 간 후 몬스터 D는 머리가 돌덩어리라도 되는 양 고개를 무겁게 떨어뜨리고 다녔다. 아무리 마마보이지만 안 쪽팔리겠어? 몬스터 D의 미간에 벌써부터 굵게 잡힌 세로 주름은 절반 이상 못된 마마가 파놓은 것이다.

암튼 몬스터 D의 엄마는 독고단 죽이기에 두 번 정도 성공했지만 결국은 하지 않아도 될 짓을 했다. 어차피 난 같은 학원을 석 달 이상 다녀본 적이 없으니까. 나는 그렇게 이 학원 저 학원 전전하고 이것저것 배우다 말다 하면서 란과 수에게 거의 매일 잔소리를 듣느라 일 년 내내 고달팠다.

그때만 해도 몬스터 D는 모든 면에서 나보다 열등했다. 동네가 작다 보니 두세 개쯤은 같은 학원엘 다니기 마련이었는데, 녀석은 내 앞에서 늘 기죽어 있었다. 기를 쓰고 공부하고 연습해도 실력은 강사의 말을 가끔 귓등으로만 듣는 나와 엇비슷했기 때문이다. 특히 피아노 치는 건 대체 눈을 뜨고 배웠나 싶을 만큼 엉망이었다. 음악적 재능이라곤 말라붙은 밥풀때기만큼도 없으면서 마지못해 뚱땅뚱땅 건반을 두드리고 있는 모습은 불쌍할 정도였다. 아마도 S라인의 무시무시한 마마가 피아노를 멋지게 연주하는 판사나 의사 아들을 구상하고 있었는지도 모르겠다.

하지만 나에게도 치욕적인 날이 있긴 했다. 6학년 때, 피아노 콩쿠르에서 몬스터 D는 입상하고 나는 떨어졌다. 사실 나의 치욕은 입상 여부와는 무관했다. 참가만 하면 거의 모두가 상을 받는 허접한 콩쿠르였고 몬스터 D는 가장 하위인 장려상을 받았으니까. 나는 어땠냐고? 연주를 시작한 지 몇 분도 안 돼 무대를 내려왔다. 너무 쪽팔려 기억하고 싶지도 않지만, 그날 나는 한겨울에 물벼락 맞은 개 떨듯 떨었다. 많은 사람이 지켜보는 가운데 넓은 무대에서 혼자 연주를 하는 게 왜 그토록 두려웠는지. 실수를 거듭한 나는 두 손으로 건반을 꽝 내려치고 무대에서 퇴장해버렸다. 꼴등 상을 받은 몬스터 D보다는 차라리 내가 나았다는 생각엔 변함이 없지만, 나는 그 이후로 약 한 달 동안 자존심이 만신창이가 된 채 살았다. 장담하건대 몬스터 D에게도 그날의 콩쿠르는 굴욕으로 남았을 것이다. 녀석의 마마는 타나 마나 한 장려상을 반겼을까, 실망을 감추지 못했을까.

나는 가끔 곰곰이 생각할 때가 있다. 정말 뭐가 문제였을까? 단지 피아노 콩쿠르 무대가 겁났을까? 사실을 말하자면 나는 자신이 없었다. 수에게 한 번도 칭찬을 들어본 적이 없으니까. 독고찬이 아무리 감탄을 하고 란이 잘한다 잘한다 해도 소용없었다. 우리 집에서 가장 잘난 수가 인정해주지 않는데 어떻게 자신감을 가져. 피아노 연주만이 아니라 뭘 해도 마찬가지였다. 차라리 혹평이라도 했다면 좀 나았을 거다. 수는 내가 어떤 재주를 부려도 잘했다 못했다 말이 없었다. 자기가 실기 시험 채점 교수야 뭐야. 그럴 때마다 나는 자신감이 뚝 뚝 떨어지고 스스로 쓸모없는 놈이란 생각이 들어 거구의 몸이 한 줌으로 작아지는 것 같았다. 수에게 나는 천재가 아니라 그 반대일지도 몰랐다.

언젠가 잊고 싶은 기억을 말해보라는 주치의에게 이 얘길 한 적이 있었다. 주치의는 머리도 좋고 여러 가지 재능도 있으니 자신을 믿으라며 내 기를 살리려 했다. 잠시 기분은 좋았지만 그뿐이었다. 닥터의 한계이자 나의 한계였다. 약 처방이나 하지 말지. 하루에 두 번이나 리탈린을 먹도록 하지 않았다면 그를 믿어볼 수도 있었을 텐데. 나는 하나 마나 한 상담을 하며 약으로 내 머리통을 마비시키려는 그를 신뢰할 수 없었다.

―단.

고기를 씹으면서 한참 생각에 빠져 있는데 찬이 내 옆구리를 찔렀다.

―어떻게 흘리는 게 반이야. 이런 데서는 조심해야지.

수가 내 앞을 손가락질하며 말했다. 빌어먹을, 잘 흘리는 게 어디 하루 이틀이야? 이런 데 오면 왜 조심해야 하는데. 먹고 나가면 종업원이 5분 만에 말끔하게 치울 텐데. 고기만 한 조각 한 조각 사라진 듯 깨끗한 수의 접시 주변은 처음에 세팅한 그대로 반듯반듯 직각을 이루고 있었다. 수도승의 밥상도 그 정도는 아닐 것이다. 먹다가 체하지 않는 게 이상했다. 내가 흘린 음식을 손으로 주울 때 수가 급하게 팔을 뻗었다.

―스탑!

수는 샐러드 닭가슴살을 집어든 내 손을 포크로 막았다.

―거지처럼 주워 먹으라고 한 게 아니잖아. 다리 좀 그만 떨고.

―씨발, 주워 먹으라고 그런 게 아니면.

빌어먹을, 내 입을 촘촘히 꿰매버리고 싶었다. 그런 식으로 말대답할 생각은 없었는데 인제 뭐어나왔는지 몰랐나. 그놈 싯이지 뭐. 수는 납덩이처럼 얼굴이 굳어 들고 있던 포크를 내려놓았다.

―진짜 주, 주워 먹으라는 줄 알았니?

그는 최대한 낮은 톤으로 말했다. 하지만 말을 더듬을 조짐이 보였다. 찬이 심하게 떠는 내 다리를 손으로 붙들었다. 주머니곰이 생각나 화가 치밀었다.

―치워, 새꺄!

찬의 손을 주먹으로 치다가 유리컵을 건드려 레모네이드를 엎질렀다. 테이블이 수습할 수 없을 만큼 엉망이 되었다. 찬이 나에게 맞은 손을 다른 손으로 감싸 쥐고 신음을 삼켰다.

─독고단, 네가 잘못하고 왜 또 찬한테 화풀이?

란은 주변을 힐끔거리며 나에게 눈총을 주었다. 내가 뭘 잘못했지? 그리고 먼저 기분 나쁘게 군 게 누군데, 화풀이라니. 여덟 살이나 어린 새끼가 언제나 여덟 살 많은 형처럼 구는 건 정말 참을 수 없었다. 머리가 지끈지끈하면서 뚜껑이 열리려 했다.

─**나 학교 그만둘래.**

지금 뭐라고 지껄인 거야. 그놈이 내 안에서 발작을 시작한 모양이었다. 앞뒤 맥락도 없이 폭탄 같은 말이 튀어나오고 말았다. 속에서 또 지진이 일어나는 것 같았다.

─하, 하, 학교를 그, 그만둔다고? 뭐, 뭐가 무, 무, 무운젠데?

수가 심하게 말을 더듬었다.

─독고단너! 그헛소리취소하지못해?

란이 볼륨을 낮춰 따발총을 쏘았다.

─아니, 학교 때려치우는 게 소원이야. 학교의 학 자만 들어도 토할 것 같아.

어차피 쏟아진 물, 이판사판이었다.

─그, 그러니까 뭐, 뭐, 뭐가 무, 무, 무운제냐고?

─문제는뭐가문제야독고단이녀석이문제지. 지금또딴데정신팔린게틀림없어.

란의 얼굴은 표백제를 뿌린 듯 하얘졌다. '게임'이나 'PC방' 같은 말이 입 안에서 맴돌았겠지만 밖으로 내뱉지는 않았다. 수는 냅킨으로 입을 닦아 접시 옆에 반듯하게 접어놓았다. 찬은 세 사람의 눈치를 번갈아 보며 조심조심 고기를 썰었다.

―다, 단이 너, 야, 야, 약은 정말 잘 머, 먹고 있어?

낭떠러지 앞에서 '왜 내가 여기 있어야 하는가.' 이해하지 못하는 사람처럼, 수는 납득할 수 없는 절망을 감내하느라 얼굴에 온통 힘이 들어가 있었다. 자신의 든든한 후원자이자 엄마 같은 존재 란, 그리고 제 할 일 알아서 착착 하는 귀염둥이 코알라 독고 찬, 여기까지라면 인생이 그럭저럭 괜찮았을 것이다. 언제나 문제는 나, 독고단. 피 한 방울 나눠주지 않은 녀석 때문에 매일 골이 터질 것 같으니 어처구니없기도 하겠지.

―먹고 있어.

내가 할 수 있는 일이 뭐가 있을까, 거짓말밖에.

―이, 이제 약, 내, 내 앞에서 머, 머억어. 알았지?

―학교 다니기 싫다니까!

그놈은 이제 배라도 뚫고 나올 만큼 팽창한 것 같았다. 이렇게 수에게 대놓고 반항을 한 적은 없었는데 말이다. 하지만 내 몸은 무지막지하게 떨렸다. 나는 오른쪽 대퇴부 근육이 뻣뻣해질 만큼 다리를 떨었다. 내 허벅지를 붙잡았다가 졸지에 당한 찬은 격렬히 떠는 내 다리를 열심히 곁눈질만 했다. 수는 테이블에 올린 두 손을 마디가 하얗게 도드라질 정도로 꽉 쥐고 있었다.

―하, 학교 아, 안 다니면 뭐, 뭐, 뭐할 건데?

—하긴뭘해일찌감치백수건달양아치되는거지. 학교마저안다니면그땐인생끝장나는거야. 독고단나좀살려줘라응?

살려달라고? 그건 내가 할 소리다. 매일 지옥에 가야 하는 건 나라고!

—그만 가, 가자. 지, 집에. 다, 다 먹었지?

수는 먹는 속도가 느려터진 찬을 재촉했다. 혹시라도 다른 패밀리들의 구경거리가 될까봐 겁이 나는 모양이었다. 명색이 교수이신데 그렇기도 하겠지. 찬은 남은 고기 조각들을 한꺼번에 입에다 쓸어 넣었다.

—난 아직 다 못 먹었어.

나는 접시에서 끽끽 소리가 날 정도로 거칠게 칼질을 했다. 그놈은 끝까지 개길 태세였다.

—계, 계, 계산하고 바, 밖에 나가 있을게.

수는 무릎에 있던 헝겊 냅킨을 두 번 접어 테이블 모서리에 맞춰 올려놓았다. 그러고는 의자에 걸쳤던 겉옷을 들고 곧장 레스토랑 입구로 걸어갔다. 찬도 미어터질 듯한 입을 우물거리며 수를 따라갔다.

란이 체념한 듯 두 사람을 바라보다가 기겁하여 누군가에게 인사를 했다. 조금 떨어진 테이블에 한 가족이 식사를 하고 있었다. 교중 미사 때 미사 해설을 맡은 아줌마네 가족이었다. 저 집도 누구 생일인가? 아줌마네 부부와 할아버지, 초등학생 딸 둘이 둘러앉은 식탁은 아무 일도 없어 보였다. 하지만 누가 알아. 조용히 칼질을 하며 무시무시한 얘기를 나누고 있을지.

─그만 먹으면 안 되겠니? 수랑 찬이 밖에서 기다리잖아.

란은 참을 인 자 두 번을 쓰고 포기한 사람처럼 말했다. 밖에서 기다리는 사람들이 걱정인지, 성당 아줌마가 뭔가 이상한 낌새를 챘을까봐 걱정인지 알 수 없었다.

─졸라 짜증 난다니까. 이런 데서 생일 파티는 왜 하는 거야?

나이프와 포크를 접시에 던지고 자리에서 일어났다. 도자기와 스테인리스 맞부딪치는 소리가 요란했다. 바닥에 떨어뜨린 등심 한 조각이 발에 밟혔다.

─입 좀 닦고 가지?

냅킨을 건네는 란을 무시히고 앞장서 걸어갔다. 팔뚝에디 입을 문대자 더러운 육즙과 샐러드드레싱이 묻어났다. 성당 아줌마의 딸이 엄청난 사건이라도 목격한 듯 나를 쳐다보았다. 이상한 건 내가 아니라 니들이야. 나는 패밀리 레스토랑의 판에 박힌 고상함과 한 세트가 된 가족에게 꾸벅 인사를 했다. 성당 아줌마가 억지웃음을 지었다. 고기나 드시죠. 내 몸은 그놈의 발작을 이겨내느라 덜덜 떨리고 있었다.

4

―고백성사 꼭 봐라.

란은 현관문을 나서는 나에게 말했다. 토요일 학생 미사에 보낼 때마다 습관적으로 하는 당부였다. 봉사 활동을 빠질 만큼 기력이 없다면서 잔소리는 여전했다. 전에는 고백성사를 보지 않으면 소독약이라도 뿌리겠다는 둥 말도 안 되는 협박을 하곤 했는데, 언제부턴가 그런 말은 생략했다. 의욕을 잃었거나 재미를 잃었거나 나에겐 잘된 일이었다.

―어.

나는 건성으로 대꾸하고 문을 쾅 닫았다. 고백성사 따위는 10억 원을 준다고 해도 보기 싫었다. 대체 뭘 고백하라고. 나는 죄를 지은 게 없었다. 모든 일은 다 '그놈' 짓이니까. 그리고 거짓말을 하지 않으면 십중팔구 화들을 내는데 어떻게 거짓말을 안 해. 이래저래 내가 거짓말을 하는 데는 내 책임이 없단 얘기다.

게다가 고백을 하는 사람이 누군지 신부가 뻔히 알 텐데 같이 쇼를 하라고? 작은 구멍들이 뚫린 칸막이를 사이에 두고 서로 모른 척하면서 중얼중얼 진실 게임을 하다니, 코미디나 다름없었다. 같은 인간끼리 죄를 고백하고 그 죄를 씻어주는 것 역시 코미디일 뿐이고. 그리고 또 하나, 신부가 죄를 지으면 누구에게 고백을 하지? 나는 우리 성당에서 이해할 수 없을 만큼 인기 짱인 보좌신부가 아줌마 신자들과 호프집 창가에서 술도 마시고 담배도 피우는 걸 본 적이 있다. 금욕을 해야 할 성직자가 대체 무슨 짓이야? 결론은, 하느님께 할 얘기가 있으면 사제를 통할 필요 없이 직접 하라는 말씀이다.

머리는 계속해서 아팠다. 란은 내가 꾀병을 부리는 줄 알지만 전적으로 오해다. 미사를 빠지겠다고 한 건 정말 머리가 아팠기 때문이다. 머리가 왜 아프냐고? 이유는 한 가지밖에 없었다. 그놈이 부쩍 크고 있었다. 억울하지만 그놈은 빠른 속도로 자라고 있고, 성장통은 내가 겪어야 했다.

마당이 넓은 성당 한쪽에서는 늘 보던 녀석들 몇 명이 농구를 하고 있었다. 중딩과 고딩이 섞였지만 다 합해야 일곱 명밖에 되지 않았다. 석·박사들이 수두룩한 이 지역 신자들은 자기 아이들이 초등학교를 졸업하면 주일학교 끊는 걸 상식으로 알고 있었다. 주님, 용서하소서. 우리 아이가 목표한 대학에 입학하고 나면 두 배, 세 배 열심히 성당에 나오도록 하겠나이다. 그들은 그렇게 기도할지도 모른다. 명품 핸드백 속에서 겨우 천 원짜리 몇 장을 헌금으로 꺼내시는 분들의 기도란 그래야 하는 법이지. 열네 살이 된 아이들이라면 선한 목자이신 주님도 십자가가 있는 아름다운 동산에서 그들을 석방해주신다고 믿고들 있는 게 틀림없었다.

사제관과 창고 사이의 끽연 공간에서 담배를 한 대 피우고 나왔다. 마당으로 가서 농구를 하는 아이들 틈에 끼었다. 나까지 여덟 명이 돼 네 명씩 팀을 짰다. 어릴 때부터 알던 아이들이라 누구를 고의로 제외시키는 야비한 장난들은 하지 않았다. 바로 옆에 성모님이 자애롭게 아기 예수를 안고 계신데, 곱게만 자란 녀석들 중 그런 짓을 할 악마는 없었다.

그런데 내가 녀석들을 잘 봐줄 수 있는 건 딱 거기까지였다. 한 팀이 되었으면 제대로 플레이를 해야지, 나에게 도통 패스를 하지 않는데 완전히 돌아버릴 것 같았다.

—야! 이쪽으로 패스해!

골대를 맞고 튕겨 나온 공을 낚아챈 녀석에게 소리쳤다.

—아 씨, 뭐해! 나한테 패스하라니까! 야!

하지만 공을 잡은 녀석은 우물쭈물하다 상대 팀에게 둘러싸여

진땀을 빼고 있었다. 키가 작고 비리비리한 중딩 녀석이었다. 아니나 다를까, 공은 순식간에 상대 팀으로 넘어갔다. 어벙한 새끼.

—타임! 타임!

나는 두 손을 휘저으며 타임을 외쳤다. 어디선가 뭐야, 하는 불만 섞인 목소리가 들려왔다.

—너 왜 패스 안 하냐? 개기는 거야?

어이없게 공을 빼앗긴 녀석에게 따져 물었다.

—패스를 안 한 게 아니라 못 했지. 나보다 큰 형들이 마크하고 있는데, 그 상황에선 양동근이라도 별수 없었을걸.

—맞먹자는 거냐?

그놈이 비위가 상했는지 속이 메스꺼웠다.

—누가 맞먹겠대? 나도 어쩔 수 없었다고, 안 그래?

녀석은 다른 애들에게 동의를 구했다. 애들은 양쪽 눈치를 보느라 이러지도 저러지도 못하고 머뭇거렸다. 혼자서 안 될 때 재빨리 쪽수를 늘리는 얍실한 새끼. 한 손으로 녀석의 멱살을 움켜쥐었다. 속이 빈 쇠젓가락처럼 비쩍 마른 녀석은 내 손아귀에 가볍게 딸려 올라왔다.

—다시 말해봐, 새꺄. 어쩔 수 없었다고? 공을 그냥 갖고 있으니까 막히지!

—씨발, 막히니까 공을 갖고 있었지! 그렇게 맘대로 하고 싶으면 혼자 놀든가. 우리끼리 놀 땐 아무 문제 없었거든? 진짜 짜증

나게…….

녀석은 거칠게 콧바람을 내뿜었다. 찢어져 올라간 눈에는 오기가 가득했다. 어린 놈에게 무시당한 것 같아 열라 빡 돌았다.

이런 놈 용서해선 안 돼.

그놈이 사지를 뒤틀었다. 역시 나를 알아주는 건 그놈밖에 없었다. 그래, 얼마나 오랫동안 당해왔는데. 사람의 마음을 찢어발기는 건 주먹으로 살을 찢는 것보다 4만 배는 나쁜 짓이다. 나는 녀석의 멱살을 홱 뿌리치듯 놓았다. 녀석이 휘청거리다 겨우 중심을 잡았다.

—형, 저기…….

구경만 하고 있던 한 녀석이 턱으로 성당 사무실 쪽을 가리켰다. 보좌신부와 주일학교 교사 아줌마 셋이 다가오고 있었다.

안녕하세요, 안녕하세요, 안녕하세요……. 예의 바른 녀석들의 깍듯한 인사 후에 다정한 응답이 이어졌다. 그래그래, 야아, 보기만 해도 든든하다, 꼬박꼬박 미사 보러 나오고……. 성당에서 아줌마들은 모두 천당행 티켓을 따놓은 듯 온유했다. 하지만 고자질쟁이 바보 새끼가 내 얘기를 꼰지르면 첨가물을 잔뜩 넣어 퍼뜨릴 아줌마가 이 중에도 분명 있을걸?

—단이는 갈수록 풍채도 좋고 인물도 훤해지네.

중등부 주일학교 교사이면서 레지오 부단장인 아줌마가 나에게 말했다. 욕이야, 칭찬이야. 115킬로그램이나 나가는 몸뚱어리를 풍채가 좋다고 표현할 수도 있나? 눈 코 입이 살 속에 파묻힌 얼굴을 가지고 인물이 훤하다니 무슨 개 풀 뜯어 먹는 소리고.

―네.

나는 어른들을 상대할 때 정해놓은 대꾸를 했다. 아줌마들과 보좌신부가 웃음을 터뜨렸다. 제발 갈 길이나 곧장 가주시죠.

―단! 살 좀 빼지? 현빈이 울고 갈 이목구비는 다 어디로 숨어 버린 거야. 적당히 먹고 운동 좀 해라.

중학교 1, 2학년 때 주일학교 선생님이었던 세실리아 아줌마였다. 나는 조금도 기분 나쁘지 않았다. 가식이 없으니까. 나에게 산만하다는 얘기 대신 '왕성하게 활동적'이라는 말을 해준 사람도 개떡 같은 학교와 주일학교 교사들을 통틀어 세실리아 아줌마뿐이었다. 청량제를 먹은 듯 갑자기 머리가 맑아지는 것 같았다.

아줌마들과 보좌신부는 또 한 번 와르르 웃고는 본당 건물을 향해 걸어갔다.

―고백성사 볼 거면 땀 냄새 좀 빼고 와라.

보좌신부가 뒤를 돌아 말하고는 두툼한 입술을 씩 늘이며 본당으로 들어갔다. 그사이 녀석들은 나뭇가지에 걸쳐두었던 겉옷을 입고 있었다.

―뭐야, 그냥 가는 거야?

―고백성사 봐야 돼.

휴대폰으로 시간을 확인했다. 미사 시간까지 30분이나 남았는데, 나랑 놀기 싫다 이거지.

—너네 전부 다?

한 녀석을 빼고는 모두들 어정쩡하게 고개를 끄덕였다. 속이 빈 쇠젓가락은 벌써 수돗가로 가고 있었다. 그놈은 성질이 누그러졌는지 더 이상 충동질을 하지 않았다. 세실리아 아줌마 덕분에 상황이 종료된 것이다. 쇠젓가락이 운이 좋았지.

—지금 뺑쳤으면 밀떡 받아먹을 생각 마라.

나는 티셔츠의 네크라인을 끌어올려 목덜미의 비지땀을 닦으며 말했다. 그냥 해 본 소리가 아니었다. 고백성사를 보지도 않을 거면서 본다고 거짓말을 했다면 그것도 분명 죄였다. 죄를 짓고도 성체를 받아 모신다면 그건 더 큰 죄일 테고. 띨뺑한 자식들. 그런데 이렇게 착실한 녀석들도 고해소에 들어가 고백할 일이 있긴 있나? 엄마 말씀 안 들었다, 누나랑 싸웠다, 공부하는 척 방에 틀어박혀 못된 짓을 했다(차마 자위행위라는 말은 할 수도 없는 녀석들이고), 인간이면 누구나 하는 일들을 시시콜콜 늘어놓겠지.

녀석들은 화장실 쪽으로 몰려갔다. 나는 본당으로 발길을 돌렸다. 갑자기 생각이 바뀌었다. 고백성사를 보기로 했다. 시간을 최대한 끌어 한 녀석이라도 고백성사를 보지 못한 채 미사를 보게 만들 작정이었다. 맛대가리 없는 밀가루 떡을 받아먹지 못하면 한 주를 찝찝하게 살 바보 자식들.

보좌신부는 고해소에서 진실 게임을 할 죄인들을 기다리고 있었다. 신부와 나 사이의 나무 쪽창이 열리고 작은 구멍들 사이로 메기 입술의 실루엣이 보였다. 고백 기도와 통회 기도를 미리 하고 있어야 했는데 생략했다. 10년 넘게 해온 대로 입술로만 나불나불하는 건 아무 의미도 없었다.

―하느님의 자비와 은총을 굳게 믿으며 그동안 지은 죄를 뉘우치고 사실대로 고백해보세요.

메기 신부는 잠꼬대를 하듯 중얼거렸다.

―저…… 우리 반에 원수 같은 놈이 하나 있습니다.

―성사 본 지 얼마나 됐지?

아주 대놓고 반말이었다. 누군 줄 안다 이거지. 성사 본 지 얼마나 됐는지는 알아서 뭐하게. 입을 벌리자마자 김이 샜다.

―완진 무지개매너네.

혼자 중얼거렸더니 작은 구멍들 사이로 댓글이 새 들어왔다.

―무지개매너는 내가 아니라 너지. 이런 데선 절차를 지켜야지, 절차를. 성사 본 지 얼마나 됐지?

신부가 은어를 꿰뚫고 있다니 말세였다.

―기억나지 않는데요. 석 달…… 넉 달? 그게 중요한가요? 죄를 짓지 않아서 고백성사를 안 본 사람도 있고, 죄를 많이 짓고도 고백성사를 안 본 사람도 있을 텐데요.

보좌신부에게 시비를 걸려고 한 말이 아니었다. 언제나 궁금했던 걸 물어봤을 뿐이다.

—고백을 들어보면 다 알지. 죄를 짓지 않아서 고백성사를 안 봤는지, 죄를 많이 짓고도 날라리뽕으로 안 봤는지.

이런 막말을 구사하는 가톨릭 신부는 세상에 딱 한 명밖에 없을 거다.

—그러면 수시로 죄를 짓고 수시로 고백성사를 보는 사람과, 죄는 이따금씩 지으면서 1년에 두 번만 고백성사를 보는 사람, 둘 중 누가 더 나쁜가요?

이것도 평소 무척이나 궁금하던 바였다.

—됐고, 빨리 고백해라.

신부의 말은 거만했다. 장담하건대 하느님도 그렇게 무례하시지는 않을 거다. 같은 인간 앞에서 무릎 꿇고 얘기하는 것도 마음에 들지 않는데, 신부가 좀 겸손해야 하는 거 아냐?

—이게 죄인지 아닌지는 잘 모르겠는데, 죽이고 싶은 자식이 하나 있습니다.

PC방에 갔던 게 먼저 생각났지만 몬스터 D 얘기를 꺼냈다. 정작 결정적인 죄는 슬쩍 빼놓고 '이 밖에 알아내지 못한 죄도 모두 용서하여 주십시오.' 하는 마지막 청으로 도매금 죄 사함을 받으려는 수법을 나라고 못 쓸 리 없었다.

—아까 얘기했던 원수 같은 놈? 계속.

메기 신부는 따분하다는 듯 재촉했다. 어떤 놈을 죽이고 싶다는데 조금도 놀라지 않는 신부가 있다니 정말 놀랄 만한 일이다.

—제가 그 자식을 죽이고 싶은 이유는, 음악 시간마다 피아노를 욕보이기 때문입니다. 모데라토 칸타빌레도 모르는 무식한 녀석이 장작개비 패듯 건반을 마구 두드려대는 걸 보면 정말 참을 수가 없어요.

나는 흥분했다.

—그 녀석이 음악 시간마다 피아노를 치나?

—네. 이해할 수 없지만 우리 반 반주자거든요.

—그런데 말이야, 모데라토 칸타빌레는 나도 모르겠는데? 무슨 뜻이지?

맙소사, 무식할 거라고는 생각했지만 이 정도인 줄은 몰랐다.

—'보통 빠르기로 노래하듯이'란 뜻입니다.

—아, 그렇군. 이렇게 생각해보면 어떨까. 그 자식은 노래를 장작 패듯이 부르는 걸 좋아할지도 모른다고 말야.

이건 또 무슨 오징어순대 옆구리 터지는 소리야.

—〈그리운 금강산〉을요?

—그 노래가 〈그리운 금강산〉이었나? 어쨌든, 파격이 요즘 예술의 대세 아냐.

—하지만 그 자식의 개인 콘서트가 아니라 음악 시간이었단 말입니다.

—하하, 열 받을 거 없어. 누구의 죄라고도 할 수 없으니까. 그 자식도 음악 선생이 시켜서 하는 일이잖아. 정말 그 자식을 죽일

생각은 아니겠지? 고백할 게 또 있나?

빌어먹을 메기 신부, 이럴 줄 알았다니까. 하지만 여기서 끝낼 수는 없었다. 아직 10분도 채 안 지났으니까. 밖에서는 땀 냄새를 뺀 녀석들이 줄을 서 있을 거였다.

—이것도 죄인지 아닌지는 잘 모르겠는데, 학교를 때려치우고 싶습니다.

—왜?

—학교는 지옥보다 400배는 나쁜 곳이니까요. 배울 게 하나도 없고, 잔인하고 찌질한 몬스터들만 득시글거리는 데가 학교란 말입니다.

—음…… 학교가 지옥이라는 데는 백 번 동감이야. 하지만 다들 참고 다니잖아? 그리고 십장생이란 말 알 거 아냐. 십대도 장래를 생각해야 한다. 다른 녀석들이 잔인하고 찌질한 몬스터들이란 말에는 객관적인 증거가 없고. 학교 때려치우면 만사형통일 것 같지? 잘못하면 쪽박 찬다. 그냥 난 죽었다, 하고 다녀.

말 한번 쉽게도 했다. 도무지 감동을 주지 못하는 신부 같으니라고.

—더 이상 고백할 건 없지?

—아니, 더 있습니다.

—스스로 아무 죄가 없다고 생각하는 거 아니었어?

뭘 얼마나 안다고 아는 척이야.

―수의 바이올린 줄을 끊었습니다. 하지만 몇 년 동안 한 번도 켜지 않은 바이올린이었어요. 쓰레기나 다름없는.

―수의 바이올린이라고? 암튼 계속.

빨리 끝내려는 속셈인 게 분명했다.

―그리고…….

순간 걱정이 되었다. 메기 신부는 란과 친한데 혹시 일러바치지는 않을까. 애들 비밀은 지킬 필요가 없다고 생각하는 게 어른들이니까.

―고백을 하기 전에 한 가지 약속해주시죠. 신부로서 절대 비밀을 지키겠다고.

엄청나게 터져 나온 메기 신부의 웃음에 고해소가 날아가는 줄 알았다.

―난 날라리뽕 신부가 아니야.

그러면서 메기 신부는 웃음을 멈추지 않았다. 도대체 믿을 수가 없다니까.

―전 약속을 깨고 PC방에도 갔습니다. 네, 물론 게임을 했고요. 하지만 전 게임을 하는 게 아닙니다. 아니마라는 아이를 만나는 거지.

빌어먹을, 주둥아리가 어떻게 된 거야. 진짜 고백을 하고 있잖아. '그놈'은 지금 뭘 하고 있지? 잠이라도 자는 거야?

―게임을 하든 여자를 만나든 내 알 바 아니고, 정작 죄는 약속

을 깨고 몰래 허튼짓을 했다는 데 있지 않을까?

허튼짓이라니. 아니마를 만나는 게 허튼짓이라면 세상에 제대로 된 짓이 뭐가 있어.

—그런데 신부님, 신부님은 신부님 안에 어떤 놈이 살았던 적이 없나요?

—내 안에 누가 살고 있다니, 미친놈이 아니고서야 어떻게 그럴 수 있어. 너, 심심해서 고백성사 보는 거지?

더 이상 말하고 싶지 않았다. 이렇게 사람을 이해하지 못하면서 무슨 고백을 받고 무슨 죄를 없애줘. 내 꾀에 내가 말려 '그놈' 얘기까지 했으니 정말로 내가 미친놈이었다.

—보속은 주실 건가요?

—주님의 기도 백 번! 통회 기도 바치고 나가라.

말이 떨어지자마자 나무 쪽문이 탁 닫혔다. 빌어먹을. 통회 기도는 하지 않고 자리에서 일어났다. 115킬로그램을 지탱하고 있던 무릎이 뻑뻑하게 아팠다.

뭐하러 고해소에 들어갔던가. 밖으로 나와 대기 의자를 바라보며 나는 이를 갈았다. 차례를 기다리고 있는 사람이 할머니 셋과 아줌마 둘밖에 없었다. 비겁한 새끼들. 하지만 곧 웃음이 비어져 나왔다. 마마, 파파의 치마폭과 바짓가랑이를 벗어나지 못하는 거세된 강아지들인 줄만 알았는데 그게 아니었다. 거짓말을 치고도 혓바닥으로 뻔뻔하게 성체를 받아먹을 녀석들을 떠올리니 기분이 좀 나아졌다. 미사 시간엔 졸지 말고 녀석들을 주시해야지. 귀여운 새끼들. 나를 즐겁게 하는 건 재수 없는 천사 새끼들보다 단한 순간이나마 동류의식을 느끼게 하는 악마 새끼들이다.

그놈을 멈추게 하고 싶다

1

창선고등학교 1학년 1반이라는 던전은 여진히 디리운 냄새가 나고 꾸리꾸리했다. 반쯤 썩은 몬스터들이 교활하게 눈동자를 굴리거나 바보짓을 하는 것도 변함이 없었다. 하긴 하루 결석했다고 뭐가 달라질까. 놀토와 일요일, 급성 위염으로 결석을 했던 월요일까지 사흘을 건너뛰고 나오니 교실에 앉아 있기가 더 힘들었다. '그놈'은 교복을 입고 집을 나설 때부터 시위를 했다.

학교 가기 싫다고!

내 안에서 난리굿을 벌이는지 몸이 쿡쿡 쑤시고 머리도 아팠다. 아침에 란이 준 위장약과 리탈린은 먹는 척 입에 털어 넣고는 방에 들어와 책상 서랍에 뱉어버렸다.

내과에서는 고열과 구토의 원인을 급성 위염이라고 했지만 내 위는 누구보다 튼튼했다. 원인은 한 가지밖에 없었다. 즉각적인 효과를 보는 방식으로 그놈이 일을 벌인 것이다. 토하면서 학교에 갈 수는 없으니까. 나를 살리려는지 죽이려는지 확실치는 않지만 무자비한 놈인 것만은 틀림없었다. 속이 어찌나 괴롭던지 변기에 토하다 지옥으로 풍덩 빠지는 줄 알았다. 이러다 그놈이 감당할 수 없는 괴력을 보여 큰일 한번 치르지 않을까.

국어 선생인 주머니곰은 수행평가로 쓰게 했던 독후감을 몬스터들에게 나눠주면서 한마디씩 하고 있었다. 나도 그 숙제는 제출했다. 수업 시간에 독후감을 쓰게 했기 때문이다. 집에서 책을 읽어 오는 게 숙제였을 것이다. 나는 『허클베리 핀의 모험』을 가지고 독후감을 썼다. 2학기 들어 읽은 책이 하나도 없는 데다 줄거리가 제대로 생각나는 게 그 책밖에 없었다. 그리고 실제로 난 지금까지 그만큼 감동적인 책을 읽어본 적이 없다. 뒤집어지게 재미있는 데다 인간은 누구나 평등하며 똑같이 존중받아야 한다는 메시지까지, 명작 중의 명작이라 할 수 있었다.

—언제 읽은 책이냐?

마지막 순서로 호명을 받고 교탁 앞으로 갔더니 대뜸 질문이 날아왔다.

—초등학교 때도 읽고, 중학교 때도 읽고, 고등학교 때도 읽었는데요.

이건 사실이었다. 그것도 몇 번씩이나 반복해 읽었다. 허크가 하는 행동이 마치 나를 보는 듯해 홀딱 빠져들지 않을 수 없었다. 나도 그 시대에 미시시피 강 유역에 살았다면 허크 편과 노예 짐을 따라 뗏목을 타고 최고의 흥미진진한 모험을 했을지도 모르지. 고딩이 되어 이 책을 읽었을 때는 이런 생각이 들기도 했다. 허크가 이 시대 한국에 살았다면 어땠을까. 그는 충동적이고 반항적인 행동 때문에 소아청소년정신과에 끌려갔을 테고, 리탈린을 처방받았을 것이며, 이상한 놈 취급을 당했을 것이다. 나는 물론 독후감에 그런 얘기도 썼다.

—영화를 봤다든가, 그런 건 아니겠지?

빌어먹을, 꼭 이런 식이다. 누구도 손해 볼 일 없을 땐 좀 믿어주면 안 되나.

—아닌데요.

—독후감은 그럭저럭 독창적으로 썼는데, 필독 도서를 까드셨나? 『허클베리 핀의 모험』은 해당 사항 없잖아.

—필독 도서요?

여기저기서 킬킬거리는 소리가 났다.

—필독 도서 목록 인쇄물은 배고파서 먹어치웠냐?

또 한 번 킬킬거리는 소리가 들렸다. 주머니곰도 구겨진 내 얼굴을 올려다보며 빙글빙글 웃었다. 씨발, 머리에서 뜨거운 김이 모락모락 피어오르는 것 같았다.

─필독 도서는 뭐하러 만든 거야?

빌어먹을, 그놈은 꼭 이렇게 돌발적으로 일을 벌인다.

─불만이냐?

주머니곰은 옆으로 입을 씩 늘인 채 여전히 빙글거렸다.

─독서에도 취향이라는 게 있는데, 자율 선택권 없이 강제로 책을 읽히다니요.

짱돌 주먹이 이마로 날아들까 몸을 움츠렸는데 주머니곰은 의외의 반응을 보였다.

─독서의 자율 선택권이라. 가끔 그럴듯한 소리를 할 때가 있단 말야. 나는 생각한다, 고로 머리가 터질 것 같다에 이어지는 연속 안타야.

교실을 날려버릴 듯한 웃음소리가 터져 나오고, 몬스터들은 어리벙벙하여 주머니곰과 나를 번갈아 쳐다보았다.

─좋아, 수행평가 점수 최저점 주려고 했는데 특별 점수로 7점 주지.

10점 만점에 7점. 이왕 인심을 쓰려거든 후하게 좀 쓰지. 하지만 뜻밖이었다. 수행평가 숙제를 별로 해본 적도 없지만 7점이면 나에겐 큰 점수였다.

─그 점수, 공정하지 않은데요.

손을 들고 일어나 문제 제기를 한 녀석은 몬스터 D였다. 이게 정말 미쳤나. 속이 부글거렸다. 그런데 이 자식 언제 이렇게 키가 컸지? 바로 옆에 앉아 있으면서도 기럭지가 제법 된다는 걸 미처 모르고 있었다. 근육이 단단하게 만져졌던 게 생각났다. 기분이 더 나빠졌다.

―필독 도서에 불만이 있으면 처음부터 문제 제기를 했어야죠.

조는 녀석들의 숨소리만 들리는 가운데 몇몇 몬스터가 고개를 주억거렸다.

―두진이 얘기도 틀리지는 않아. 하지만 독후감을 제출하기 전에 그런 불만 사항이 나왔다 해도 점수를 주긴 줬을걸?

―그러면 모두 필독 도서를 무시하고 예전에 읽었던 책들 중에서 골라 쓴다면요?

집요한 새끼, 상대가 나라 이거지.

―모두 점수를 주긴 줬겠지. 2점이나 3점 정도?『허클베리 핀의 모험』이 필독 도서였다면 독고단은 만점을 받을 수도 있었어. 판에 박힌 독후감이 아니라 완전히 창의적이고 진심이 담겨 있었거덩.

뭐라고? 누구보다 놀란 녀석은 바로 나였다.

주머니곰이 나를 칭찬하다니. 머리끝에서 발끝까지 전기가 짜르르 흐르면서 빠르게 수염이 자라는 것처럼 양쪽 뺨이 쪽쪽쪽 당겼다.

―네, 알겠습니다.

몬스터 D는 주머니곰의 말에 승복했다. 계속 물고 늘어졌어야 녀석이 더 구겨졌을 텐데. 쿨하고 멋지게 보이고 싶었겠지. 그런 자제력은 어디서 나오는지 모르겠다. 나라면 펄펄 뛰다 천장을 뚫고 나갔을지도 모르는데.

결론을 내리듯 마침 종이 울렸다. 독후감 수행평가 얘기도 거기서 끝났다. 가슴이 펄떡펄떡 뛰어 주체할 수 없었는데 다행이었다. 주머니곰이 직직 끌고 나가는 삼선 슬리퍼가 멋져 보였다. 몬스터들은 기다렸다는 듯 와왁 떠들면서 교실을 뛰어나갔다. 몇몇 몬스터들의 손에는 음악책이 들려 있었다. 다음이 음악 시간이었나?

몬스터 D는 음악실 피아노에 의자를 바짝 당기고 앉아 반주 연습을 하고 있었다. 엎드려 자는 몬스터들도 대여섯 명 있었고, 성당의 장의자처럼 생긴 긴 의자들을 껑충껑충 넘어 다니며 노는 철부지들도 몇 명 있었다. 몬스터 D의 연습곡은 〈그리운 금강산〉이 아니었다. 식식 깊은 숨을 내쉬며 자는 녀석의 음악책을 가져다 뒤적여보니 그 곡은 이탈리아 민요 〈오 솔레 미오〉였다. 대체 이런 노래를 어떻게 도살장 돼지 새끼들 같은 몬스터들에게 부르게 하는지 이해할 수 없었다. 장작 패기 반주에 돼지 멱따는 노래라, 아무래도 음악 선생이 제정신이 아닌 모양이었다.

몬스터 D는 정말 구제 불능이었다. 피아노를 고상하기보다는 천박하고, 섬세하기보다는 거칠고, 정교하기보다는 엉성하게 다루는 데 타고난 소질이 있었다. 팔에다 각목을 댄 듯 뻣뻣한 건 완전히 굳어버린 습관인 것 같았다. 손가락은 건반의 연장이나 마찬가지인데 팔이 그렇다 보니 자연히 손가락도 뻣뻣했다.

—노래 제목이 뭔지는 알고 치냐? '쏟아지는 우박'이 아니라 '오 나의 태양'이라고.

피아노 소리가 멈추었다.

—『허클베리 핀』 때문에 기가 살았나?

몬스터 D는 이렇게 말하고 나에게로 고개를 돌렸다. 그러고는 멈칫하더니 의자에서 일어났다.

—선생님, 오늘부터 독고단이 반주를 하면 좋을 것 같은데요.

뭐야, 언제 들어왔는지 음악 선생이 문 옆 의자에 앉아 있었다.

—독고단 예전에 피아노 콩쿠르에 나가 제대로 실력 발휘를 한 적도 있거든요.

나는 순간 당황했다. 내가 피아노 콩쿠르에 나가 실력 발휘를 했다고? 몬스터 D 이 새끼, 완전히 지능적이었다. 무대에서 열병 환자처럼 떨다가 성질부리고 퇴장했을 때를 기억하고 있는 게 틀림없었다. 그날처럼 심장이 마구 뛰기 시작했다. 빌어먹을, 이런 증상은 왜 생기지? 왜 떨리냐고!

—그래? 그럼 독고단이 한번 해보든가.

음악 선생은 의자에 등을 기댄 채 팔짱을 끼고 말했다. 차라리 미친 짓을 한다면 모를까, 몬스터들 앞에서 피아노를 친다고 생각하는 순간 자신감이 추락하는 건 나도 어쩔 수 없었다. 완전히 악의적인 몬스터 D를 죽을 때까지 밟아버리고 싶었다.

―너, 『허클베리 핀』 얘기는 왜 꺼냈어. 졸라 뒤끝 더럽고 가식적인 새끼.

나는 『허클베리 핀』을 물고 늘어질 수밖에 없었다. 〈오 솔레 미오〉든 〈그리운 금강산〉이든 반주는 불가능했다. 허접한 콩쿠르에서 덜덜 떨다가 실수를 반복했던 걸 내 손가락도 분명히 기억하고 있을 테니까.

―인정할 건 인정해야지. 듣고 보니 담임 말에도 일리는 있더라고.

진심이라곤 멸치 똥만큼도 없는 말이었다. 구역질이 났다.

몬스터 D는 피아노에서 아예 물러나 나에게 그 앞에 앉기를 권했다.

―피아노 콩쿠르가 아니니까 편하게 해도 돼.

개새끼! 몬스터 D의 대가리에 총알을 쑤셔 박고 싶었다. 그놈이 내 안에서 미친 듯 발광을 하는 게 느껴졌다.

찍 소리도 못 내게 밟아버려!

그다음은 현실이 아니라 꿈속 같았다. 나는 최강의 무기로 완전무장을 한 사수가 되어 더럽고 악질적인 몬스터를 퇴치하고 있었다. 나는 내가 가지고 있는 공격력을 총동원해 몬스터 D를 몰아붙였다. 핏빛 장미 꽃잎이 후드득후드득 떨어졌다. 처절하고 아름답게 떨어져 내리는 꽃잎이었다. 퍽퍽. 손과 발을 내뻗을 때마다 넘치는 파워로 작렬하는 소리가 들렸다. 하지만 불꽃을 뿜은 지 얼마 안 돼 힘이 들기 시작했다. HP와 MP가 급격히 감소하고 공격력이 현저히 떨어졌다. 마치 막강한 몬스터에게 헛된 힘을 쓰고 있는 듯 진이 다 빠지는 것 같았다. 몬스터 D는 피를 흘리면서도 아무런 움직임 없이 내 공격을 받아냈다. 온몸에 힘을 준 채 눈을 부릅뜬 녀석은 쇳덩어리처럼 단단했다. 아무런 공격도 하지 않으면서 완벽하게 상대를 가지고 노는 그는 무엇보다 강력한 몬스터였다. 헉헉. 가뜩이나 비대한 내 몸의 감각이 둔해졌다. 나는 몬스터 D를 퇴치하기보다는 발버둥을 치고 있었다. 내 옆에 그림자처럼 따라다니던 아니마는 보이지 않았다. 아니마, 네가 필요해. 아니마……! 아니마는 끝내 나타나지 않았다.

2

아니마는 부쩍 커 있었다. 기쁨의 감정에 이어 분노와 슬픔, 즐거움, 싫음의 감정까지 갖추었으니 그만큼 성숙한 것도 당연했다. 망령 네파스가 가지고 있던 혈투의 아픈 기억에 동화돼 아니마가 분노를 느낄 때는 나도 그녀를 따라 분노했다. 유모 그루바나를 만나 슬픔의 감정을 배울 때는 제법 적극적인 아이가 되어 론 페미나의 망령을 가볍게 처리하기도 했다. 감정을 배우는 데 익숙해지면서 아, 감정 배우러 가야지, 라고 말하는 모습은 귀여움을 넘어 감동적이기까지 했다. 보급장교 줄리엣이 암석을 찾아오라는 둥 암석거미의 이빨을 구해 오라는 둥 지나치게 심부름을 시킬 때도 아니마는 군소리 없이 그 일을 수행했고, 줄리엣이 그

것들로 만든 렌즈를 망원경에 끼워 내보이자 무척이나 좋아했다. 이제 사랑의 감정과 두려움의 감정을 배우면 아니마는 모든 감정을 갖게 된다.

지금 아니마와 나의 친밀도는 36으로 상승했다. 낯가림이 많이 줄어든 아니마는 내 일이라면 주저 없이 앞으로 나섰다. 그녀는 아트리움에 있는 정원사 케파를 통해 여러 가지 스킬을 습득하기도 했다. 내가 몬스터 퇴치를 위해 타깃을 설정하면 그녀는 곧바로 자신의 스킬을 사용했다. 레벨 26까지 올라오는 데는 아니마의 도움도 컸다. 한 가지 주의할 점이 있긴 했다. 아니마가 스킬을 계속해서 사용하면 삐침 상태에 빠져 더 이상 스킬을 쓸 수 없게 된다. 하지만 내가 선물 공세를 펴면 마음이 곧 풀어지므로 크게 걱정할 필요는 없었다. 선물을 얻기 위해서는 발바닥이 닳도록 던전을 돌아다녀야 하지만 그게 문제야?

참을 수 없이 배가 고팠다. 하루 종일 아무것도 먹은 게 없었다. 아침은 학교 갈 생각에 멀미가 나 물 한 모금도 마시지 않았고, 점심은 음악실 사건으로 먹을 경황이 없었다. 저녁은 돈이 없으니 굶을 수밖에. 몬스터 D를 일방적으로 때리기만 했는데 맞기만 한 것처럼 기진맥진했다. 이럴 줄 알았으면 냉장고에서 독고 찬의 스틱 소시지라도 한 주먹 가지고 나올 걸 그랬다.

주머니를 털어보니 세 시간 사용료를 빼면 감자칩 한 봉지 사 먹을 돈도 없었다. 저녁 7시 52분. 아니마와 함께 있을 수 있는 시간은 10분도 채 남지 않았다. 무영 던전을 한번 둘러볼까. 무영 던전은 레벨 25부터 입장이 가능한 곳이었다. 환영 던전보다 경험치나 보상이 훨씬 나으니까 레벨도 쑥쑥 올라갈 테고, 아니마와 할 일도 많을 것이다. 난이도가 높겠지만 별문제 없었다. 왕년의 실력이 어디 가겠어?

무영 던전 로비에 들어서자마자 퀘스트를 받았다. 환영 던전과 달리 퀘스트 타이머가 있어 바쁘게 움직여야 했다. 단 20분 만에 던전 안에 있는 몬스터들을 모두 처치하지 않으면 안 되었다. 게임비가 없는데 어떡할까. 그냥 계속하고 나중에 알바에게 욕 좀 먹어? 잠깐 갈등하는데 자판 옆에서 휴대폰이 바르르 몸을 떨었다. 란의 문자 메시지였다. 나에게 오는 문자 메시지는 90퍼센트가 란의 것이다. 나머지 10퍼센트는 스팸 문자. 게임을 하는 동안 다섯 통쯤 왔는데 확인도 하지 않은 채 모두 씹어버렸다.

전화계속울게놔둘거니? 집에들어가서문자날려

어디계신지?

놀랄만한일을 하고있는건 아니겠지?

내가집에갔을때 독고단이있기를바란다

괜찮니? 그곳에만있지않았으면하는게 란의바람!

어쩐지이상하다했어 빨리들어오는게좋을거다

무슨 소리야. 뭐가 괜찮냐는 거고 또 뭐가 이상하다는 거지? 음악실 사건을 알 리는 없을 텐데. PC방에 다니는 걸 알아냈나? '그곳'이라면 십중팔구 PC방일 게 뻔했다. 어쩌면 감으로 넘겨짚고 선수를 치는지도 몰랐다. 그런데 문자로 느껴지는 란의 말투는 예전 같지 않게 조심스러웠다. 툭하면 입원을 시킨다고 협박하면서도 실은 란과 수가 나보다 더 겁을 먹고 있었다.

무영 던전을 나왔다. 좀 더운가 싶더니 열이 펄펄 났다. 머리가 두 쪽으로 갈라지는 것처럼 두통도 심했다. 몬스터 D와 얼마나, 어떻게 싸웠는지는 하나도 기억나지 않았다. 그놈이 내 몸뿐만 아니라 머릿속까지 몽땅 차지하고는 지랄 발광을 한 것만은 분명했다. 그리고 몬스터 D에게 졌다는 것도. 외관상 나는 멀쩡하고 녀석은 만신창이가 됐지만 내가 아니라 녀석이 이겼다.

몬스터 D는 앞니 두 개가 부러졌고 오른쪽 눈꼬리 부근이 1센티미터쯤 찢어졌다. 쌍코피까지 터져 교복은 엉망이 되었다. 물론 온몸은 멍투성이가 되었을 것이다. 그놈의 파워가 장난이 아니었을 테니. 닥치는 대로 손과 발을 휘두르다 정신을 차린 후, 나는 완전히 겁에 질려 '맨붕' 상태가 되었었다. 녀석을 저 지경으로 만든 게 나란 얘기야? 내 안의 그놈이 공포스러워 나는 마른침을 삼켰다.

한 가지 놀라운 건 몬스터 D의 태도였다. 양호실에서 응급 처치를 받고 병원으로 가기 전, 녀석은 말했다.

—없었던 일로 하자. 집에다가는 대충 둘러댈게. 쪽팔리니까.

세게 한 방 먹은 기분이었다. 몬스터 D는 그렇게 마무리를 지음으로써 자신이 이기는 쪽을 택했다. 싸움질은 나 혼자 하게 해놓고 멋지게 덮어주는 것까지, 누가 보더라도 사나이다운 모습이었다. 일을 부풀리고, 집에다 시시콜콜 일러바치고, 나를 궁지로 몰고, 하는 게 얼마나 찌질한 짓인지 녀석은 알고 있었다. 결국 용의주도하게 나를 엿 먹인 셈이다.

나는 아무 대답도 하지 않았다. 동의를 하자니 꼴이 우습고, 거부를 하자니 일이 커질 게 분명했다. 하지만 입을 다물고 있는 건 무언의 동의나 다름없었다. 패배감이 들었다. 더럽게 자존심이 상했다.

음악 선생은 대체 그런 일이 왜 일어났는지 이해하지 못해 무척이나 당황했다. 손가락에 망치질을 한 자기 잘못이 크다며 필요 이상 자책을 하기도 했다. 학생부장은 학생부 회의를 거쳐 어떤 징계를 내릴지 결론을 내겠다며 나에게 각오하고 있으라고 했다. 하지만 학생부장도 피해 당사자가 원하는 이상 일을 크게 만들지는 않을 가능성이 컸다. 불미스런 이야기가 바깥으로 새나가야 좋을 게 없으니까. 주머니곰은 갑자기 과묵해져 음악실 사건에 대해 한마디도 묻지 않고 훈계도 하지 않았다. 뭘 잘못 먹었는지, 독후감 건도 그렇고 오늘은 영 주머니곰 같질 않았다.

PC방을 나왔다. 집에 들어가지 말까. 몬스터 D가 입을 다물겠다고 했지만 불안했다. 배가 고프다 못해 쓰렸다. 편의점 파라솔에 앉아 담배를 피웠다. 편의점 알바는 바깥을 한 번 힐끔거리고는 별 신경을 쓰지 않았다. 교복 윗도리는 교문을 나서자마자 가방에 쑤셔 넣었다. 음악실 사건이 크게 확대되면 어떻게 하지? 니코틴을 아무리 깊게 빨아들여도 뾰족한 수는 떠오르지 않았다. 그놈에게 묻고 싶었지만 그놈은 나에게 명령을 내리는 놈이었지 내 말을 들어주는 놈이 아니었다.

거의 끝까지 타 들어간 담배를 발로 비벼 끄는데 누군가 옆 파라솔 의자에 앉았다. 쓰고 있던 야구 모자를 홀러덩 벗어 테이블에 놓는 여자애를 보고 나는 떨던 다리를 멈추었다. 얼마 전 생리대와 바나나우유를 샀던 펑키 머리였다. 테이블엔 사발면이 놓여 있었다. 검은 고양이가 그 옆에 앉아 수프 냄새에 가르릉 소리를 내며 투정을 부렸다. 숏다리에 동글동글한 몸집이 귀여웠다.

―카론, 이건 내 먹이야. 넘보지 마.

한없이 부드러운 목소리. 생리대 사는 거 처음 보냐며 나에게 쏘아붙일 때와는 전혀 다른 아이 같았다.

펑키 머리의 발 옆에는 한 세트인 양 초록색 고물 트렁크가 놓여 있었다. 저 속에 뭘 넣고 다니는 거지? 가출했나? 옷차림은 그때와 비슷하게 힙합 스타일이었는데 지저분하기 짝이 없었다. 빨간색 낡은 후드티는 빈티가 줄줄 흘렀다. 언제 감았는지 노란 펑키 머리가 번개를 맞은 듯 사방으로 뻗쳐 있었다. 정체는 파악할 수 없지만 적어도 날라리는 아니었다. 날라리들은 멋을 부리는 게 기본이다.

펑키 머리는 후드티 앞주머니에 고양이를 넣고 라면을 먹었다. 주머니에 들어가 얼굴을 내민 고양이는 오렌지색 눈을 댕그랗게 뜨고 있었다. 인형 같았다. 카론이라고 했지. 펑키 머리는 나에겐 조금도 신경 쓰지 않고 사발면을 먹었다. 나는 웃음을 참느라 이를 악물었다. 완전 여자 독고단이네. 사발면 국물을 사방으로 튀며 요란스럽게 라면을 먹는 게 나를 보는 것 같았다. 입 주위에 묻은 라면 국물을 옷소매로 문질러 닦는 것까지.

펑키 머리는 크로스로 메고 있던 후줄근한 천 가방을 뒤적거리더니 책을 한 권 꺼냈다. 그림책인 듯했다. 펼친 면을 보니 까만 하늘에 별이 가득했다. 어린애였구나.

—라면에는 몇 개의 원자가 들어 있다고 생각해?

펑키 머리는 고개도 들지 않고 얘기했다. 나한테 한 말이야, 카론에게 한 말이야. 왼손으로 카론의 목덜미를 만지고 있었지만 말을 시키는 것 같지는 않았다. 게다가 딱딱한 말투였다. 그렇다면 나에게 한 말인가? 반말로? 그런데 라면에 몇 개의 원자가 들어 있냐니, 대체 뭔 소리야.

—인간도, 개나 소나 돼지도 모두 죽은 별에서 태어난 존재들이야.

펑키 머리는 고개를 돌려 나를 쳐다보았다. 입술 주변이 붉은

버짐이 핀 것처럼 지저분했다.

―…….

입이 얼어붙었는지 아무 말도 나오지 않았다. 나랑 대화를 하자는 건지 자기 혼자 지껄이는 건지 알 수도 없었고, 라면과 원자와 별을 뒤섞은 얘기엔 어리둥절할 수밖에 없었다.

―라면 수프에 우육이나 우골 분말 들어간 건 알아?

슬슬 기분이 나빠지기 시작했다. 내 팔뚝만 한 게 언제 봤다고 반말이야. 담배를 피워 물었다.

―너 몇 살이냐?

내 입에서 겨우 나온 말은 유치하기 짝이 없었다.

―유치하긴. 내 나이? 50억 광년쯤 살았어.

50억 광년을 살았다니, 머리가 돌아버린 애 아닌가 의심이 들기 시작했다. 그림책은 몇 장 더 넘어갔고, 고양이의 눈같이 생긴 성운이 보랏빛과 분홍빛을 발하고 있었다.

―난 명왕성에서 왔거든. 태양계 행성에서 퇴출당한 별, 아니?

시니컬한 말투는 여전했다. 젓가락을 손바닥으로 감싸 쥐고 라면을 건져 올리는 모습이 정말 명왕성에서 온 외계인 같기도 했다.

―지구에선 19년 살았어.

대체 무슨 소리를 하는지 알 수 없었고, 뭐라고 대꾸를 해야 할지도 알 수 없었다.

―보아하니 너도 나랑 고향이 비슷한 것 같은데? 지구 나이는

열일곱. 현재 사육당하고 있는 곳은 창선고등학교.

기절할 뻔했다. 명왕성이니 50억 광년을 살았다느니 하는 말까지는 돌았다 치고, 내가 열일곱 살이며 창선고등학교에 다니는 건 어떻게 알았지?

—교복 삐져 나왔잖아.

펑키 머리가 가리킨 파라솔 의자엔 내 가방이 놓여 있었고, 지퍼와 지퍼가 맞물린 곳에 교복 이름표가 씹혀 있었다.

—난 학교 같은 데는 다니지 않아. 다니고 있다면 지금 고3이겠지만.

어이가 없었다. 내 눈엔 꼬마로밖에 안 보이는데 정말 열아홉? 뭘 안 먹었기에 이렇게 어려 보이지? 뻥을 치는 것 같진 않았다. 다른 건 몰라도 난 진짜와 가짜는 확실히 구분할 수 있다.

—학교 안 다니면?

펑키 머리가 명왕성에서 왔든 천왕성에서 왔든 관심 없었다. 나에게 학교를 다니지 않는다는 것보다 더 강력한 말이 어디 있어.

—우주를 탐구해. 하루에 20킬로미터씩 걷고. 걷지 않으면 지구에 껌처럼 달라붙을 것 같거든. 넌 지구의 중력이 버겁지 않니?

잠시 내가 명왕성에서 온 듯한 착각이 들었다. 나도 이 빌어먹을 땅에서 늘 숨쉬기가 거북하니까. 암튼 학교를 다니지 않는다는 사실만으로도 펑키 머리에게 확 끌렸다.

—이름이……?

멍청하게 물었다. 1센티미터쯤 되는 담뱃재가 발등으로 떨어져 부서졌다.

―134340.

잘못 들었나, 잘못 물었나. 분명히 숫자를 나열한 것 같았는데.

―1, 3, 4, 3, 4, 0이라고. 명왕성이 태양계 행성에서 퇴출되면서 이름까지 빼앗기고 '소행성 134340'으로 추락했거든.

―그래도 원래 이름이…….

이유도 없이 주눅이 들었다. 아니, 이유가 분명히 있었다. 나에게 학교를 다니지 않는 아이만큼 우월한 존재가 어디 있어.

―원래 이름 같은 거 난 필요 없어. 그냥 134340이라고 불러. 아, 카론은 소행성 134340 주변을 떠나지 않고 맴도는 위성이야.

펑키 머리, 아니 134340은 키론의 머리를 쓸어주었다. 가론은 꽃잎 같은 혀로 134340의 손가락을 핥았다.

―넌?

134340이 그림책을 한 장 넘기며 나에게 물었다.

―나?

―이름이 뭐냐고.

그림책 속 별들을 들여다보는 134340은 버려진 지 오래된 인형 같았다.

―독고단.

―독고단? 이름 하나는 팍 꽂힌다.

134340은 내 이름을 마음에 들어 했다. 아니면 내가 마음에 들었던가.

어두워지기 시작했지만 나는 집에 들어갈 마음이 없었다. 집이고 학교고 생각만 해도 머리가 아팠다. 그리고 이게 어디 사소하게 흘려버릴 우연이야? 나는 엄청난 상상을 하고 있었다. 어쩌면 친구가 생길지도 모른다!

―트렁크엔 뭐가 들었어?

정말 궁금했다.

―이것저것. 쓰레기도 좀 있고.

―쓰레기?

트렁크 자체가 쓰레기 같지만 그 안에 쓰레기가 들어 있다니.

―독고단, 나랑 친구 하고 싶지?

134340은 피식 웃고는 머리카락을 위로 쓸어 올렸다. 엉킨 머리카락이 억새풀처럼 일어났다. 속을 들킨 것 같아 얼굴이 뜨거워졌다.

―학교는 처음부터 안 다녔어?

말을 돌렸다.

―다닌 적은 있지. 싫어서 그만뒀어.

명쾌했다. 싫어서 그만뒀다, 정말 끝내주는 얘기 아닌가.

―집에서 가만 놔뒀어?

―우리 집에 내 보호자는 없어.

혹시 고아? 물어볼 수는 없었다.

—휴대폰 있지?

나는 기회를 놓치고 싶지 않았다. 아니, 134340을 놓치고 싶지 않았다.

134340은 카론의 꼬리가 있는 쪽 주머니로 손을 넣었다. 구닥다리 폰이 딸려 나왔다.

—요금 때문에 통화는 못해.

—언제 모델이야? 박물관으로 보내도 되겠다.

나는 134340의 손에서 휴대폰을 슬쩍 빼냈다. 내 번호를 입력하고 통화 버튼을 누를 때는 가슴이 두근거렸다. 파라솔 테이블의 내 휴대폰이 드르륵드르륵 방정을 떨었다. 재빨리 집어 들어 정지 버튼을 누르고 134340의 번호를 지장했다. 명치가 뻐근했다. 정말 친구가 생긴 거야?

134340은 그림책을 옆구리에 긴 채 카론을 품에 안았다. 그런 다음 쓰레기를 담은 초록색 트렁크를 끌고 시끌시끌하게 사라졌다. 아쉽게도 내가 가야 할 곳과 반대 방향이었다. 집엔 여전히 들어가고 싶지 않았다. 하지만 가출할 생각이 없다면 꼬리를 내리고 기어들어 가는 수밖에. 게다가 참을 수 없이 배가 고팠다.

그런데 몬스터 D가 자기 파파와 마마에게 사실대로 불어버리면 어쩌지? 다시 복잡한 현실로 돌아오니 겁이 났다. 온갖 폼 다 잡고 쿨한 척을 했지만, 그 새끼는 뒤통수를 치고도 남을 새끼였다. 내가 녀석을 원수로 아는 것처럼, 녀석도 나를 원수로 알고 있으니까. 내가 지옥으로 떨어지면 전교생에게 무지개떡이라도 돌릴걸?

피아노가 몹시 치고 싶었다. 몬스터 D를 두드려 패고 KO패 당한 날, 머리통 커진 후 처음으로 친구를 만난 날. 극단의 두 상황을 하루에 다 겪은 날에는 어떤 곡이 어울릴까. 열이 펄펄 오르고 숨이 찼다. 그놈에게도 여러 가지로 흥분된 날이었을 게다. 어둠이 층층이 내려앉는 거리에 가로등 불빛이 어지럽게 흔들렸다.

3

살다 보니 별일도 다 있다. 나는 당당히게 결석을 했다. 내가 가기 싫다고 한 게 아니라 란과 수가 아프면 하루 집에서 쉬라고 했다. 나를 너무나 괴롭혀왔다는 걸 뒤늦게 깨닫기라도 했나? 그럴 리 없는데. 어쨌든 나야 마다할 리 없었다. 학교 가지 말고 쉬라는데 사양할 이유가 어디 있어. 비곗덩어리를 완전히 녹일 듯하던 열도 내리고, 여기저기 쑤시던 몸뚱이도 근질근질 낫는 것 같았다. 어쩔 수 없이 몬스터 D가 떠올랐지만 의식적으로 생각을 멈추었다. 걱정한다고 뭐가 달라져.

나는 아무도 없는 집에서 마음껏 먹으며 혼자 놀았다. 당장이라도 프리우스 던전으로 달려가고 싶은 걸 꾹 참았다. 그놈이 아무리 충동질을 해도 끄떡하지 않았다. 그놈의 뜻을 거스르기는 지옥 훈련보다 힘들었지만 죽을힘을 다해 참았다. 근신이란 걸 해야 할 때였다. 음악실 사건이 언제 수면 위로 떠오를지 모르니까. 나도 그 정도는 알고 있었다. 굳이 몬스터 D가 아니라도 그 장면을 목격한 다른 몬스터들이 가벼운 입을 가만둘 리 없었다.

134340을 생각하니 기분이 좋아졌다. 창선고등학교 몬스터들과는 다른 야생의 아이(도저히 누나라고는 할 수 없을 것 같다). 가슴은 작아 보여도 마음에 꼭 들었다. 자기가 싫은 일은 하지 않는다! 아무나 그럴 수 있는 게 아니잖아? 명왕성에서 왔다느니 하며 제정신이 아닌 아이처럼 말을 하지만, 나도 하루에 서른두 번은 돌아버릴 것 같은데 뭐. 그리고 그 정도면 미쳤다 해도 곱게 미친 거였다. 누구에게도 피해를 주지 않으니까. 언제 또 볼 수 있을까. 전화를 하거나 문자를 날려보고 싶었지만 그러지 못했다. 한 번도 해보지 않은 일을 한다는 부담 때문에 겨우 숫자 버튼 누를 만한 용기도 낼 수 없었다. 게다가 134340을 만난 지 하루밖에 안 되었잖아.

아침에 모두 출근과 등교를 하고 집이 비었을 때 나는 벼르던 일을 해치웠다. 방문 바깥쪽에 못질을 해 자물쇠로 채울 수 있게 했다. 외출할 때마다 아트리움을 숨기고 나가는 골 때리는 짓을 이젠 그만두기로 했다. 수가 알면? 될 대로 되라지. 수가 늙었는지, 내가 아니 그놈이 컸는지 예전만큼 무섭지도 않았다. 설마 날

죽이기야 하겠어?

라면을 잘게 부수어 수프와 섞어 먹으며 방에서 내내 BB탄 총을 쏘았다. 벽에다 쏘기도 하고 창문 밖으로 쏘기도 했다. 나를 외계인 취급했던 몬스터들과 꼰대들이 차례로 과녁에 나타났다 사라졌다. 가벼운 흥분으로 조금 들떴다. 피아노를 칠 때 마음이 정화된다면, 총을 쏠 때는 격렬한 쾌감이 왔다. 피한다고 피했는데 총알 하나가 빗나가 유리창 밑 부분에 금이 갔다. 투명 테이프로 붙였다. 옷장에는 총알의 흔적이 여기저기 남았다. 아무도 모를 것이다. 수도 란도 내 방은 포기했으니까. 가끔 기습적으로 하는 방 검사는 건수를 잡으려는 행사일 뿐이다. 방에는 흰 총알이 우박처럼 흩어져 있었다. 대충 줍다가 나머지는 침대 밑으로 쓸어 넣었다.

아트리움에 걸린 '행운의 한 방 라이플'을 감상했다. 전에 빠개 버린 아이템인데 방에 보안 장치를 하고 나서 다섯 시간 동안 다시 만들었다. 썩 마음에 들지는 않았다. 재료가 후진데 멋진 작품이 나올 리 없었다. 그때 썼던 쇠 파이프는 란이 내다 버렸다. 어디에 버렸는지 아파트 단지를 다 뒤져도 찾을 수 없었다.

점심때는 회사에 있는 란을 졸라 프라이드 반 양념 반 치킨을 시켜 먹었다. BB탄 총을 좀 더 쏘고 난 뒤 피아노를 쳤다. 이루마의 〈When The Love Falls〉. 아니마에게 들려주고 싶었다. 슬픔의 감정을 배웠으니 푹 빠져들지도 몰랐다. 던전에 혼자 있을 아니마를 생각하며 같은 곡을 반복해 연주했다.

화장실에 가려고 몸을 일으키는데 찬이 방문을 열었다.

—단, 란이 이따 외식한다고 나오라는데? 뭐 먹고 싶어?

녀석은 무선 전화기를 들고 있었다.

—피자.

찬은 전화기에 대고 피자 먹고 싶대, 하며 거실로 갔다. 시간이 벌써 이렇게 됐나? 6시가 가까워오고 있었다. 정말 수수께끼 같은 날이었다. 결석 허용에 외식까지. 갑작스레 성령이 임하셨나.

집에서 가까운 피자 체인점엔 손님이 별로 없었다. 주문한 패밀리 사이즈 치즈 크러스트 피자는 10분도 안 돼 나왔다. 고소한 치즈 냄새와 풍성한 토핑이 식욕을 돋우었다. 어젯밤 닥치는 대로 폭식을 하고 오늘 하루 종일 군것질을 했는데도 한 판 다 먹어 치울 수 있을 것 같았다.

—공평하게 나눠볼까?

주문할 때 피자 커터를 따로 갖다달라고 한 수는 피자를 자기 앞으로 끌어당겼다. 가끔 찬에게 수학을 쉽게 가르쳐준답시고 쓸데없는 짓을 한다. 이럴 때마다 나는 기분이 급속히 나빠진다. 수가 결코 차갑고 깐깐하기만 한 인간이 아님을 확인하기 때문이다. 나에게 가했던 사칙연산 고문 같은 건 기억도 못 할 거다. 빌어먹을.

이번엔 피자를 보고 또 뭐가 떠오른 거야? 대충 먹고 싶은 대로 먹으면 됐지 뭘 공평하게 나눈다고. 그런데 좀 이상했다. 수학 얘기를 할 땐 얼굴에 반지르르 생기가 도는데, 오늘은 가뜩이나 굽은 어깨가 축 처지고 기운도 없어 보였다.

—자, 피자의 한가운데라고 생각되는 곳에 손가락으로 점을 찍어봐.

찬에게 수학을 가르쳐줄 때는 고약한 결벽증 환자가 아니라 평범한 아빠의 모습이 되는 독고민수. 자기 피가 섞인 녀석이라 이거지. 찬은 코알라처럼 동글동글한 코를 실룩이더니 집게손가락으로 피자 한복판을 찔렀다.

—이 점을 중심으로 원 끝을 향해 양쪽으로 직선을 긋고, 똑같은 중심을 지나는 다른 직선을 또 하나 그어보자.

수는 커터를 들어 중심을 지나는 두 개의 직선을 그어 피자를 잘랐다.

—자, 이 각과 이 각, 요 각과 요 각을 맞꼭지각이라고 하는 거야. 맞꼭지각이 같은 두 개의 부채꼴 면적은 크기가 같지.

수는 꼭지각이 같은 피자를 내 접시와 찬의 접시에 하나씩 덜어주었다. 그런데 뭐야, 크기가 다르잖아. 분명히 내 접시의 피자가 더 작았다.

—똑같긴 뭐가 똑같아. 꼭짓점이 정확해야 피자 크기도 똑같지. 내가 볼 땐 중심이 틀렸어. 봐, 이게 합동인지 닮은꼴인지.

나는 부채꼴 피자를 찬의 피자 위에 겹쳐놓았다. 찬의 피자가 가장자리로 2밀리미터쯤 더 컸다.

—맞꼭지각을 가르쳐주려고 했지, 피자의 중심이 어딘지를 가르쳐주려고 한 게 아니야. 그리고 너, 피자를 한 조각만 먹을 생각 아니잖아.

그 사이 피자를 10등분한 수가 말했다. 표정이 예술이었다. 피자를 앞에 두고 침울한 얼굴이라니. 저러다 우는 거 아냐?

나는 내 피자 조각을 들어 한입에 욱여넣고 씹었다.

—독고단, 담임선생님한테 얘기 들었어.

란이 나이프로 자기 접시의 피자를 자르며 말했다. 나는 피자를 한 조각 더 가져와 입에 넣다가 도로 뺐다. 주머니곰에게 얘기를 들었다고? 빌어먹을! 음악실 사건을 보고한 게 틀림없었다. 그럼 그렇지, 국어 시간에 잠깐 감동을 먹었던 일이 수치스러웠다. 그러면 어제저녁부터 란과 수는 모르는 척 연극을 했단 말야?

—널 이해한다는데? 그 상황을 어떻게 이해하는지, 난 그게 이해가 안 되더라. 독고단 니가 왕년의 자신을 보는 것 같다던가 뭐라던가.

왕년의 자신을 보는 것 같았다고? 이런 개똥 같은 일이 있나. 주머니곰 앞에서 발가벗은 채 한 학기 넘게 바보짓을 했다니. 놀라기에 앞서 화가 치밀었다.

—그래서 어쩌라고.

나는 뱉어냈던 피자를 입에다 쑤셔 넣었다. 토핑이 테이블 위로 마구 떨어졌다.

─학교에서 나 안 자른대?

미어터질 듯한 입에서 콘과 피망이 사방으로 튀었다. 수와 란의 한숨이 푸석푸석 내려앉았다.

─설마 퇴학이야 시키겠니? 어떻게 될지 자기도 잘 모르겠다는데, 최대한 애는 써보겠지. 왕년의 자기 모습이라면서 두고 보기야 하겠어? 쉽게 마무리될 리는 없겠지만. 당사자인 니들은 없던 일로 합의를 봤다 해도 두진이네 집에 알리지 않을 순 없을 거야. 쉬쉬하다가 오히려 일만 더 커질 수도 있으니까. 그리고 그때 음악실에 있던 애들이 모두 입이 무거우리란 법이 어딨어. 어쩌면 지금쯤 그 집에서도 알고 있을지 모르지. 자기 애가 만신창이가 돼 집에 왔는데 그냥 넘어갈 부모도 없을 테고. 걔 엄마, 몇 번은 기절했을 거다.

몬스터 D의 마마가 생각났는지 란은 인상을 찌푸렸다. 자포자기인지 단단히 각오를 했는지 꽤나 담담했다. 수는 그저 모든 걸 란에게 맡긴 듯 피자만 우물거렸다.

─이러다 완전히 뒤집어쓰는 거 아냐? 알잖아, 그 새끼 엄마 독종인 거.

입에서 또 피자 파편이 마구 튀었다. 찬이 자기 뺨에 붙은 올리브를 떼어 내 접시에 놓았다.

─뒤집어쓴다는 말은 너 편할 대로 해석한 거고. 일방적으로

갤 팼다며.

—씨발, 미치겠네.

주먹으로 테이블을 치자 접시들이 들썩였다.

—독고단, 넌 화를 낼 입장이 아니다. 가해자잖아. 두진이가 피아노를 두드려 패든 간지럼을 태우든 왜 시비를 걸어?

—시비 건 게 아니야! 그 새끼가 피아노를 완전히 절단 내려고 하는데 미치겠더라고. 난 피아노를 모욕하는 건 참을 수 없어.

—단, 다른 애들이 몽땅 네 생각에 맞춰 놀아야 하니? 걔들한테 피아노는 그냥 피아노일 뿐이야.

—그래, 그 몬스터 새끼들은 전부 다 멍청이들이야. 내가 왜 학교에 가기 싫은데.

란은 후, 한숨을 쉬고는 창밖을 내다보았다. 그러고는 다시 고개를 돌렸다.

—독고단, 한 달 정도 약 처방 안 받아도 되겠더라? 서랍에 보관해놓은 약 꺼내 먹으면 될 테니까.

외식을 하자고 하더니 작심하고 날 씹으려는 거였어? 찔끔 놀랐지만 열이 뻗쳤다.

—내 서랍을 뒤졌다 이거지.

그제 란이 나에게 보냈던 문자 메시지가 이해되었다. 괜찮냐는 둥, 어쩐지 이상하다 싶었다는 둥 할 때는 이미 모든 걸 다 알고 있었다는 얘기다. 얼음을 채운 콜라 한 컵을 단숨에 들이켰다. 휘

발유와 라이터 불을 한꺼번에 삼킨 것처럼 속이 탔다. 빌어먹을. 내 손에서 우두둑 소리가 나자 란이 질끈 눈을 감았다 떴다.

―분명히 말하는데, 널 비난할 생각은 없어. 그래봤자 해결될 일이 하나도 없으니까. 보좌신부님께 말씀드렸더니, 예수님이 십자가를 지고 골고다 언덕을 오르셨던 고통과 인내가 필요하다고 하시더라. 너랑 우리 모두.

지저스! 날라리뽕 신부에게도 말했다고? 누가 알까 쉬쉬하더니 아주 광고를 하기로 작정했나 보았다.

―신부님도 어렸을 때는 사고깨나 치고 다녔나 보더라. 그런 사람이 신부가 됐으니 기적이 일어난 거지. 단, 우리 집이라고 기적이 일어나지 말란 법은 없겠지? 어떻게 생각해?

기적 같은 소리 하고 있네. 수와 란이 알아야 할 사실이 있었다. 사고를 치는 건 내가 아니라 ‘그놈’이란 걸. 그런데 주머니곰과 날라리뽕 신부가 나와 같은 종류라는 걸 반가워해야 하나?

―독고단.

중요한 결론을 남겨둔 것처럼 내 이름을 또박또박 부른 사람은 란이 아니라 수였다.

―이제 아무 간섭도 하지 않겠다. 공부가 싫으면 하지 말고, 씻기 싫으면 씻지 않아도 돼. 먹고 싶은 대로 먹고, 어지르고 싶은 대로 어질러. 너 하고 싶은 대로 해.

피자 먹다 돈 게 아닌지 몰랐다. 아니면 생물학적 아버지보다 더 권위 있는 아버지 되기의 오랜 프로젝트를 끝내려는 거야? 완전히 맛이 간 얼굴을 하고 있더니, 자기가 무슨 말을 했는지 알고는 있나 궁금했다. 그는 헝겊 냅킨으로 입을 닦더니 탁탁 주름을 펴 다시 무릎 위에 놓았다. 얼굴에 온갖 주름은 다 잡고, 양손 중지로 관자놀이를 한참 동안이나 눌렀다.

—독고단, 두 가지만 지켜라. 첫째, 학교는 반드시 가야 한다. 둘째, PC방은 절대로 가지 않는다. 적어도 고등학교는 졸업해야 돼. 나처럼 먹물은 안 돼도 기본은 채워야지. 고교 중퇴면 인간 취급 못 받아. 게임 중독되면 인생 종치는 거고.

짧고 비장한 연설이었다. 그는 일정한 크기로 자른 피자 한 조각을 포크로 찍어 입에 넣었다. 독약이 들어간 음식을 먹는 것처럼 죽을상이었다.

—뉴스에서 봤는데, 어떤 아줌마가 컴퓨터 게임 하다가 자기 아기를 굶겨 죽였대.

독고찬이 피자를 오물거리며 말했다. 땅콩만 한 녀석이 표정 하나 없이 께름칙한 소리를 지껄이다니. 입을 틀어막고 싶었다. 찌그러진 내 얼굴을 보더니 찬은 히, 웃었다. 손으로 녀석의 머리통을 잡아 90도쯤 돌려버렸다.

—독고찬, 끼어들지 마라.

란이 찬의 흐트러진 머리카락을 만져주며 말했다.

—하여튼 단, 수가 말한 게 우리 결론이야. 그 정도로 협력하자.

마침내 란은 마무리를 지었다. 찬이 포크를 거꾸로 들어 재판장처럼 탁, 탁, 탁, 테이블을 두드렸다. 이 새끼를 그냥! 100단짜리 눈치는 서랍에 넣고 왔나. 오늘따라 그놈은 잘도 참고 있었다.

—장담 못해.

란과 수는 동시에 생수가 든 유리잔을 들어 올렸다. 꿀꺽, 꿀꺽, 목구멍으로 물 넘어가는 소리가 힘겹게 들렸다.

—협력? 그래, 나도 그러고 싶어. 미치게 협력해보고 싶다고. 못 믿겠지? 이런 거야. 내 마음은 동쪽으로 가고 싶은데 내 몸을 서쪽으로 가게 만드는 놈이 있어. 그놈이 날 조종하는 거라고, 빌어먹을.

란과 수는 해독 불가능한 기호를 접한 표정이 되어 입을 다물고 있었다. 수가 신음을 삼키는 소리를 들은 것 같기도 했다. 미친놈이 지껄이는 것처럼 보이겠지. 다른 사람들 욕할 게 없었다. 부모라는 사람들도 이렇게 이해를 못하는데 누가 날 이해해.

—그게 누구야?

찬이 호기심을 참지 못하고 물었다. 어린애들은 이래서 좋다. 누구의 말이든 의심 없이 순수하게 받아들이니까. 그저 궁금할 뿐이잖아?

—그런 놈이 있어. 눈에 보이질 않아서 문제지.

—귀신인가?

나는 폭소를 터뜨렸다. 귀신이라, 정말이지 명쾌한 답이었다.

눈에 보이지 않는 '그놈'을 그보다 더 간단명료하게 설명할 수는 없을 것 같았다. 어른이 애들한테 배워야 한다니까.

―그놈이 바로 ADHD라는 거겠지.

수가 멍하니 혼잣말을 했다. 과연 이과 학자다운 말씀이었다. 그럼 독고단과 독고찬과 독고민수의 생각을 종합하면 이런 건가? 한 사람을 좌지우지하는 '그놈'이 있는데 그놈은 바로 귀신이고 그 귀신은 ADHD다. 그럴듯했다. 어쨌든 나는 독고민수의 말보다 독고찬의 말에 더 감명을 받았다. 찬은 토마토케첩을 짜 내 피자 판에 'ADHD'라고 썼다.

―단, 두 가지 약속에 추가할 게 있어. 반드시 약을 먹는다. 약 끊으면 상황 안 좋아지는 거, 인정하지? 그건 마약도 아니고 독극물도 아니야. 너를 살릴 밥이지.

란이었다. 밥 같은 소리 하고 있네. 사람을 바보로 만드는 게 나를 살릴 밥이라고? 하지만 나는 입을 다물었다. 모든 게 귀찮았다. 전생에 큰 죄를 졌나? 왜 이따위로 태어났는지 알 수 없었다. 나의 생물학적 아버지에게 '그놈'이란 저주받은 유전자를 물려받았겠지. 그 작자도 좌충우돌, 절대 평범한 사람은 아니었을 것이다. 그러게 사람은 태어날 때부터 운이 좋아야 한다니까.

더 이상 할 얘기가 없는 네 사람은 피자 먹는 일에 집중했다. 웬일인지 먹으면 먹을수록 머리만 아프고 힘이 빠졌다. 빌어먹을, 이것도 ADHD이자 귀신인 그놈의 짓일까?

4

나는 집으로 들어가지 않고 무작정 걸었다. 바람 좀 쏘이겠다고 했더니 란도 수도 군소리 없이 승낙했다. 정말 아무 간섭도 하지 않기로 작정했나? 나야 좋지 뭐. 두 사람의 요구를 지킬 자신은 없지만. 학교는 가야 한다, PC방엔 가지 말아야 한다, 약은 먹어야 한다. 그럴 수 있을지 없을지 그놈에게 물어볼 수 있는 게 아니잖아? 그리고 이미 나는 세 가지 요구 중 하나를 어겼다. 수의 차가 피자집을 떠나자마자 옆 건물 PC방으로 들어갔다. 피자집에서 얌전히 있던 그놈이 살판났다는 듯 나를 부추겼다. 참으려고 안간힘을 썼지만 발길이 자석에 따라붙는 쇠붙이처럼 PC방으로 향하는데 어쩔 수 없었다.

아니마와 함께 나는 프리우스의 던전을 딱 한 시간 동안 돌아다녔다. 퀘스트를 수행하면서 레벨을 올리고, 아니마와의 협공으로 몬스터들을 퇴치해 아트리움을 채워나가는 즐거움은 여전했다. 하지만 더 이상은 있을 수 없었다. 등 뒤에서 란과 수가 지켜보는 것 같았기 때문이다. 나는 이런 생각을 하고 있었다. 이러다 그들이 날 버리면 어쩌지?

밤공기가 좀 서늘하다 했더니 티셔츠 위에 입었던 남방을 피자집 의자에 걸쳐두고 나왔다. 흔히 있는 일이고, 가지러 가고 싶지도 않았다. 30분쯤 걸었을까. 자주 가는 PC방 건물 앞을 지나치던 나는 발걸음을 멈추었다. 1층 편의점 유리문 안으로 아는 얼굴이 보였다. 134340이었다! 그리고 134340의 팔에 안긴 카론과 초록색 고물 트렁크. 이건 필시 사소한 우연이 아니었다. 하루 만에 또 만나다니.

무슨 일인지 134340은 이마에서 목까지 빨개져 허둥거리고 있었다. 계산대에서 밖으로 나온 편의점 남자 점원이 윽박지르는 것 같았다. 가뜩이나 더러운 면상을 성난 퍼그처럼 구긴 채 그는 볼썽사납게 짖어대고 있었다. 담배도 살 겸 안으로 들어갔다.

—생리 증후군일지도 모른다고? '이다'도 아니고 '일지도 모른다'. 이게 사람을 갖고 노나. 내가 그따위 거짓말에 속아 넘어갈 헐렁이로 보여? 그 수법, 얼마나 써먹고 다녔나?

—아 진짜, 생리할 땐 내 손이 무슨 일을 하는지 모른다니까요!

―너만 생리하냐? 아예 자유시간이 알아서 니 주머니로 깡충 뛰어들어 갔다고 하지? 하고 다니는 꼴 하고 싹수가 노랗다, 노래. 살다 살다 코앞에서 망치 까고 당당하게 오리발 내미는 기집애는 처음 보네.

―오리발 아니거든? 정말 그게 왜 내 주머니에 들어가 있었는지 모른다고!

134340은 소리를 질렀다. 이리저리 뻗친 노란색 머리카락이 천장을 향해 빳빳이 일어설 것만 같았다. 카론도 등을 구부리고 털을 바짝 세웠다. 나는 또 한 번 확신했다. 134340 안에도 '그놈'이 살고 있다.

―그럼 그렇지, 이제야 본색을 드러내는구나. 콩알만 한 기집애가 어디다 대고 반말이야?

―먼저 반말한 자식은 죽어가는 별 NGC이팔씨팔로 날아갔나?

134340은 가슴을 주먹으로 퍽퍽 치고 자기 머리카락을 쥐어뜯었다. 장난 아니네.

―이 미친년이 뭐라고 떠드는 거야? 니가 얼마나 신기에 가까운 동작으로 자유시간을 낚아챘는지, CCTV 한번 돌려줄까?

험악한 퍼그는 당장이라도 물어뜯을 것처럼 으르렁거렸다. 나는 금세 상황을 파악했다. 134340 속에 있는 '그놈'이 자유시간을 훔치도록 장난을 쳤고, 134340은 자기도 모른 채 그놈의 명령을 수행했다. 계산대 위에는 자유시간 하나가 올려져 있었다.

탁! 나는 자유시간 옆에다 만 원 지폐 한 장을 놓았다. 피자집을 나오기 전 란이 특별 보너스처럼 준 돈이었다. 내 기분이 좋아지기를 바랐겠지.

―더원1.0 하나 주세요. 그리고, 그만하시죠. 몰랐다잖아요.

―넌 또 뭔데 참견…… 더원1.0이오?

험악한 퍼그는 나를 쳐다보더니 얼른 꼬리를 내렸다. 덩치로만 보면 내가 아저씨였으니까.

―언제 들어왔어?

134340은 겁먹은 카론을 가슴에 품은 채 나를 올려다보았다. 작은 얼굴이 새빨갛게 달구어져 있었다.

―방금.

성난 퍼그는 134340과 나를 번갈아 보며 눈치를 살폈다.

―사람 말 좀 믿읍시다. 보면 몰라요? 거짓말 같은 거 못하게 생겼잖아.

나이 먹은 사람처럼 말하고 행동하는 건 어렵지 않았다. 어른들이야 뻔하지 뭐. 아저씨 같은 아이인지, 아이 같은 아저씨인지 헷갈려하며 성난 퍼그는 계산대 안쪽으로 들어가 담배를 꺼냈다.

―자유시간 값까지 계산하세요.

―예…….

성난 퍼그는 자유시간의 바코드를 찍었다. 잘해야 스물세 살?

재수 없게 벌써부터 허접한 어른 행세야.

—나 돈 있어.

134340은 허둥지둥 바지 주머니를 뒤졌다.

—됐어.

134340의 팔을 붙잡았다.

편의점을 나갈 때 성난 퍼그는 억울해 죽을 것 같은 목소리로 인사를 했다.

—안녕히 가십쇼.

속으로는 돼지 같은 놈, 하며 이를 갈았겠지. 134340은 트렁크를 덜덜덜 끌며 따라 나왔다.

—여기.

나에세 내민 것은 구깃구깃한 친 원짜리 지폐였다. 지갑은 가지고 다니지도 않는 모양이었다.

—됐다니까. 그거 내가 먹을게.

134340의 손에 들린 자유시간을 빼앗아 포장 껍질을 벗겼다.

—먹을래?

134340은 고개를 가로저었다.

—집에 가야 해. 카론이 먹이를 찾아.

그러더니 카론을 턱밑까지 들어 올려 까만 이마에 입을 맞추었다. 카론은 어리광을 부리듯 먀우— 소리를 내며 134340의 빰을 핥았다.

─뭘 사러 들어갔었어?

조금 더 얘기를 하고 싶었을 뿐 궁금해서 물어본 건 아니었다.

─자유시간.

─뭐?

자유시간을 입에 넣으려다 그대로 빼냈다.

─농담이야.

134340은 딱따구리처럼 웃었다.

─난 절대 이 지구에서 망치 까는 짓 따위는 하지 않을 거야. 사는 날까지는 조금도 책잡히지 않고 살다가 조용히 내 별로 돌아가야지.

또 별 얘기였다. 134340, 정말 미친 건 아닐까?

─우리 집 갈래?

─뭐?

자유시간 씹던 입을 멈추었다. 나는 내 귀를 의심했다. 잘못 들었을지도 몰라.

─우리 집에 가지 않겠냐고. 나랑 더 있고 싶잖아, 지금.

─어? 어…….

─멍청해 보인다. 가자.

134340은 앞장섰다. 초록색 트렁크가 깨진 보도블록 위를 굴러가며 요란하게 덜컹거렸다. 나는 입속에서 뭉개지고 있는 자유시간에게 감사하며 트렁크 뒤를 따라갔다. 친구의 집엘 가다니!

지금 무슨 일이 일어나고 있는 거지? 태어나서 처음 들어보는 말을 자유시간과 함께 곱씹었다. 우리 집에 갈래? 우리 집에 갈래? 우리 집에 갈래? 강력하게 아름다운 말이었다.

5

134340의 집까지는 도보로 40분 넘게 걸렸다. 하루 20킬로미터씩 걷는다더니 그냥 한 소리가 아니었다. 134340은 어디든 걸어서 다닌다며 힘들면 그냥 돌아가라고 했다. 무슨 말씀! 나는 24시간이라도 걸을 수 있었다. 학교에 가는 게 아니라 친구 집에 가는 거잖아? 134340이 했던 말이 기억났다. 걷지 않으면 지구에 껌처럼 달라붙을 것 같다던가. 나에게 지구의 중력이 버겁지 않냐고 물어보기도 했다. 나는 내 몸무게가 점점 버거워졌을 뿐 지구의 중력은 느껴지지 않았다.

134340의 집 마당에 들어서자마자 나는 그 자리에 얼어붙었다. 과연 이걸 집이라고 할 수 있을까. 마치 134340의 초록색 고물 트렁크를 열어놓은 듯했다. 그 속을 본 적은 없지만 134340은 트렁크 안에 쓰레기가 들어 있다고 말했다. 우리 집 거실보다도 작은 마당의 구질구질한 줄무늬 천막은 재활용 쓰레기 처리장 같았다. 세상에 이렇게 감동적인 집이 또 있을까. 한마디로 환상이었다.

어둠이 내려앉은 마당은 칙칙하고 어수선한 꿈속 같기도 했다. 오만 잡다한 물건들이 허술하고 비좁은 마당에 무질서하게 쌓여 있었다. 벽돌만 한 건전지가 달린 라디오부터 각종 구닥다리 가전제품, 구시대의 유물이 되어버린 타자기, 자전거 타이어며 자동차 핸들, 낡아빠진 망원경에 스케이트보드, 찢어진 자동 우산까지, 마치 고향을 방문한 기분이었다. 여기서 내 무기 아이템을 만든다면 쉬지 않고 작품을 만들어낼 수 있지 않을까. 이 집에 한 달 동안 갇혀 있어도 전혀 지루할 것 같지 않았다.

134340의 집은 생각했던 것보다 훨씬 가난해 보였다. 이토록 빈곤한 느낌으로 꽉 찬 집은 지금까지 본 적이 없었다. 동네 자체가 할렘 같았다. 비슷비슷하게 가난한 집들이 다닥다닥 어깨를 맞댄, 피곤의 기미가 가득한 동네였다. 그러나 난 134340의 집 마당에서 황홀하기만 했다.

—누가 모은 거야?

나는 흥미로운 물건들을 하나씩 만져보며 134340에게 물었다.

—1962 베스타.

—뭐라고?

—1, 9, 6, 2, 베스타, 라고.

나는 곧 이해했다. 소행성134340이나 1962베스타나. 고물들의 주인도 저 먼 우주 어딘가에서 왔다는 얘기겠지. 아버지일까? 어쨌든 고아는 아니었구나. 궁금증이 터질 듯 부풀어 올랐다.

—베스타는 행성으로 분류되다가 나중에 소행성으로 격하된 별이야. 명왕성하고 비슷한 신세지. 이름을 박탈당하지 않았으니까 좀 나은가? 화성이랑 목성 사이, 소행성 벨트에 있어. 1962베스타는 내가 지은 이름이야. 1962년에 못생긴 베스타에서 지구로 떨어진 외계인.

—아……. 1962베스타께서는 골동품을 수집하셔?

—이 쓰레기가 네 눈엔 골동품으로 보이니? 최대한 멋지게 포장하자면 1962베스타는 발명가야. 쓰레기를 가지고 상상 초월 황당한 물건들을 만들거든. 특허청에서 1962베스타한테 에디슨이란 별명을 붙여줬을 정도니까. 점핑 바이크, 합체 트위스트 베드 체어, 망원 안경, 스파이더 글로브와 슈즈가 대표작인데 특허엔 실패했고, 특허를 따낸 허접한 발명 소품 스물여덟 개 중 다섯 개만 중소기업에 팔렸어. 말도 안 되는 똥값에. 나머지는 장롱 특허로 남아 있고.

—대단하다.

—뭐가 대단해?

134340은 내가 욕이라도 한 것처럼 발끈했다.

―하긴, 정신 사나운 유전자를 물려주고 가장이 할 일까지 물려줬으니 대단하긴 하지.

그러고는 발명품의 재료가 될 고물들을 한심하다는 듯 바라보았다. 1962베스타는 아버지가 맞구나.

―우린 지붕만 공동으로 쓸 뿐 각자 살아. 생활비는 거의 내가 조달하고. 웃기는 시추에이션이지. 하지만 얻어먹는 쪽보다는 먹이는 쪽이 낫잖아? 경제권은 우월한 지위를 보장해주기도 하고. 그리고 뭐, 어차피 내 별로 돌아갈 거니까.

134340은 정말 명왕성에서 왔는지도 몰랐다. 도무지 이해할 수 없는 말만 하고 있으니. 생활비를 책임진다는 것도 믿기가 어려웠나. 저렇게 작은 애가 이렇게? 어쨌든 부러웠다. 각자 알아서 산다는 건 나의 소망과도 같은 일이니까.

134340이 지붕 낮은 집의 알루미늄 새시 문을 열자 지독한 냄새가 끼쳐왔다. 나도 모르게 코를 감싸 쥐었다.

―냄새 장난 아니지?

―어.

화학 약품 냄새 같았다. 냄새의 정체가 뭘까. 어둡고 좁아터진 마루는 고물 창고만큼이나 정신없었다. 수가 이런 집을 한번 봐야 내 방에 시비를 걸지 않을 텐데.

―에디슨이 요즘 굉장한 걸 발명하고 있거든.

—뭔데?

—먹으면 점점 작아지는 약.

—먹으면 점점 작아지는 약?

—응.

134340은 용도를 알 수 없는 기계 옆으로 2센티미터쯤 열린 방문을 가리켰다.

—내가 베스타에서 온 에디슨을 진짜 발명가로 인정하게 된 약이 바로 저 방에서 만들어지고 있어.

말소리가 작아 나는 귀를 기울이고 들었다.

—2년 전에 성공했는데 계속 업그레이드 중이야. 심각하진 않지만 부작용이 좀 있어서. 에디슨은 자기 자신을 대상으로 임상 실험을 하고 있어. 2년 동안 10센티미터 이상 작아졌고. 끝내주지?

134340의 웃음이 조용히 흩어졌다. 장난이야, 사실이야. 갈수록 혼란스러웠다. 어디까지 믿어야 하지? 에디슨의 방을 엿보고 싶었지만 차마 그럴 수는 없었다.

134340은 마루를 가로질러 주방 옆방으로 들어갔다. 나도 엉거주춤 뒤따라 들어갔다. 그런데 이건 또 무슨 판타지? 밤하늘의 파노라마가 눈앞에 펼쳐졌다. 온통 까맣기만 한 벽에 태양과 태양계 행성들이 서로 다른 색깔로 빛을 내고 있었다. 야광 플라스틱 별에 불과했지만 아주 그럴싸했다. 둥근 띠를 두른 토성 뒤로 두 개의 행성에 이어진 노란색 마지막 별은 가장 작았다. 명왕성이겠지?

—내 방이야. 마음에 들어?

134340은 형광등을 켜고 물었다.

—굉장히.

방에 들어간 나는 감격에 겨워 대답했다. 어떻게 마음에 안 들겠어. 친구의 방인데. 게다가 사방으로 우주가 펼쳐진 방이었다. 크기와 색깔이 다른 별들 중에는 별자리를 이룬 것들도 있었다. 내 방의 절반도 안 되는 작은 방은 무한히 열려 있는 공간처럼 보였다.

당연하다는 듯 방은 어수선했다. 무엇이든 척척 쌓아 올리기만 했지 정리된 게 없었다. 가구라고는 매트리스가 푹 꺼진 싱글 침대와 울긋불긋한 비닐 옷장뿐이었다. 침대 옆 접이식 상에는 몸체가 큰 구닥다리 노트북이 잡다한 물건들과 함께 올려 있었다. 카론은 인도풍 문양의 빨간 시트가 깔린 침대로 올라가 몸을 말았다. 뒤엉킨 이불과 옷 밑으로 삐죽 나온 베개 모서리는 실밥이 터져 너덜너덜했다. 134340은 침대 머리 쪽의 고양이 요람에 사료가 담긴 접시를 놓았다. 카론이 유연하게 몸을 늘여 요람으로 내려왔다. 나는 문 옆에 대충 비집고 앉았다.

—그거 건드리지 않게 조심해.

134340은 내 엉덩이 옆을 가리켰다. CD가 네 줄로 길게 쌓여 있었다.

─일본 포르노 영화 복제 CD야. 생활비가 거기서 나와.

나는 기겁했다. 자칭 별에서 온 소녀가 불법 포르노 복제 CD를 팔아 돈을 벌다니. 어린아이 같은 134340이 말이다.

─표정이 예술이다. 실망했니?

─아니 뭐, 실망까지는 아니지만 좀 놀라긴 했지.

솔직하지 못했다. 실망했으니까.

134340은 침대에 걸터앉아 카론의 등을 쓸어주며 말했다.

─이미 말했지만 에디슨은 내 보호자가 아니야. 나, 열네 살 때부터 돈 벌었어. 별별 알바를 다 뛰어봤고. 두 달 이상 버틴 적이 없어. 항상 말썽이 생겼거든. 난 인간들과 소통하기가 어려워. 한때는 '자살하는 방법'이란 제목으로 글을 써서 자살 사이트 회원들에게 책으로 팔아먹은 적도 있어. 완전 대박이었지. 웬만큼 벌고 꼬리를 잡히기 전에 접었지만. 돈 떨어진 다음 하루 두 끼 라면만 먹다 찾아낸 게 바로 그거야.

134340은 턱으로 포르노 CD를 가리켰다.

─자랑스러울 것도 없지만 떳떳하지 못할 것도 없어. 이 구역질 나는 지구엔 포르노보다 훨씬 더 더러운 방법으로 돈을 버는 인간들이 수두룩하니까. 그런 인간들에 비하면 나는 양심적인 편이지. 최소로 쓸 만큼만 벌거든. 그리고 누군가에겐 꼭 필요한 일을 하고 있다고 생각하면 백 번에 한 번쯤은 보람을 느끼기도 해. 포르노를 소비하는 사람들, 그래야 잠깐이라도 살아갈 힘을 얻는

구나 싶을 때 말야.

　―어떻게 팔아? 쉽지 않을 텐데.

고장 난 지퍼처럼 어정쩡하게 입을 벌리고 있던 나는 겨우 할 말을 찾아냈다.

　―아니, 너무 쉬워서 탈이지. 스팸 메일을 보내는 게 주된 일이야. 물건 주문 방법이랑 휴대폰 번호를 남기고 비디오 CD 리스트를 올리면 돼.

　―영화를 직접 본 적도 있어?

바보 같은 놈, 그걸 질문이라고.

　―넌 본 적 없어?

134340은 장난스럽게 웃었다.

　―그냥 뭐, 한두 번 봤지만…….

나는 얼버무렸다. 한두 번보다야 많이 봤지만 야동을 끊은 지 오래였다. 늘 온라인 게임에 미쳐 있었고, 란이 집에 있던 컴퓨터를 일찌감치 없애버렸기 때문이다.

　―처음엔 좀 보기도 했지. 몇 편 보다 변기에 토한 후론 그만 뒀어. 보나마나 구역질 나게 더러울 게 뻔하거든. 차라리 짐승들의 교미가 신성해 보일 정도라니까. 얼마 안 되는 고객들 중엔 메일이랑 택배도 찝찝하다면서 직접 방문을 원하는 작자들도 있어. 생각나? 트렁크에 쓰레기가 들어 있다고 했던 말.

　―아…….

134340이 갑자기 늙은 여자처럼 보였다. 졸라 우울했다.

—뭐 좀 먹을래? 라면 하나는 맛있게 끓일 수 있어.

사료를 다 먹은 카론을 안고 134340이 물었다.

—아니, 아까 피자 한 판 먹었어.

휴대폰을 확인했다. 09:13PM. 수와 란도 시계를 보고 있지 않을까. 초조했다. 오늘 두 사람 얼마나 비장하게 나왔던가. 아무런 간섭도 하지 않겠다고 했지만 그 말이 더 신경 쓰였다. 란에게서는 아무 연락이 없었다. 더 있을까, 집에 갈까.

이때 답을 알려주듯 문자 메시지가 도착했다.

들어와서 약은 먹고 자라

란이었다. 포기하진 않았구나. 가만 놔두길 바라면서 버려지길 두려워하는 이율배반은 나도 이해할 수 없었다.

—가볼게.

나는 자리에서 일어났다. 그놈이 나를 쥐고 흔들지 않는 이상 좋지 않은 상황을 만들고 싶지 않았다.

—오자마자 간다고?

—우주를 보고 가는데 뭐.

농담을 하고 방문을 열었다. 역한 약 냄새가 방으로 밀려들어왔다. 134340은 카론을 안고 따라 일어섰다.

—다음에 또 와도 되지?

나는 쿠폰을 받아놓는 심정으로 물었다.

—문은 항상 열려 있어.

마음에 드는 대답이었다.

뭘 건드릴까봐 조심조심 발을 떼어 현관으로 갔다. 에디슨의 방을 지날 땐 코를 찌를 듯 고약한 약품 냄새가 났다. 흘끔 들여다본 시간이 1초나 될까. 나는 고개를 갸웃하게 틀고 눈을 비볐다. 내가 보았던 게 어른이었나, 아이였나. 남자는 분명한데 덩치가 딱 열세 살 정도밖에 안 돼 보였다. 머리에 뭔가 뒤집어써서 생김새는 보지 못했지만 몸이 상당히 작은 것만은 확실했다. 정말 약 때문에 저렇게 됐나? 에디슨에 대한 궁금증이 또다시 부풀었다. 다시 한 번 보고 싶었지만 운동화에 발을 꿰있다. 어쨌든 집에 가야 했다.

환상의 고물 창고에는 진한 어둠이 고여 있었다. 밤이 깊어지면 재활용 쓰레기들이 삐걱삐걱 살아 움직일 것 같았다. 이 집, 딱 내 스타일이라니까. 아쉬움을 떨치고 내 영혼의 고향 같은 그 집을 나왔다.

—단, 지금도 나랑 친구 하고 싶어?

134340이 대문 앞에서 물었다. 무슨 뜻이지? 문득 불법 포르노 영화 복제 CD가 생각났다. 쓰레기로 가득 찬 이 집과 에디슨도. 134340이 나를 집에 데려온 의도가 그거였나? 이래도 나랑 친구

하겠냐…….

—그걸 말이라고. 간다.

손을 들어 올리고 돌아섰다. 골목을 빠져나올 때까지 대문 닫
는 소리는 나지 않았다.

왔던 길을 되짚어가며 머릿속에 지도를 그려 넣었다. 134340
에게로 이어지는 누추한 골목이 한 걸음 두 걸음씩 머릿속에 접
혀 들어왔다.

6

교장실은 빵빵하게 넓었다. 40명에 가까운 몬스터들이 함께 쓰는 교실의 두 배는 될까. 피아노보다 운반하기 힘들 것 같은 육중한 책상이며 회의용 검은 가죽 소파들도 최고급으로 보였다. 어디서 보내온 건지 내 덩치만 한 화분들이 벽을 따라 줄을 서 있었다. 영원히 지지 않을 것 같은 꽃들과 실내 공기 정화용 식물들은 윤기가 잘잘 흘렀다. 이게 고등학교 교장실이야, 대통령 집무실이야.

두 줄로 길게 마주한 소파들을 굽어보는 자리에 교장이 앉아 있었다. 번들번들 기름기가 흐르는 얼굴을 좌우 비대칭으로 일그러뜨린 모습이 보기 싫었다. 그 양옆엔 주머니곰과 학생부장이 더 이상 할 일이 없는 보좌관들처럼 입을 닫고 있었다. 학생부장 쪽엔 몬스터 D와 그의 부모가, 주머니곰 쪽엔 나와 수, 란이 남북 회담 대표자들처럼 마주 앉았다. 몬스터 D의 마마와 파파는 백만 년 동안 냉동실에 있었던 것처럼 차디차 보였다. 교장실에 모인 지 10분도 안 되었건만, 침몰하는 듯한 분위기에 목이 졸리는 것 같았다. 학생부장이 사건의 전말을 간단히 정리하고, 일을 어떻게 수습했으면 좋겠는지…… 하며 얼버무린 뒤였다.

—독고단, 이번 사태의 중심에 있었으니 어떤 생각인지 한번 말해봐라.

먼저 입을 뗀 사람은 교장이었다. 빌어먹을, 무슨 말을 하라고. 무슨 말을 하든 욕 먹을 사람은 난데. 이번 사건을 몬스터 D의 집에 알린 주머니곰 입을 꿰매버리고 싶었다. 내 앞에선 있는 대로 거드름을 피우지만 겁쟁이인 게 틀림없었다. 제자를 보호하기보다 자신의 무사 안위를 먼저 생각하는 비겁한 꼰대. 독후감 수행 평가 점수 같은 건 필요 없었다.

—머리가 아파서 아무 생각도 못하겠는데요.

—음…….

조용한 신음이 교장의 커다란 콧구멍으로 새 나왔다. 한 가닥 삐져나온 코털이 바르르 떨렸다. 참을 수 없이 터져 나오는 웃음을 가까스로 삼키고 켁켁 기침을 했다. 란과 수는 죄인처럼 고개를 떨어뜨리고 번갈아 한숨만 쉬었다. 몬스터 D가 어떤 식으로 교활하게 나를 약 올렸는지 안다면 그렇게 참담한 표정을 짓지는 않을 것이다. 나쁜 새끼. 하지만 몬스터 D만 나쁘다고 할 순 없었다. 눈에 보이는 게 전부인 줄 아는 멍청한 어른들도 문제였다. 누가 얼마나 터졌는가, 그것만이 잘잘못을 따지는 유일한 기준이라고 믿는 단세포 짚신벌레 같은 노땅들 말이다.

―죄, 죄송합니다.

떨리는 목소리의 주인공은 수였다.

―저희가 자식 교육을 자, 잘못 시켰습니다. 입이 열 개라도 할 말은 없지만, 다, 다, 다시는 이런 일 없도록 하겠습니다.

자식 교육 겁나게 잘못 시킨 주범들 앞에서 뭐하자는 거지? 슬슬 속이 뒤틀렸다. 그리고 졸라 어색했다. 수가 나 때문에 비굴 모드로 저자세를 보이다니, 상상도 하지 못한 일이었다.

―이미 벌어진 일은 어쩌시고요. 우리 애 몸이 어떻게 됐나 보세요, 한번.

몬스터 D의 엄마는 자기 아들의 웃옷을 벗겼다. 깔끔하고 매끄러운 손가락이 와이셔츠 단추를 위에서부터 하나씩 풀어 내려갔다. 교복 탈의 시범이라도 보이는 듯 침착하기 짝이 없었다. 보통 여자가 아니라니까. 몬스터 D는 몸을 뒤로 빼며 죽을상을 했다. 풀어 헤쳐진 와이셔츠 속으로 선명한 멍 자국이 거뭇거뭇 드러났다.

―됐어!

몬스터 D는 제 엄마의 손을 떼어내고 와이셔츠 단추를 다시

잠갔다. 울 것 같은 꼬락서니가 영락없는 마마보이였다. 그럼 그
렇지, 이제야 옛날의 허약했던 몬스터 D가 보이는구나. 좀 컸다
고 내 앞에선 온갖 폼 다 잡더니. 왠지 기분이 좋아졌다.

　―앞니 두 개 나간 것도 아시죠? 예전부터 문제가 많은 줄은
알고 있었지만 그 방면에 소질이 있지 않고서야…….

　빌어먹을, 완전히 악의적이었다. 예전부터 문제가 많은 인간은
바로 아줌마였어!

　―우리 단이 한 일에 대해서는 백 번 사죄드립니다. 많이 놀라
셨을 거예요, 화도 나셨을 테고요. 그래요, 단은 좀 별난 아이예
요. 특히 두진이 같은 '엄친아'와는 많이 다르고요. 주의력이 부족
하고 행동을 오버하거나 과격해질 때도 있지요.

　란이 입을 열었다. 그런데 무슨 소리를 하는지 알 수 없었다,
몬스터 D가 엄친아라니. 녀석은 엄친아로 착각하게 만드는 마마
보이일 뿐이다. 그리고 나를 설명할 때 별나다든가 하는 표현을
쓰는 건 정말 참을 수 없었다. 결국 이상한 놈이라는 거잖아. 게
다가 ADHD를 주제로 강의라도 할 참이야?

　―의학적으로 말하자면 ADHD가 있습니다. 주의력결핍과잉
행동장애, 라는 건데 단에겐 그런 장애가 있어요.

　맙소사, 란은 정말로 ADHD에 대해 말하고 있었다. 미칠 것 같
았다.

　―하지만 이런 아이를 이해하거나 이해하려고 하는 사람, 전

본 적이 없어요. 납득하실지 모르겠지만, 단이 지금까지 그런 몰이해 속에서 이만큼 버텨온 걸 전 기특하게 생각하고 있어요. 네, 그래요.

란은 연극배우처럼 말했다. 말투가 꽤 마음에 들었다. 몬스터 D의 엄마가 학원에서 나를 내쫓기 위해 얼마나 못된 짓을 했는지 기억하는 게 분명했다. 그런데 그렇게 말하는 란은 나를 이해하고 있다는 건가? 그리고 정말로 날 기특하게 생각하는 거야? 아니겠지, 설마. 하지만 나를 위해 변론을 하려 애쓰는 것만큼은 분명했다.

몬스터 D의 마마는 코웃음을 치고는 팔짱을 꼈다.

—기특하다……. 어이가 없어서. 이제야 알겠네요. 독고단이 왜 문제 행동을 고치지 못하는지.

멸시하는 듯 거만한 태도였다. 이제 조금 있으면 나를 학교에서 내쫓으라고 하겠지? 시간 끌지 말고 빨리 진도를 나가줬으면 싶었다. 몬스터 D는 쥐 같은 면상을 찌푸린 채 아예 눈을 감고 있었다.

—죄송합니다. 이유가 무엇이었든, 이번 일은 독고단의 엄마로서 정말 죄송스럽고 유감스럽게 생각합니다.

란이 몬스터 D의 마마에게 고개를 숙여 보였다. 빌어먹을, 밖으로 뛰쳐나가고 싶었다.

—더 이상 시간 소모하지 말고 빨리 마무리를 짓죠.

바통을 이어받은 선수는 몬스터 D의 파파였다.

―사건의 전말을 보면 먼저 시비를 건 쪽도 독고단, 주먹을 휘두른 쪽도 독고단입니다. 일방적으로 부상을 입은 것은 조두진. 앞니 두 개 부러지고 온몸에 타박상을 입었습니다. 적지 않은 멍 자국으로 보면 폭행이 어느 정도였는지 짐작할 수 있지요. 교복은 피투성이가 됐고요. 이게 우리가 수집한 객관적 정황입니다. 더 얘기 나눌 것도 없습니다. 있는 사실만 가지고 그에 맞는 처벌을 하면 되니까요. 우리가 원하는 건 그뿐입니다.

잠시 여기가 교장실이 아니라 법정인 줄 알았다. 학기 초에 몬스터 D가 검사의 아들이라며 다른 몬스터들이 떠들어대는 소리를 들은 적이 있었다. 주름 하나 없는 검은 양복에 꽉 조인 넥타이까지, 몬스터 D의 파파는 빈틈이라고는 0.1밀리미터도 없는 사람 같았다. 객관적 정황을 수집했다느니 하는 걸 보면, 잡스런 몬스터들을 수배해 그야말로 사건의 전말을 확인한 게 틀림없었다.

―징계 전에 협조를 부탁드리겠습니다.

총이라도 맞은 것처럼 소파에 늘어져 있던 주머니곰이 몸을 일으켰다.

―충격이 매우 크셨겠습니다만, 제가 판단하기에 독고단에게 고의성은 없었던 것 같습니다. 갑작스런 충동을 자기 의지로 억제하지 못했던 거죠. ADHD, 주의력결핍과잉행동장애가 원래 그렇습니다. 자기 안에 어떤 놈이 들어앉아 충동질을 한다고나 할

까요.

자기 안에 들어앉은 어떤 놈? 주머니곰이 '그놈'을 알다니, 란이 했던 말이 정말이었어?

—선생님이 그걸 어떻게 아시죠? 그런 장애를 직접 겪기라도 하셨나요?

몬스터 D의 엄마가 신경질적으로 말했다.

—네, 저도 독고단보다 못하진 않았죠. 그땐 정말 미치는 줄 알았습니다. 저뿐만 아니라 제 주변 사람들까지 모두요.

맙소사, 그의 말이 사실이라면 아마도 주머니곰 속엔 아직도 '그놈'이 살고 있는 게 틀림없었다. 그렇지 않고서야 이런 골 때리는 자리에서 어떻게 멋대로 지껄일 수가 있어. 동류항으로서 내 입장에 서주는 걸 고마워해야 할지는 알 수 없었다. 최악의 경우, 아니 최선의 경우 학교에서 잘릴 가능성도 있잖아?

말문이 막힌 몬스터 D의 엄마는 하, 탄식을 내뱉었다. 교장이 큰기침을 하며 주머니곰에게 눈살을 찌푸렸다.

—선의를 보이다가 졸지에 일방적으로 당한 우리 아인 뭐죠? 협조할 상황이 아니잖아요, 선생님. 외상이 이 정돈데 정신적 상처는 얼마나 크겠냐고요. 죄를 지은 장본인이 저렇게 반성할 줄 모르는데, 앞으로 또 이런 일이 재발하지 않는다는 보장도 없죠. 솔직히 말할게요. 독고단이 이 학교에 계속 다닌다면 두진이를 전학시킬 수밖에 없어요.

그럼 그렇지. 이제 예상했던 대로 이야기가 진행되고 있었다. 내 옆에 앉은 란이 깊은 한숨을 소리 없이 길게 내쉬었다. 몬스터 D의 파파와 마주 앉아 있던 수가 소파에서 내려와 무릎을 꿇은 건 바로 그때였다.

—두진이 아버지 어머니, 제가 배, 배, 백 배 사죄드립니다. 용서해주십시오.

아까 좀 이상하다 했더니 황당한 일이 벌어지고 있었다. 나도 안 꿇은 무릎을 왜 수가……. 사색이 된 란은 가죽 소파를 찢을 듯 손으로 움켜쥐었다.

—왜 이러십니까. 일어나십시오.

몬스터 D의 파파가 기겁을 했고, 교장과 학생부장은 이러지도 저러지도 못한 채 어정쩡하게 엉덩이를 들고는 쩔쩔맸다. 주머니 곰은 양손을 겨드랑이에 끼우고 우거지상을 했다.

—다, 단은 아직 어린애나 마찬가집니다. 작정하고 사고를 치는 게 아니라 추, 충동적으로 행동할 때가 많아요. 지금 치, 치, 치료 중입니다. 어, 어떤 방법으로든 사례를 하겠습니다. 단에게 기, 기회를 주십시오.

돌아버릴 것 같았다. 나를 학교에서 내쫓으라는 가족 앞에서 무릎 꿇고 비참한 고백을 하다니. 이 거만한 가족은 뜻하지 않은 상황에 놀라고 있었다. 아니, 놀라는 척하고 있는지도 몰랐다. 자포자기로 눈을 감고 있던 몬스터 D는 돌처럼 굳어 꼼짝도 하지 않았다.

앉아 있기가 고통스러웠다. 그놈이 내 안에서 길길이 날뛰고 있었다.

다 뒤집어엎어!

나는 죽을힘을 다해 참았다. 함부로 날뛸 때가 아니었다. 몬스터 D의 가족 앞에서 무릎 꿇은 수를 또 한 번 엿 먹일 생각이 없다면 말이다. 마디가 부러질 듯 힘이 들어간 두 손을 허벅지 밑에 깔고 이를 악물었다. 그놈이 아우성을 치는 만큼 온몸이 마구 떨렸다.

란은 수를 일으켜 소파에 앉혔다. 굵은 눈물방울이 긴 테이블 위로 툭 툭 떨어졌다. 수와 란을 바라보던 몬스터 D는 고개를 돌렸다. 개자식! 그놈이 발광을 하며 내 몸을 뒤흔들었다.

저 새끼 죽여버려!

나는 그놈의 명령을 모른 척하느라 눈을 꽉 감았다. 이 갈리는 소리가 뿌득뿌득 입에서 귀로 전해졌다. 내 속에서 활화산이 격렬하게 폭발하고 있었다. 씨발, 나는 목구멍으로 뜨겁게 넘어오는 것을 꿀꺽꿀꺽 삼켰다. 그것이 불덩이인지 눈물인지는 알 수 없었다.

7

일주일도 안 돼 협약을 어겼다(란과 수가 간청하다시피 하여 일
방적으로 맺은 협약이지만). PC방에 갔다. 그것도 사흘 연속. 프리
우스 던전에라도 가지 않으면 뒈져 버릴 것 같았다. 빌어먹을, 말
이 봉사 활동이지 학교의 온갖 더러운 곳을 쓸고 닦고 정리하다
보면 쓰레기와 함께 소각장으로 가고 싶었다. 학교의 징계란 언제
나 반성보다는 분노를 낳는다. 교장실에서 있었던 일이 뇌리를 떠
나지 않았다. 그것은 수뿐만 아니라 란과 나에게도 굴욕이었다.

몬스터 D의 잘나신 부모 앞에서 수가 무릎을 꿇은 일은 정말
최악이었다. 몬스터 D의 아빠, 고매하신 검사 나리의 표정을 잊
을 수가 없다. 피고에게 중형이 구형되면 그런 얼굴이 될까. 승리

의 쾌감에다 우월한 자의 아량으로 측은함을 약간 섞은 오묘한 표정. 그는 두 번 다시 같은 일이 생기면 중징계를 한다는 조건으로 나를 사면했다. 일주일간 교내 봉사가 나에게 내려진 더러운 은혜였다(치료비는 물론 수가 물어주기로 했다). 차라리 퇴학이었다면 모든 게 한 방에 해결되었을 텐데. 운이 없는 놈은 진창을 피하다 시궁창으로 빠지는 법이다. 하여튼 구역질 나는 학교에서 매일 청소를 하는 기분은 구정물을 뒤집어쓴 것 같았고, 그런 기분에서 벗어나려면 아니마를 만나는 수밖에 없었다.

나의 분신과 같은 아니마를 데리고 나는 무영 던전과 맹독의 교장을 돌아다녔다. 몬스터들이 부식액이나 독가루 등 별별 스킬을 사용해 골치는 아팠지만 경험치가 팍팍 올랐다. 레벨은 34. 주어진 퀘스트를 성공적으로 수행해 아니마는 사랑과 두려움의 감정을 되찾았다. 사랑의 감정을 얻기 위한 퀘스트에서는 검은 송로 멧돼지가 삼킨 만년필을 찾아야 했고, 드롭 확률이 높지 않아 많은 인내가 필요했다. 마지막 감정 퀘스트인 두려움을 획득할 때는 진한 감동을 느꼈다. 예언자 부우를 퇴치하고 나서 거인 술사가 나를 습격했을 때, 아니마가 두려움의 감정을 되찾음과 동시에 나를 위기에서 구해준 것이다.

몰라보게 성장한 아니마는 더 이상 수줍음이 많은 어린아이가 아니었다. 처음 만났을 때는 호기심만 가득했던 귀여운 소녀일 뿐이었는데…… 여덟 가지 감정을 모두 갖춘 성숙한 아니마를 보면 말할 수 없이 뿌듯했다. 이제 각성 퀘스트를 완료하고 감정 개방을 하면 모든 스킬이 활성화돼 나와 환상적인 파트너십을 이루게 된다. 다음엔 아니마가 가이거즈 제럼을 소환할 수 있게 하는 퀘스트를 받아야지. 아니마가 가이거즈를 소환해 나에게 큰 힘이 되어 줄 때를 생각하니 무척이나 든든했다. 나는 가슴이 벅찬 상태로 프리우스를 나왔다.

집에 수와 란은 없었다. 현관문 앞에 짜장면 그릇과 탕수육 접시가 포개져 있었다. 찬이 시켜 먹고 내놓은 모양이었다. 주먹만 한 게 먹성 하나는 끝내준다. 나에겐 탕수육이나 군만두 같은 건 말도 못 꺼내게 하는 란, 아무리 내가 살이 쪘어도 그렇지 너무하는 거 아냐? 기분이 확 상했다. 주방 식탁엔 남은 탕수육을 담은 접시가 올려 있었다.

—그거 단 거야. 먹기 전에 덜어놨어. 란이랑 수는 어디 들렀다 온대.

찬은 할금할금 눈치를 보았다. 가뜩이나 심기가 거북한데, 꼴 보기 싫었다. 탕수육도 별로 당기지 않았다.

수의 서재에서 바이올린을 꺼내 왔다. 무기 아이템을 하나 만들고 싶었다. 줄을 한 개 끊어 먹나 두 개 끊어 먹나 다를 게 뭐 있어. 자물쇠를 열고 방에 들어와 피아노를 쳤다(수와 란은 아직 자물쇠를 발견하지 못했다. 어디 나에게 관심이나 있어야지). 아이템을 만들기 전에 머리부터 식혀야 했다. 대만 영화 〈말할 수 없는 비밀〉 중간에 샤오위가 연주했고 마지막 장면에서 주걸륜이 연주했던 〈시크릿〉. PC방을 나오기 전 인터넷으로 다운 받아 인쇄한 악보가 있었다. 멜로와 판타지가 결합돼 그럭저럭 볼만했지만, 배우들의 피아노 연주 실력이 아니었으면 성공할 수 없는 영화였다.

처음이라 물론 더듬거렸지만 〈시크릿〉은 그렇게 어려운 곡은 아니었다. 며칠 집중해 연습하면 금세 마스터할 수 있을 것 같았다. 건반을 광범위하게 사용한다는 점이 마음에 들었다. 마지막 E음을 땅, 치고 나면 처음부터 다시 치고 싶어졌다. 주걸륜의 손가락에서 건반으로 떨어졌던 피 한 방울이 생각나면서.

언젠가 창선고등학교 1학년 1반 몬스터들이 이 영화에 대해 지껄이는 소리를 들었는네, 몬스터들도 쓸모 있을 때가 있다니 신기할 따름이다.

〈시크릿〉은 장렬한 운명이 느껴져 손가락에 힘이 많이 들어갔다. 나는 좀 더 역동적으로 치고 싶었다. 양손을 엇갈려 연주하는 부분이 압권인데, 능숙하게 치려면 적어도 사흘은 꼬박 연습해야 할 것 같았다.

잘 치게 되면 134340에게 들려주고 싶었다. 첫 친구를 만났는데 근사하게 세리모니를 해야 하지 않을까(포르노 영화 CD 판매의 충격에서는 웬만큼 벗어났다. 가난의 '가' 자도 모르는 주제에 누굴 비난해). 솔직히 말하자면 난 두렵고 떨렸다. 혼자서는 멀쩡히 잘하다가도 남 앞에서는 얼어붙는 몹쓸 병은 언제 고쳐지려나. 이것도 그놈의 짓인가? 죽일 수 있다면 죽이고 싶었다. 아무 죄도 없는 나를 그렇게 오래 뒤흔들어왔으면 그만 나가떨어질 때도 됐잖아. 하지만 그럴 만한 조짐은 없었다. 나를 지켜주는 존재이자 나를 망가뜨리는 존재, 그놈. 그놈이 아니라면 난 살아갈 수 없을까. 그놈 없이는 지겨운 몬스터들 속에서 더욱 하찮은 몬스터가 될 수밖에 없는 거야?

꽝! 피아노 건반을 내려친 것은 내가 아니라 그놈이었다. 허튼 생각은 그만두라는 경고였겠지. 빌어먹을. 〈시크릿〉을 어디까지 쳤는지 기억도 나지 않았다. 갑자기 진이 빠지고 숨이 찼다. 약을 다시 먹어봐? 요즘 나는 수 앞에서 약을 먹는 척 시늉만 하고 있었다. 수를 속이기는 누워 숨쉬기보다 쉬웠다. 삼키지 않고 혀 밑에 약을 숨겼다가 화장실 변기에 뱉어버리면 그만이었다(수는 나보다 열일곱 배는 순진하다).

꼬박꼬박 약을 먹던 때를 떠올려보았다. 그놈이 좀 얌전해졌던 건 사실이고, 따라서 란과 수가 놀랄 만한 일도 그만큼 덜 일어났다. 하지만 약을 먹으면 안 먹을 때보다 두통이 더 심했고 멍한 상태가 지속되기도 했다. 불면증도 사람 잡는 일이었다. 하루 종일 시달리고도 잠이 오질 않다니! 란은 잠도 안 자고 밤새 불을 켠 채 뭘 하느냐며 잔소리를 했지만 사실을 몰라서 하는 소리다. 밤이 깊을수록 말똥말똥해지는데 새벽까지 어떻게 가만히 누워

만 있어. 무기 아이템이라도 만들지 않았으면 미쳐버렸을걸? 구역질도 참기 힘들었다. 리탈린을 먹을 땐 기분 나쁘게 메슥거리고 멀미까지 났다. 그런데 이 모든 부작용이 '그놈'의 발버둥 때문이었다면?

방문을 두드리는 소리가 났다. 내 이름을 부르는 독고찬의 목소리가 들렸다.

—뭐.

문을 열고 인상을 북 긁었다. 집에 들어왔을 때부터 슬슬 눈치를 보는 게 짜증 났다. 찬은 놀란 자라처럼 목을 움츠렸다.

—단한테 빌린 레이저파워업건, 친구랑 놀다 망가뜨렸어.

찬은 두 팔을 엑스 자로 겹쳐 제 얼굴을 막았다. 레이저파워업건? 아, 그랬지. 깜박 잊고 있었나. 레이저파워업건은 무기 아이템이 아니라 재활용 쓰레기 분리수거장에서 주워 온 장난감에 불과했다. 담배를 피우다 플라스틱 쓰레기를 넣는 수집함에서 발견해 꺼내 왔다. 총구가 부서지고 방아쇠만 부러졌을 뿐 다른 데는 모두 멀쩡해 한 시간도 안 돼 뚝딱 수리했다. 속에 들어 있는 건전지도 아직 약이 남아 있었다. 독고찬 같은 어린애들이야 현란한 빛을 방사하며 따라락따라락 한심한 소리를 내는 총이 최고였겠지.

솔직히 말하면 그런 장난감은 다시 쓰레기 수집함으로 간다 해도 아쉬울 게 없었다. 하지만 문제는 내 기분이 망가졌을 때 녀석이 자수를 했다는 데 있었다. 내가 피아노를 치고 있으니 기분이 좋은 줄 알았겠지. 아직 우유 냄새도 안 가신 녀석이 얄팍한 계산을 하는 게 비위 상했다. 나이가 여덟 살이나 많은 형을 우습게 봐? 가뜩이나 컨디션도 바닥인데 스팀이 팍팍 올랐다. 앉아서 발차기를 하려는 순간 찬이 소리를 질렀다.

—돈으로 갚을게!

하지만 185밀리미터의 발이 녀석의 옆구리로 날아간 뒤였다. 억, 하고 주저앉은 녀석에게 흥정을 붙였다.

—얼마.

—4……, 아니, 3, 아니, 2천 원.

—4천 원 가져와.

처음부터 2천 원을 불렀다면 모를까, 한 대 얻어맞고 나서까지 잔머리 굴리는 녀석에게 동정이란 없었다.

—그거 다 폐품이잖…….

찬이 말을 끝내기 전에 또 한 차례 옆구리를 걸어찼다. 녀석은 가볍게 나가동그라졌다.

—잔머리만 발달한 새끼, 내 아이템들이 폐품으로 보여?

—무슨 일인지 거기까지만 해.

그놈의 분노를 멈추게 하신 분은 란, SOS라도 받고 나타난 것 같았다. 그 뒤엔 수도 있었다.

나는 의자로 잽싸게 바이올린을 가렸다. 어디서 둘이 한잔했는지 희미하게 술 냄새가 풍겼다. 얼굴이 둘 다 울긋불긋했다. 란은 옆구리를 움켜쥐고 고통스러워하는 찬을 자기 방으로 보냈다.

—방에다 자물쇠 채우고 나가니?

란은 방문에 박은 자물쇠 고리를 가리키며 물었다. 참 일찍도 발견했다.

—나중에 얘기하고, 생물실 청소 안 하고 왔다며?

란은 다짜고짜 물었다.

—주머니곰이 일러바쳤어?

—주머니곰이라니?

—담임 말야.

—내가 물어봤어. 당연하잖니. 어떻게 감면을 받은 징겐데.

란은 무엇을 꼭꼭 씹어 먹는 것처럼 입술에 힘을 주어 말했다. 빌어먹을 주머니곰 같으니라고.

—잊어버렸어.

—잊어버릴 게 따로 잊지.

—일부러 그런 게 아니라니까!

꽤나 노력한 사흘에 대해서는 한마디도 없이 하루 건너뛴 것만 지적질을 하니 열 받았다.

—중대한 시점이잖아. 좀 더 긴장해주면 안 되니?

—그러려고 했다고. 할 만큼 하는데도 그 모양인 걸 어떡해. 원래 그런 놈인 걸 어쩌란 말이냐고!

나는 주먹으로 피아노 건반을 쾅 내리쳤다. 재난 영화의 배경음처럼 방 안에 피아노의 파열음이 번졌다. 그놈이 날뛰기 시작했다. 엄청난 불협화음과 함께 시끄러운 진동이 방을 메웠다. 수가 돌진해 들어와 왼쪽 오른쪽 연속 싸대기를 날리고 내 멱살을 잡아 올린 건 순식간이었다.

―하, 할 만큼 했다고? 하, 할 만큼 해, 했다고?

바짝 마른 몸을 부들부들 떨며 수는 가쁜 숨을 몰아쉬었다. 술 냄새가 확 풍겼다. 귀에서 징― 이명이 들리고 뺨이 얼얼했지만 참을 만했다. 그보다는 가뜩이나 미치겠는데 목을 조이니 돌아가실 것 같았다.

―그, 그, 그렇게 모욕을 다, 당했으면 뭐해. 정신을 모, 못 차리는데. 워, 원래 그, 그런 놈이 어딨어. 너너, 넌 의지박약이야.

멱살을 잡은 수의 손에 무섭게 힘이 들어갔다. 숨통을 끊을 작정인가. 해발 3000킬로미터의 고산 지대에 올라가 있는 것처럼 머리통이 깨질 듯했다.

―그, 그렇게까지 했는데 또 게, 게, 게임을 하다니 기, 기가 막힌다. 사사, 사람이 인내하는 데도 하, 한계가 있어.

가슴이 답답해 소리라도 지르고 싶었다. 그놈이 성질을 내며 펄펄 뛰고 있었다. 인내라고? 무슨 인내를 얼마나 했다고. 겨우 그 정도 인내로 권위 있는 아버지 되기 프로젝트의 면죄부를 받으려 했다 이거지. 애를 목 조이고 기죽여야 진짜 아버지가 된다고 믿었을 리는 없고, 결국 하나였잖아. 독고민수는 독고단을 사랑하지 않았다. 아냐?

그래, 바로 그거야. 수를 밀어버려!

나는 그놈의 충동질을 모른 척하느라 숨쉬기도 어려웠다. 란의 한숨 소리가 길게 이어졌다.

그런데 내가 PC방에서 게임한 걸 어떻게 알았지? 누군가를 시켜 날 감시라도 했다는 얘기야? 배 속이 뒤집히는 것처럼 울렁거렸다. 어지럽고 토할 것 같았다. 조짐이 이상했다.

—놔, 씨발.

내가 한 말이 아니라 그놈이 한 말이었다. 빌어먹을, 내 앞에 있는 건 수라고. 하지 마, 제발! 나는 물불 안 가리는 그놈을 멈추세 하고 싶었다.

—다, 다, 다시 한 번 애, 애기해봐.

나를 겁주는 수의 눈엔 공포가 엿보였다.

—에이, 씨발!

그놈은 괴력에 가까운 힘으로 내 목에서 수의 손을 떼어냈다. 수가 휘청거리며 방바닥에 나가동그라졌다.

—단!

란이 소리를 질렀다. 내가 이미 방을 뛰쳐나온 뒤였다. 나는 제정신이 아니었다. 그놈이 나를 뒤흔들며 지랄 발광을 하고 있었다. 내 몸은 격하게 요동했다. 아무도 눈에 보이지 않고, 아무것도 귀에 들리지 않았다.

집에서 나가!

그놈 목소리만 나를 압도하고 있었다.

튀어!
튀어!

1

기어코 나는 아니마를 만나러 오고야 말았다. 참으려고 이를 악물수록 프리우스 던전과 아니마가 눈앞에 아른거렸다. 손끝 발끝까지 나를 장악한 그놈은 내 의지고 나발이고 개무시였다. 꼼짝할 여지도 없었다. 나의 주인은 그놈이었으니까. 하지만 그놈이 지배하는 시간의 달콤함은 강력하고 독했다. 이런 빌어먹을 딜레마가 또 있을까.

아니마와의 여행은 점점 전투적으로 되어가고 있었다. 각성 퀘스트를 완성하고 감정 개방까지 한 아니마는 이전과는 완전히 달라진 모습이었다. 잃어버린 자신을 찾는 아니마가 아니라 강인한 여전사가 된 아니마. 아주 적극적으로 행동하도록 성향을 바꿔놓아 스킬 사용도 상당히 과감해졌다.

나 역시 몬스터 사냥에 집중했다. 아니마와 함께 페로페로를 타고 다니며 닥치는 대로 몬스터들을 잡아 죽였다. 퀵 슬롯에 등록한 아니마의 스킬을 너무 많이 사용해 아니마가 삐치기도 했다. 멈춰야 한다는 생각이 들 때마다 나는 더 공격적이고 치명적인 스킬을 구사했다. 방어를 제대로 못 해 위기에 처하기도 했지만 다시 회복하기는 시간 문제였다. 아니마는 뛰어난 힘과 방어력을 가진 의지의 거인 아틀라타를 소환해 큰 도움을 주었다. 무영 던전과 맹독의 교장, 배덕의 굴엔 피비린내가 진동했다. 아니마와 나는 요리에도 감정을 넣어 먹어 각종 공격력과 방어력을 증가시켰다. 이제 레벨은 45. 아니마가 성장한 만큼 나도 굉장한 힘을 갖게 되었다. 그런데 왜 이렇게 진이 빠지지?

—찾기 쉽네, 독고단.

깜짝이야. 목소리가 크진 않았지만 요란한 소음 속에서도 란의 말은 똑똑히 들려왔다. 난 고개를 돌리지 않았다.

—동네 PC방에 자리를 잡았으니 찾아달라는 뜻이었겠지?

따발총만 쏘지 않을 뿐 감정을 억누르고 있다는 걸 알 수 있었다. 배덕의 굴을 나와 게임을 종료했다.

—나가서 얘기하자. 여기엔 1초도 있기 싫으니까.

란은 오물 구덩이에 들어와 있는 것처럼 말했다. 담배 연기에 절은 냄새에다 어둠침침한 조명, 정신 나간 듯 욕지거리를 하며 자판을 두드려대는 녀석들까지, 란이 치를 떨기에 조금도 모자람이 없는 곳이었다. 게다가 그 속에 자기 아들 독고단이 있잖아?

—양지동 일대를 다 뒤지려고 했다가 일곱 번째 PC방에서 우리 아드님을 발견했으니 운이 좋았지? PC방을 중딩 고딩이 죄다 점령하고 있더라고. 이놈의 세상이 아이들 망쳐놓으려고 작정을 했지.

란의 목소리가 불안하게 흔들렸다. 어떻게 해야 하지?

튀어!

그놈은 나를 충동질했다. PC방 알바가 카운터에서 란과 나를 흘끔거렸다. 내가 앉은 자리가 출입구 쪽이라 그리 멀지 않았다.

—다음부터이아이 들어오지못하게하세요. 교복입고들어와몇 시간씩죽치고있는데 보고도가만있었이요?

란의 따발총이 알바에게 난사되었다.

—그렇게 화가 나면 고소를 하세요. 법대로 하면 되니까. 영업하는 데서 시끄럽게 떠들고 난리야?

알바가 준비하고 있었던 듯 받아쳤다. 개새끼. 기껏해야 나보다 서너 살 더 먹었을 애송이가 말버릇이 막장이었다. 각진 턱을 한 바퀴 돌려놓고 싶었다. 하지만 정신을 차려야 했다. 집으로 끌려 들어가느냐, 그놈의 명령대로 튀어야 하느냐.

—아직결혼안했을것같은데 나중에애낳아기르면일찌감치PC방에가둬놓고 폐인만들면되겠네.

—뭐라고요? 이 아줌마가…….

분위기가 험악해질 때 나는 다리 옆에 세워둔 바이올린 케이스 손잡이를 잡았다. 집에서 뛰쳐나올 때 들고 나온 수의 바이올린이었다. 10분쯤 전력 질주하고 숨을 돌리다 보니 내 손에 바이올린이 들려 있었다. 그놈이 미쳤나, 이걸 왜 들고 나와.

—재수가 없으려니까 어디서. 야! 너 그만 나가. 게임비, 사발면, 게토레이, 합쳐서 5500원이야.

란이 들고 있던 지갑을 열었다. 긴 손가락이 바들바들 떨렸다.

튀어!

그놈이 또 한 번 나를 충동질했다. 거부할 수 없이 강한 명령이었다. 나는 꽉 눌렸던 스프링처럼 튀어 PC방을 나왔다. 독고단! 란의 찢어지는 목소리가 비명처럼 들려왔다. 나는 달렸다. 달리고, 달리고, 또 달렸다. 어디로 가는지도 모른 채.

밤이 깊었다. 선선한 바람이 피둥피둥 살찐 뺨에 들러붙었다. 양쪽 눈꼬리로 눈물이 질질 흘러내렸다. 빌어먹을, 어쩌자고 여기까지 왔을까. 폐가 펑 터질 것 같아 달리기를 멈추었는데 134340의 집 앞이었다. 머릿속에 내비게이션이 있어 자동으로 이곳까지 뛰게 한 것 같았다. 당연한 일이기도 했다. 내가 알고 있는 지도는 134340의 집으로 가는 길뿐이었으니까. 134340에게 문자 메시지를 날렸다.

134340은 답장 대신 대문을 열었다.

나를 한참 바라보고 나서 134340은 말했다.

—들어와.

무슨 일인지는 묻지도 않았다.

집은 무덤처럼 조용하고 어두웠다. 134340의 방만 거칠게 숨을 쉬고 있는 것 같았다. 접이식 상 위에는 노트북 옆으로 포르노 영화 복제 CD와 소포용 종이봉투가 어지럽게 널려 있었다.

—뭐 하고 있었어?

—발송 작업. 머니가 떨어졌거든. 돈을 벌어야 카론도 맛있는 시료를 먹고 모래 위에 변을 보지.

침대에 엎드려 겨드랑이 털을 핥는 카론을 134340은 사랑스러운 듯 바라보았다.

—카론은 언제 134340의 위성이 됐어?

방의 빈 공간을 찾아 비집고 앉으며 말했다.

—50억 광년 전쯤 되겠지.

—그게 아니라…….

—아, 난 또. 지난봄에. 직접 방문을 원한 포르노 고객 놈께서 돈 대신 내주더라. 마치 버리듯이. 이런 어린애를 말야. 하긴 내 엄마라는 여자도 나를 버렸다는데 뭐. 암튼 카론을 만난 건 완전

럭키한 일이었어.

침대와 접이식 상 사이에 앉은 134340은 손을 뻗어 카론의 목을 간질였다. 카론은 눈을 가늘게 뜨고 가르릉 소리를 냈다. 나는 할 말이 없었다. 엄마에게 버림받았단 얘기를 엄마에게 욕먹었다는 말보다 태연하게 하다니.

―넌 돈이 뭐라고 생각해?

난데없는 질문이었다.

―뭐…… 더러운 거겠지.

즉흥적인 대답이었지만 그보다 적당한 말은 없었다. 일주일 용돈 만 원, 얼마나 더럽고 치사해.

―나에게 돈은 끊어질 듯 끊어질 듯 위태로운 현실을 이어주는 접착제야.

알 것 같기도 하고, 모를 것 같기도 하고. 봉투 하나에 주소를 쓴 134340은 바이올린을 가리켰다.

―뭐야?

―바이올린이잖아.

웬 바이올린이냐는 물음이었겠지만 달리 대답할 말이 없었다.

―켤 줄 알아?

―아니, 내 게 아니야.

―설마 에디슨에게 주려고 구해 온 건 아니겠지?

딱따구리 웃음이 잠깐 방 안에 흩어졌다.

─독고단의 부친께서 쓰시던 바이올린이야. 나도 모르게 들고 나왔어.

'수' 말고 아빠란 말을 쓰긴 어색했다.

─너도 모르게?

─어, 내 안엔 나를 지배하는 어떤 놈이 살고 있거든.

쓸데없는 말을 지껄였다. 134340은 내 말에 별 신경을 쓰지 않았다.

─너, 집 나왔지?

─어떻게 알았어?

─한 눈만 뜨고 봐도 가출 소년인데 뭐. 아 참, 에디슨의 작품 보여줄까?

134340은 키론의 요람 밑에서 손바닥만 한 투명 비닐봉지를 꺼냈다. 그 속에 캡슐형 분홍색 알약들이 들어 있었다. 모두 40알쯤 될까.

─에디슨이 외출할 때마다 한두 개씩 슬쩍해. 그 정도 없어지는 건 아마 모를 거야.

어디까지가 진담이고 또 어디까지가 농담인지 알 수 없었다.

─먹을 거야?

─세포가 증가하는 동안엔 먹지 않는 게 좋대. 부작용이 큰가 봐. 5년쯤 지나면 먹으려고. 그땐 에디슨이 자기 별로 돌아가 이 세상에 없겠지.

—그 약을 먹고 점점 작아지면 우주로 사라지는 거야?

—제법 똑똑하네.

134340은 CD 세 개를 주소가 적힌 소포용 봉투에 넣었다.

—나, 여기 있어도 되나?

134340의 휴대폰으로 시간을 확인하고 물었다. 11:34PM.

—하루 이틀 정도는. 에디슨은 화장실 갈 때 말고는 거의 방에서 나오는 법이 없어. 그리고 말했잖아. 그는 내 보호자가 아니라고. 즉, 아무 간섭도 하지 않는다는 뜻이야. 하지만 이틀 이상은 곤란해. 성가신 일 생기면 골치 아프니까.

—응.

그나마 다행이었다. 이틀이라도 머물 곳이 생겼다는 게 어디야. 당장 갈 데가 없는데.

그대로 누워 잠을 자고 싶었지만 눈을 부릅뜨고 참았다. 어쨌든 여자의 방이었다. 게다가 이 복잡한 방에서 어디에 산만 한 몸을 누이고 자야 하나.

—일 언제까지 할 거야?

134340에게 물었다.

—좀 더. 내일 가지고 나갈 것도 챙겨야 해. DVD 매장을 돌아다녀야 하거든.

노련한 장사꾼처럼 말했지만 장사가 잘되는지는 의문이었다. 불법 포르노 CD를 들고 다니는 외판원 134340은 상상하기가 어려웠다.

─잠이 와 죽으려고 하네. 더 이상 못 버티겠지?

134340은 작업을 중단하고 비닐 옷장과 침대 사이에 누울 자리를 만들었다. 미안했지만 할 수 없었다. 정말로 잠이 쏟아져 죽을 것 같았으니까. 비닐 옷장에서 꺼낸 샛노란 면 이불에선 퀴퀴한 곰팡내가 났다.

─이불 하나로 깔고 덮고 다 해야 해.

─이불 같은 거 필요 없어. 몸에서 항상 열이 방출되거든.

빨리 눕고만 싶었다. 그로기 상태였다.

─이리 와. 재워줄게.

134340은 노란 이불 한쪽에 앉아 내 머리를 끌어당겼다. 당황할 새도 없이 134340의 가슴에 안겼다. 내 덩치의 절반도 안 되는 여자에게 안겨 있으려니 조금 우스꽝스러웠다. 그리고 절대 푹신하지 않은 밋밋한 가슴. 그러나 편안했다. 란의 자궁 속에 있을 때만큼이나.

태아처럼 몸을 웅크린 채 눈을 감았다. 그놈도 지칠 대로 지쳤는지 얌전하기만 했다. 그놈이 영원히 이대로 있어준다면……. 결코 있을 수 없는 기대를 지우듯 까무룩 잠이 몰려왔다.

2

토요일, 134340을 따라 시내의 영화 음반 도매 상가에 갔다. 무려 한 시간 10분을 걸어서! 카론을 안은 134340이 앞서고, 초록색 고물 트렁크를 넘겨받은 내가 뒤따랐다. 시외버스 터미널이 있는 상가 주변은 술집과 모텔이 즐비했다. 그런데 상가를 돌다 보니 주문 예약 시스템이 아니라 무작정 들이대기 식 판매였다. 황당했다. 자그마한 노란색 펑키 머리 여자애와 거대하고 뚱뚱한 남자애가 DVD 매장에 들어가 포르노 복제 CD를 내미는 광경을 상상해보라. CD는 팔리지 않고 구경거리만 되었다.

물건은 사지 않으면서 훈계와 동정과 무시와 비웃음을 장난 삼아 던지는 장사꾼들을 숨도 못 쉬게 들이받고 싶었다. 꾸준히 들르네, 벌써부터 빨간색 비됴나 팔고 다니면 인생 종친다, 포르노 복제 CD를 미성년자한테 샀다 걸리면 누가 망하겠냐 아그야, 쯧 쯧…… 차라리 앵벌이가 낫겠다, 적당히 하고 그만둬라, 이제 파트너까지 델꾸 왔네? 하나는 '고포'고 또 하나는 '대포'?…… 빌어먹을, 5000만 인구 중 싸구려가 아닌 인간은 얼마나 될까.

문을 열고 들어가자마자 음침하고 불온한 느낌이 달려드는 세 번째 매장에서는 싸움을 할 뻔했다. 싸구려 장사꾼이 아니라 134340과 붙을 뻔했다는 말이다. 얼굴이 곰팡이 핀 식빵 같은 자식이 열라 재수 없게 구는데 다 받아주는 134340을 이해할 수 없었다.

—니가 어른들 옷 벗고 운동하는 영화를 알기는 아니? 젖살이 보송보송한 게 아직 모유 냄새도 가시지 않았는데.

분명히 성희롱이었다.

—저기, 지난달에 갖고 온 거 금세 나갔죠? 어…… 화질이랑 더빙이랑, 이번에도 흠잡을 데 없을 거예요.

134340은 허둥지둥하면서 영화 목록을 내밀었다. 집에서 잉크 젯 프린터로 뽑은 것이었다. 식빵은 옆에 성난 곰이 있거나 말거나 계속 떠들었다.

—미리 공부는 하고 오냐? 물건을 팔려면 그 물건에 전문가가 돼야지.

—공부는 뭐, 그냥, 그렇잖아요. 포르노 보는 사람들, 어차피 옷

벗고 운동하는 걸 감상하는 게 목적인데. 글구…… 아니, 아저씨, 싸게 드릴게요.

134340은 더듬거리면서도 닳고 닳은 애처럼 말했다. 노란 머리를 휘어잡아 그대로 끌고 나가고 싶었다.

—많이 아네. 그래도 어떤 게 센지는 알아야 사든가 말든가 하지. 요즘 손님들 웬만한 건 시시해서 안 보거덩.

식빵은 134340을 가지고 놀았다. 열 받아 더 이상 두고 볼 수가 없었다. 134340의 팔을 잡아 출입문 쪽으로 끌고 갔다.

—안 산다는 거 몰라? 나가자.

134340은 목소리를 낮춰 쏘아붙였다.

—돈 벌기 쉬운 줄 알아?

—그래도 이건 아니지. 존심도 없어?

—난 돈이 목적이지 인간 대접 받는 게 목적이 아니야.

—성희롱을 하는데도?

식빵을 곁눈질하는데 식빵도 나를 꼬나보고 있었다.

—내 일이니까 상관 마. 너나 나가 있어. 방해돼.

상관하지 말라니. 친구가 뭔데.

—씨발.

주먹으로 벽을 친다는 게 매장 선반을 건드려 DVD 몇 개가 바닥으로 떨어졌다. 134340이 떨어진 DVD를 주우려 엎드릴 때 손으로 진열대를 건드리는 바람에 몇 개가 더 떨어졌다.

─성가셔, 진짜.

134340은 DVD를 집어 올리며 짜증을 냈다. 식빵이 다가왔다.

─웬 소란이야?

─제발 좀 나가라.

134340은 정말 화가 난 것 같았다. 빌어먹을, 차라리 도둑질을 하지. 주먹으로 또 한 번 벽을 치고 매장을 나왔다.

─뭐야, 저 돼지 같은 놈은.

식빵이 씨부리는 소리가 들렸다. 폭발할 것 같았지만 양쪽 어금니를 꼭 끼워 맞췄다. PC방에나 가 있을걸. 영웅의 무덤에서 데미지 5000의 악랄한 스킬을 구사해 몬스터를 물리치고 싶었다. 아니마도 보고 싶었다. 막강한 전투력을 갖게 된 나의 프리우스 메이드. 134340의 집에서 하루 더 지내면 갈 곳도 없는데, PC방에서 죽때리고 있을까.

습관처럼 휴대폰을 확인했다. 액정 화면이 까맸다. 전원을 꺼 났지 참. 란의 연락을 차단할 방법은 그것밖에 없었다. 새벽에 꾸었던 꿈이 또렷이 재생되었다. 잠에서 깨기 직전의 하이라이트는 귀신에게 뒷덜미를 잡힌 것보다 오싹했다. 그 시간, 란은 잠을 못이룬 채 내 생각을 하고 있었을까.

동에 번쩍 서에 번쩍 던전을 누비고 다니던 나는 아니마를 업고 페로페로에 올라타 있었다. 맹독의 교장에서 환영 던전으로 이동 중이었다. 몬스터 퇴치에 계속해서 강도 높은 스킬을 사용한 아니마는 HP와 MP가 급격히 저하된 상태였다. 그런데 맙소사, 페로페로에서 내렸을 때 내 등에서 훌쩍 뛰어내린 건 아니마가 아니라 란이었다! 꿈속이지만 얼마나 기절초풍을 했던지. 나는 란과 눈이 마주치자마자 다시 페로페로에 올라탔다. 그리고 엄청난 스피드로 도망쳤다.

란은 초능력자처럼 내 뒤를 따라왔다. 잡힐 듯 말 듯 거리가 좁혀졌다. 마침내 란이 팔을 뻗어 내 어깨를 잡았다. 소리를 질렀지만 비명이 터져 나오지 않았다. 나는 몸부림을 치며 안간힘을 쓰다가 눈을 떴다. 해골처럼 끔찍하게 여윈 모습으로 나를 바라보던 란의 눈빛이 생생했다. 원망에 가득 찬 차가운 눈빛. 호러 영화가 따로 없었다. 나이트매어라는 걸 깨닫고 나는 안도의 한숨을 내쉬었다. PC방에서 튀어나올 때 뒤통수에 따라붙던 란의 목소리가 쟁쟁 울렸다. 독고단!

내가 악몽을 꾸다 깨어났을 때 134340은 침대에 옆으로 누워 무언가를 멍하니 보고 있었다. 노트북 옆에 놔둔 분홍색 캡슐 알약이었다. 먹으면 몸이 작아진다는 약. 134340은 알약에 눈을 고정시킨 채 꼼짝도 하지 않았다. 10분, 20분, 시간이 흘렀지만 석고상처럼 똑같은 자세였다.

나는 다시 잠을 이루지 못했다. 악몽 때문이 아니라 생리 현상 때문이었다. 오줌이 마려웠다. 꿈속에서부터 참았던 오줌이었다. 방을 나가는데 소리를 내지 않을 수 없었다. 덩치는 너무 크고 방은 너무 어수선했다. 134340은 내가 방문을 열고 나갈 때까지 눈 한 번 깜박이지 않았다.

그 새벽, 나는 에디슨을 관찰할 기회를 잡았다. 이번엔 잠깐 동안이 아니라 대놓고 훔쳐보았다. 화장실에서 길게 소변을 보고 나왔을 때였다. 10센티미터쯤 방문이 열려 있었다. 가까이 가니 역한 냄새가 코를 찔렀다. 방 안쪽으로 의자에 앉은 에디슨이 보였다. 내 시력이 정상이었다는 걸 확인하는 순간이었다. 에디슨은 정말 열세 살 아이의 몸을 하고 있었다. 아니, 그때보다 좀 더 작아진 것 같기도 했다. 새치 많은 머리와 팔자 주름 파인 얼굴이 작은 몸집과 심한 언밸런스를 이루었다. 그런 부조화는 우스꽝스러운 소품들과 함께 발명가다운 포스를 더욱 증폭시켰다. 안경다리 양쪽에서는 바람개비가 비지땀이 흐르는 이마를 향해 왱왱 돌아가고, 직접 제작한 듯한 가죽조끼엔 온갖 도구들이 주렁주렁 매달려 있었다.

에디슨은 비커가 달린 여과 장치에서 똑똑 떨어지는 액체를 한참 동안 들여다보았다. 널찍한 탁자엔 크고 작은 실린더와 샬레, 전자저울, 핀셋, 가위 같은 실험 도구가 널려 있었다. 깊은 숨소리를 내며 작업에 몰두한 모습은 감동적이기까지 했다. 1962베스타. 마법의 약을 만드는 외계인 발명가. 그는 질 나쁜 몬스터들이 가득한 지구에 적응하기엔 너무도 순진하고 맑아 보였다. 앞으로 얼마나 더 작아져야 자기 별로 돌아갈 수 있을까.

에디슨에게 감동을 먹고 방에 들어간 나는 사고를 칠 뻔했다. 카론에게 약을 먹이려 했다. 무슨 약이었냐고? 먹으면 작아지는 약이었지 뭐. 134340이 잠든 것을 보고 순간적인 충동이 일었다. 그 약을 먹으면 정말 몸이 작아지는지 확인하고 싶었다.

카론에게 약을 먹이기는 쉽지 않았다. 그럴 수밖에. 고양이에게 멸치 대가리도 아니고 약을 먹이다니. 녀석은 요람 위에 얌전히 잠들어 있었다. 살살 등을 쓸어주었더니 살금 눈을 떴다. 오렌지색 홍채가 점차 수축하면서 동공이 세로로 좁아들었다. 비닐봉지에서 꺼낸 캡슐 알약 하나를 주둥이에 댔다. 예상했던 대로 카론은 고개를 외로 꼬았다. 다시 한 번 알약을 먹이려 했지만 역시 외면했다. 그만둬? 하지만 분홍색 캡슐 알약에 대한 호기심은 가라앉지 않았다. 접시에 남은 사료 두 개와 알약을 손바닥에 올리고 카론을 들어 안았다. 냐—. 카론은 귀찮다는 듯 앙칼진 소리를 냈다. 134340을 깨울 만한 소리는 아니었다. 카론의 입을 벌리고 사료와 함께 알약을 넣었다. 카론이 몸을 비틀며 몸부림을 쳤다. 냐아—.

—뭐야!

침대에서 벌떡 일어난 134340이 소리를 질렀다. 이런 빌어먹을.

—뭐 하는 거냐고.

납치범에게 자식을 빼앗긴 엄마처럼 134340은 사색이 되어 물었다. 내 손으로 목과 머리가 고정된 카론은 온몸의 털을 일으켜

세우고 발버둥을 쳤다.

—아니, 이 녀석이 야, 약을 먹으려고 해서…….

눈앞이 하얘질 만큼 당황했지만 거짓말은 순발력 있게 나왔다.

—안 돼! 죽는단 말야!

입구가 열린 비닐 약봉지를 보고 134340은 소리를 질렀다. 그러고는 나에게서 카론을 낚아챘다. 냐아아—. 놀란 카론도 찢어지는 소리를 냈다. 카론을 품에 안아 거꾸로 세운 134340은 목 뒤쪽을 손으로 마구 두드렸다.

—카론, 뱉어!

134340은 공포에 질려 있었다. 사료 두 개와 알약은 곧바로 튀어나왔다. 분홍색 캡슐을 집어 들고 134340은 힘껏 내던졌다. 벽에 부딪쳤다 팅겨 나간 캡슐은 미니징 근처에 떨어졌다.

134340은 카론을 꼭 끌어안고 울면서 잠이 들었다. 정신이 반쯤 나가 있던 나는 한참 후에야 이불에 몸을 뉘었다. 알약에 대한 호기심은 두 배로 부풀어 올랐다. 그렇게 치명적인 약이었나? 134340의 자지러질 듯한 비명이 귓가에 쟁쟁 맴돌았다. 죽는단 말야! 그렇다면 분홍색 캡슐 알약의 부작용 중의 하나는 잘못 먹으면 죽을 수도 있다는 거야? 나는 가출을 했다는 사실도 잊은 채 알약 생각에 매달리다 날이 밝기 시작할 때서야 눈을 붙였다.

여기까지가 134340의 집에서 가출 첫날밤을 보내며 있었던 일이다. 꽤나 흥미진진했다니까.

도매 상가 밖에서 담배를 세 대째 피울 때야 134340이 나타났다. 지구를 한 바퀴 돌고 온 듯 지친 모습이었다.

―성공이야.

134340은 오른손에 쥔 녹색 지폐들을 나에게 흔들어 보였다. 10만 원쯤 될까. 열라 짜증 났다.

―어때? 내 마케팅 능력.

134340의 목소리엔 힘이 싹 빠져 있었다. 몸이라도 팔고 나온 것 같았다. 식빵이 그 돈과 CD를 맞바꿀 때까지 얼마나 134340을 놀려먹었을지 안 봐도 비디오였다. 포르노보다 더 지저분한 새끼. 나는 식빵이 134340을 겁탈이라도 한 것처럼 분했다.

―먹으러 가자.

134340은 초록색 트렁크를 나에게 넘기며 말했다. 어깨에 멘 이동 가방에서 카론이 고개를 쏙 내밀었다.

―더 안 팔아도 돼?

―이 정도면 됐어. 그 자식 주둥이를 틀어막고 싶었지만 난 알았거든. CD를 살 생각이 있다는 걸. 일단 먹고 보자.

식빵에게서 나온 돈으로라면 아무것도 먹고 싶지 않았다.

―편의점에서 사발면이나 먹자. 새로 나온 명품 사발면 먹어보고 싶던데. 그 돈은 좀 집어넣어.

나는 134340의 손에 들린 돈을 눈으로 밀어냈다. 식빵이 준 화대 같아 더럽게 찝찝했다.

자음과모음
청소년문학

**새로운 세대와 소통하는
자음과모음 청소년문학**
http://cafe.naver.com/jamoteen

자모틴 카페에 오시면
다음과 같은 혜택을 누릴 수 있습니다.

★

자음과모음 청소년 독서 기자단이
활동하고 있습니다.
- 자음과모음 청소년문학 작가와의 만남
- 정기 독서 토론 모임 및 독서 지도
- 자음과모음 청소년문학 도서 지원

★

자음과모음 청소년문학 독후감
이벤트가 진행되고 있습니다.
- 자음과모음 청소년문학 독후감 심사를
  거쳐 자음과모음 도서를 선물로 드립니다.
- 작가 님께서 독후감에 직접
  댓글을 달아드립니다.

| 청소년문학 01

성인식

이상권 소설
232쪽 · 값 10,000원

다섯 편의 성인식과 성장통
그리고 아름다운 상실의 나날들

이 책에 수록된 다섯 편의 성장소설은 여러 소년소녀들이 치러내는 각기 다른 성인식과 그에 따른 성장통을 보여준다. 왕따, 성적, 이성 친구, 부모님과의 갈등 등 이야기 속의 주인공들은 저마다의 성장의 무게를 짊어지고 있지만 이를 극복해 나가며 상실을 통해 성장이 완성됨을 보여준다.

| 청소년문학 02

남쪽에서 보낸 일년

안토니오 콜리나스 장편소설
정구석 옮김 · 320쪽 · 값 11,000원

별과 열정, 예술과 삶
소년의 괴롭고도 달콤한 탈선!

스페인의 한 학생이 예술과 삶의 의미를 찾아 방황하는 내용을 그린 작품. 예술과 삶, 사랑에 관한 모든 테마를 깊이 있게 살펴볼 수 있는 성장소설이자 미학소설이다. 저자는 미학에 대한 날카로운 사유를 풍성한 상징과 유려한 언어, 시적인 문체로 그려내며 독자의 지적 호기심을 충족시킨다.

★ 서울시 교육청 추천도서

하늘을 달린다

이상권 장편소설
288쪽 · 11,000원

새들의 세계로 보여주는
삶과 사랑, 생명과 자연의 이야기

짝을 만나 둥지를 틀고 새끼를 지키는 새들의 삶. 삶의 의지로 가득 찬 자연의 이야기를 통해 무목적의 삶을 살아가는 인간을 향해 문학적 경고를 던지다.

| 청소년문학 08

하프라인

김경해 장편소설
200쪽 · 10,000원

18세 축구 소년
오늘도 하프라인에 선다!

좌절 앞에 굴하지 않는 축구 소년의 고군분투 성장기. 열등감, 경쟁의식, 실패와 좌절을 딛고 진정으로 축구를 사랑하는 법을 배우며 성장하는 모습을 그렸다.

| 청소년문학 09

정의의 이름으로

양호문 장편소설
268쪽 · 11,000원

친일파 청산을 위해
우리가 직접 찾아 나선다!

공부밖에 모르던 모은표는 역사적 사건에 발벗고 나서며 비로소 자신의 삶을 제대로 바라보기 시작한다. 현실에 안주한 채 잠들어 있는 독자들을 깨우고자 했다.

| 청소년문학 10

| 청소년문학 11

불량청춘 목록

박상률 장편소설
240쪽 · 10,000원

청춘들의 고민과 좌절
그리고 그 내면의 이야기

각종 사고를 일으키는 형근 일당은 불량한 행동으로 자신들의 존재를 내비친다. 그러나 모범생인 진식에게도 보이지 않는 내면의 불량함이 존재한다. 작가는 청춘들의 내면을 특유의 잔잔한 문체로 풀어내며 그들의 진짜 싸움은 주먹이 아닌 자기반성과 성찰로 하는 것이라는 메시지를 전달한다.

| 청소년문학 12

다이어트 학교

김혜정 장편소설
272쪽 · 11,000원

십대들의 진지한 반란
다이어트 학교 탈주 대작전!

살을 빼고야 말겠다고 독하게 결심한 홍희는 다이어트 학교에 들어간다. 하지만 목표 체중에 도달하지 못하면 '나는 돼지다. 하지만 사람이 될 거다!'라는 구호를 외치거나 금식령과 독방행을 선고받게 된다. 정말 다이어트를 위해 모든 것을 포기해도 되는 걸까? 다이어트 학교 탈출을 위한 홍희의 대작전이 시작된다.

─까칠하긴. 가난한 자들의 생존 법칙이 뭔지 알아? 살려거든 상대의 똥꼬라도 핥아라.

딱따구리 같은 웃음이 듣기 싫었다.

돌아가시게 배가 고팠다. 아침부터 주린 배를 움켜쥔 채 생수만 마셨으니까. 늦잠을 자는 바람에 나는 134340이 토스터에 구운 식빵 한 조각도 먹지 못했다. 식빵이라면 앞으로는 입에도 안 대겠지만.

─한턱 쏠게. 짜장면 먹자.

134340은 앞장서 걸어갔다. 에라, 모르겠다. 위가 졸아붙어 뒈질 것 같았다. 134340을 따라가며 바지 주머니에서 휴대폰을 꺼냈다. 란에게서 문자 메시지가 와 있을지도 몰랐다. 전원 버튼을 누르려다 휴대폰을 도로 집어넣었다. 집 나온 지 겨우 하루. 병신같이 굴지 말자. 이참에 학교 자퇴 의지를 확실히 보여줘야지. 여기서 약해지면 바보 몬스터들만도 못한 찌질이가 된다. 이럴 때 용기를 주는 건 그놈밖에 없었다.

마음먹은 대로 해.

길 건너편에 중국집이 보였다. 쓰촨성. 어처구니없는 이름이었지만 입속에 급속히 침이 고였다. 횡단보도를 20미터쯤 앞두고 134340과 무단 횡단을 했다. 짜장면을 향해. 빌어먹을, 아무튼 먹고 볼 일이었다.

3

　월요일 오전 11시, 신창역을 향해 가는 국철은 한가했다. 안양역까지만 해도 더럽게 복잡했는데, 승객들이 중간 중간 바퀴벌레처럼 흩어져 내렸다. 온갖 인간들을 빽빽하게 싣고 달렸던 터라 열차 안은 기분 나쁜 냄새가 배어 있었다. 듬성듬성 앉아 있는 승객들은 대부분 노인들이었다. 무료 승차에 온양온천에서 값싼 온천욕을 즐기며 하루를 때우러 가는 것 같았다. 대부분은 졸거나 자고 있었는데 나까지 졸음이 몰려왔다. 어쩌자고 이따위로 따분한 열차를 타게 되었는지. 나 역시 시간을 때울 목적 외엔 아무것도 없었다. 개찰구 밑으로 기어들어 와 무임승차까지 했다. 온양온천으로 당일치기 여행을 하는 노인들보다 더 불쌍한 인간이라는 얘기지.

졸라 한심하고 외로웠다. 월요일 오전 11시에 아무 목적 없이 불법 무임승차로 온양온천행 지하철에 몸을 실은 고딩이라니. 고해소에서 허튼소리 집어치우고 날라리뽕 신부에게 물어볼 걸 그랬다. 하느님은 무슨 계획으로 나를 이 지경까지 오게 하셨냐고. 내가 란의 배 속에서 무슨 죄를 지었기에 내 안에 그놈을 살게 하셨냐고. 당신의 아버지 갓(God)이 있기는 있냐고. 한꺼번에 파삭 늙어 죽음 이외엔 아무것도 기대할 것이 없게 된다면……. 열라 공포스러웠지만 차라리 그 편이 나을지도 몰랐다. 앞으로 50년, 60년을 어떻게 이딴 식으로 살아. 생각만 해도 끔찍했다.

나는 뭔가 기분 좋은 일을 떠올려보려 애썼다. 그러지 않으면 열차가 곧장 지옥으로 직행할 것 같았다. 하지만 생각해보나 마나였다. 아니마와 던전을 돌아다니며 멋진 합작품으로 몬스터들을 퇴치하던 일, 나의 유일한 친구가 된 134340과의 만남, 그것밖에 더 있어? 아니지, 그것밖에라니. 예전엔 그것조차 없었잖아? 장엄한 던전을 함께 여행하는 동안 개 같은 현실을 잊게 해주는 아니마, 나와 같은 종족으로 마음을 연 134340. 이 정도면 지하철을 타고 감사의 기도를 드려도 억울할 건 없었다.

134340의 집에 며칠 더 있고 싶었지만 나는 그런 말은 꺼내지 않았다. 나도 존심이라는 게 있는데, 이틀 이상은 안 된다고 했던 134340에게 사정을 하고 싶지는 않았다.

어제 짜장면을 먹고 시내 중심가의 악기 상가에 갔다. 바이올린을 팔 생각이었다. 굶지 않으려면 돈이 필요했다. 적어도 10만 원은 받을 수 있겠지? 명색이 바이올린인데. 하지만 순진한 꿈에 불과했다. 들어가는 곳마다 어이없는 가격을 불렀다. 3만 원? 5만 원? 사기를 쳐도 유분수지. 어떻게 멜로디언 값에 바이올린을 사려고 해. 2만 원을 불렀던 어느 사기꾼을 바이올린으로 내려칠 뻔했는데 가까스로 참았다.

상가의 한 층을 다 돌아다닌 끝에 알게 된 사실은 어처구니없었다. 마지막 집이었고 매장이 꽤나 큰 가게에서였다.

—줄 끊어먹은 바이올린을 사라는 놈이 어딨어? 아무리 중고지만 예의를 차려야지.

알머리에다 턱수염만 무성한 주인은 쓸데없이 화를 내더니 바이올린을 내려놓았다.

—이런 건 파는 게 손해야. 스즈키 중급 정도면 무난하지만 결점이 많아. 오래 사용하지 않아 소리가 별로인 데다가 넥까지 부러졌던 거니까. 가는 데마다 똥값 부르지? 어리버리 커플이 왔으니 거저먹으려고 했겠지. 누가 붙였는지 감쪽같이 붙여놨네.

목이 부러졌었다고? 나는 눈을 비비고 봐도 모르겠는데 알머리 턱수염은 예리한 감정사처럼 말했다. 대체 언제 부러뜨린 거야. 내 기억에 없는 걸 보면 처음부터 중고를 샀는지도 몰랐다.

—D현 한 줄 만 원에 해줄 테니까 갈아가지고 가. 빈말 아니고

완전 원가야. 악기가 불쌍해서 해준다.

줄 하나에 만 원이라니. 바이올린을 가지고 나온 손모가지를 잘라버리고 싶었다. 바이올린을 케이스에 넣는데 134340이 대머리 턱수염에게 만 원을 내밀었다.

—줄 갈아주세요.

—뭐 하는 거야?

134340의 손을 막았지만 만 원은 이미 알머리 턱수염의 손에 쥐어져 있었다.

—아까 너 반칙했잖아. 짜장면은 내가 쏘기로 했는데 김새게.

—쓰촨성 얘기를 왜 여기까지 와서 해.

나는 식빵에게서 받은 돈으로 배를 채우기가 싫어 객기를 부렸다. 주제넘게 짜장면 값을 치른 것이다. 주문을 해놓고 회장실에 가는 척하며 계산을 해버렸다. 남은 돈은 천 원짜리 두 장뿐이었다(사실 돈을 내고 나서 잠깐 후회했다).

—아저씨, 빨리 갈아주세요. 냥이 사료 주러 가야 해요.

134340은 재촉하듯 자기 머리카락을 몇 가닥 잡아당겼다. 알머리 턱수염은 이미 가게 한쪽 구석으로 가 바이올린 줄을 고르고 있었다. 그런데 저건……?

알머리 턱수염 바로 옆에 그랜드 피아노가 놓여 있었다. 가을 햇빛에 고루 그을린 듯 흑갈색으로 아름답게 반짝이는 쉼멜 그랜드 피아노. 환상적인 가슴을 가진 여자를 본 것처럼 심장이 쿵쾅거렸다. 한번 쳐볼 수 있을까. 하지만 고혹적인 피아노에게서 눈길을 돌렸다. 자신이 없었다. 누군가 본다고 생각하면 자신감이 급강하하는 증상이 어김없이 나타날 것 같았기 때문이다. 날 이런 장애아로 만든 건 대체 뭐야. 하느님이야? 그놈이야? 화가 치밀었다.

나는 바이올린 줄을 가는 동안 밖으로 나와 담배를 피웠다. 134340에게 영영 피아노 연주를 해 보일 수 없을지도 모른다고 생각하니 졸라 우울했다. 빌어먹을. 식빵이 134340을 희롱할 때부터 시작해 기분이 바닥이었다. 아무것도 하고 싶지 않고 시체처럼 누워 있고만 싶었다.

134340은 집에 들어가자마자 나보다 먼저 누워버렸다. 지치기도 했을 것이다. 별로 한 일이 없는 나도 죽을 만큼 피곤한데 뭐. 노란 이불에 누워 〈피아노의 숲〉 삽입곡을 들었다. 참을 수 없을 만큼 피아노가 치고 싶었다. 섹시한 글래머 피아노가 눈앞에 있을 땐 만질 엄두도 못 내더니, 덩치가 아깝다니까.

그날 밤새 나는 자다 깨다 했다. 암담한 시간이 다가오고 있는 터에 편히 잠을 잘 수 없었다. 게다가 냄새가 장난 아니었다. 발에서 고린내가 진동했다. 땀 냄새도 고약했다. 이틀 동안 발은커녕 손 한 번 씻지 않았다. 세수라도 하고 발이라도 좀 닦을 걸 그랬나. 그래도 여자 방인데. 134340도 결코 깔끔한 편은 아니지만 신경 쓰였다. 수와 란이 씻으라고 잔소리를 할 때는 열부터 뻗쳤는데 별일이었다. 하지만 모두가 잠든 밤에 시끄럽게 수돗물 소리를 낼 수는 없었다(사실 몸을 일으키기도 귀찮았다).

나는 수의 바이올린을 베고 잠이 들었다 깨기를 반복했다. 그리고 바로 어제, 134340의 집에서 뒹굴 수 있을 때까지 뒹굴다 저녁에 나왔고, 24시간 문을 여는 맥도날드에서 밤새 죽쳤다. 먹은 건 리필도 안 되는 콜라 미디엄 사이즈가 전부였다.

지하철 1호선은 서울에서 점점 더 멀어지고 있었다. 달릴 때는 편안했고 멈췄을 때는 불안했다. 열차 안으로 지독하게 낯선 냄새가 침범해 들어온 건 세류역이라는 데서였다. 냄새의 주인공은 곧바로 찾을 수 있었다. 새빨간 니트 스웨터보다 더 빨리 눈에 띄는 풍만한 가슴. 지나치게 독한 향수 냄새가 화려한 외모와 어떻게 씨구려 앙상블을 이루는지는 관심 없었디. 놀랍도록 그고 잘 빠진 가슴이 가까이 다가오고 있었으니까. 그 여자는 뜻하지 않은 선물처럼 내 옆에 붙어 앉았다. 나이는 짐작할 수 없어도 란보다 젊어 보이는 것만은 분명했다. 향수 냄새 때문에 속이 울렁거렸지만 나는 얼마든지 참을 수 있었다. 완벽한 가슴이 바로 옆에서 부풀었다 내려앉았다 숨 막히게 하는데 무슨 불평을 해.〈은하철도 999〉의 철이와 메텔처럼 단둘이 끝도 없이 긴 열차 여행을 하는 상상을 잠깐 해보기도 했다.

—내 가슴이 맘에 들어?

—에?

나는 귀에서 이어폰을 뺐다.

―내 가슴이 마음에 드냐고.

눈알을 뽑아버리든가 해야지, 정신이 반쯤 나가 침을 흘리며
여자의 가슴을 들여다보고 있었나 보다.

―괜찮아. 아름다움에 넋이 빠지는 건 당연한 일이지.

여자가 웃을 때 가슴에 잔물결이 일었다. 최고였다.

―그……렇죠.

여자의 말은 어이없었지만 그렇다고 틀린 말도 아니었다. 게다
가 가증스럽게 요조숙녀인 척하지 않는 점도 괜찮았다.

―한번 만져볼래?

내가 지금 무슨 말을 들었지? 심장이 멎는 것 같았다. 날 낳아
준 여자의 가슴도 만져본 기억이 없는데 처음 보는 여자의 가슴
을 만지다니. 그것도 환상적인 사이즈와 볼륨을 가진 가슴을 말
이다. 나는 감히 대답을 못하고 고개만 천천히 끄덕였다.

―정말 만져보고 싶어?

끄덕끄덕.

―정말이지?

―소원이에요.

짝! 찰떡 치는 소리가 나더니 오른쪽 뺨이 찢어지는 듯 아팠다.
이 여자가 날 때린 거야? 무슨 일이 벌어졌는지 어리둥절했다.

―더러운 새끼. 가서 네 엄마 가슴이나 주물러! 하여튼 남자 새

끼들은 어른 새끼나 애새끼나 다 똑같다니까.

여자는 광분했다. 완전 날벼락이었다. 드문드문 앉은 노인들이 여자와 나를 멀거니 바라보았다. 다음 역 도착 안내 방송이 끝난 직후였고, 구원처럼 열차 출입문이 열렸다. 나는 뒤도 돌아보지 않고 열차에서 뛰어내렸다. 다리 사이에 끼우고 있던 바이올린은 그대로 안고 내렸다. 여자는 팔짱을 끼고 앉아 나를 향해 욕설을 퍼붓는 것 같았다. 사납게 찢어진 눈 아래로 옷 색깔과 비슷한 붉은색 입술이 쉴 새 없이 달싹였다.

열차가 출발하고 난 뒤 승강장 의자에 앉아 담배를 피웠다. 금연 구역일 게 뻔했지만 마약처럼 담배가 피우고 싶었다. 미친년, 가슴이 아무리 잘빠졌으면 뭘 해. 빤한 답을 유도해놓고 사람 잡는 어이 상실녀인데. 제수 없는 놈은 얌전히 하늘만 쳐디뵈도 이마로 새똥이 떨어지는 법이다.

열차에서 내리니 더 이상 먼 곳으로는 가고 싶지 않았다. 쪽팔리는 말이지만 겁났다. 계속 타고 가면 다시는 돌아올 수 없을 것만 같았다. 빌어먹을, 집에 들어갈 생각이 없으면 간덩이라도 커야지. 몸집은 백두급인데 간은 메추리알 노른자만 한가 보았다. 어쨌든 그놈의 충동질로 갑작스럽게 가출을 했지만 당장은 들어가고 싶지 않았다. 이참에 내 의지가 얼마나 굳은지 보여주어야 했다. 벼락을 맞아 죽는 것보다 학교 다니는 게 더 싫으니까. 아니, 이제 싫은 걸 넘어서 공포스러웠다.

인정하고 싶지 않지만 나는 교실의 몬스터들이 무서워지기 시작했다. 몬스터 하나하나는 찌질하지만 전체로는 한 존재를 질식시킬 만한 힘을 갖는다. 영원히 이해받을 수 없는 존재로 한 집단 속에 있는 건 귀신들과 함께 있는 것보다 더 무시무시한 일이었다. 나에게는 찌질한 몬스터들의 집합이 제삼의 거대한 눈깔을 가진 하나의 괴물로 느껴졌다.

나는 몬스터 D를 생각했다. 한 가족 모두에게 굴욕을 준 나쁜 새끼. 수가 무릎을 꿇었던 일을 생각하면 지금도 치가 떨린다. 나는 아이큐는 상위 2퍼센트에 속한다지만 용의주도하지는 못했다. 하지만 그 자식은 반대였다. 머리는 시원치 않은데 복수극의 치밀함은 천재급이었다. 인간의 심리를 고도로 이용하는 수법과 무려 5년간 작심하고 체력을 단련해온 철저함. 하지만 아직은 나를 당할 수 없었다. 아무리 근육에 밀도가 생겼어도 그렇지, 다윗이 아닌 다음에야 태백급이 어떻게 백두급을 이겨. 그래, 학교를 그만두기 전에 꼭 해야 할 일이 생겼다. 나는 이를 악물었다. 머릿속에선 앞으로 해야 할 일이 영화처럼 전개되었다.

승강장에 열차 도착 신호음과 함께 안내 방송이 흘러나왔다. 하행선이 아니라 상행선 쪽이었다. 청량리행이었다. 의자에서 일어나 최대 속도로 뛰기 시작했다. 슈퍼베이비 시절 우유 먹던 힘까지 다해 뛰었다. 계단을 한 번에 서너 개씩 건너뛰어 반대편 승강장에 이르렀을 때 열차가 속도를 늦추며 들어왔다. 출입문이

열렸다. 나는 조금도 망설이지 않고 열차에 올랐다. 내가 탄 칸에
는 승객이 한 명도 없었다. 일이 잘될 것 같은 예감이 들었다. 출
입문 바로 옆자리에 앉았다. 비지땀이 흘렀다. 개운하게 한잠 자
고 일어나도 시간은 충분하겠지? 귀에 이어폰을 꽂고 눈을 감았
다. 〈피아노의 숲〉의 메인 테마가 자장가처럼 귓바퀴를 타고 들
려왔다.

4

창선고등학교 교문으로 몬스터들이 쏟아져 나오기 시작했다. 야자가 끝난 시간. 피곤에 절어 퀭해진 녀석들이 밤공기를 들이마시면서 키득거리고 유치한 장난질을 하며 걸어갔다. 이 바보들은 자신들이 하루 종일 감옥에 있었다는 사실조차 모르는 게 분명했다. 교실에서 꼴사나운 일이라도 터져야 눈빛을 반짝이며 생기를 보이는 찌질이들. 교문 건너편 공중전화 박스 안에서 나는 몬스터 D를 찾느라 눈동자를 분주히 굴렸다. 종일 굶다가 소주 한 병을 사 마셨더니 알딸딸하고 위가 미치게 쓰렸다(남은 돈은 그렇게 다 날아갔다). 입과 코로 싸한 알코올 냄새가 넘나들었다.

몬스터 D는 혼자 걸어 나오고 있었다. 생각해보니 녀석도 '절친' 같은 건 없었다. 하긴 마마보이 쥐새끼를 달가워할 놈이 어디 있어. 겉으로는 좀 큰 것처럼 어깨를 넓혀도 결국 헛 폼이었다. 길을 건너 몬스터 D 앞으로 다가갔다.

─잠깐 보자.

움찔. 녀석은 한밤에 길을 막아선 나를 보고 놀라는 것 같았다.

─할 말이 있어.

눈 주위로 갈등의 빛이 어른거리더니 녀석이 입을 열었다.

─좋아.

몬스터 D는 반걸음쯤 떨어져 나를 따라왔다.

학교 담벼락을 따라 있는 주택가 어둠침침한 골목. 전구가 깨진 가로등 밑에서 뒤를 돌았다. 몬스터 D도 그 자리에 섰다. 가방을 전신주 밑에 내려놓고 녀석은 교복 윗도리를 벗었다. 뭐 하는 짓이지?

─한판 뜨자는 거 아녔어?

어리벙벙해하는 나를 보고 녀석이 빙긋 웃었다.

─쥐새끼라 눈치 하나는 빠르네.

녀석이 눈 밑으로 두 주먹을 올리고 스파링 포즈를 취했다. 그래, 운동 좀 하긴 했구나. 개폼이지만 그럴듯했다. 나도 자세를 잡았다.

─먼저 덤벼. 받아줄 테니.

녀석이 상체를 좌우로 빠르게 놀리며 약을 올렸다. 마치 이 순간을 기다리고 있었다는 듯 껑충껑충 가볍게 뛰기까지 했다.

─얍실한 새끼.

나는 단단하게 그러쥔 오른손을 스트레이트로 내뻗었다. 휙. 마빡에 센서라도 장착한 것처럼 녀석은 빠르게 몸을 피했다. 어쭈, 제법 까부는데. 원투 스트레이트로 양손을 번갈아 날려보았다. 나의 왼 주먹이 녀석의 오른쪽 턱을 스쳤을 뿐 이번에도 헛손질을 했다. 취했나? 조금 어지러운 것 같기도 했다.

─결투 신청을 하려면 뱃살부터 빼고 해야지.

녀석은 점점 더 약을 올렸다.

─씨발 새끼.

나는 소주 한 병 마신 힘을 다해 녀석에게 달려들었다. 원투 스트레이트고 나발이고 필요 없었다. 마구 달려들어 마구 패는 것, 뒷골목 결투에서는 그게 정공법이었다. 퍽 퍽 퍽퍽퍽 퍽퍽 퍽 퍽 퍽……. 격렬한 주먹질 소리가 어두운 골목으로 퍼져나갔다. 주먹으로 녀석의 단단한 근육이 계속해서 감지됐지만, 내 몸과 얼굴에서도 연속적인 통증이 느껴졌다.

나는 교장실에서의 굴욕을 생각했다. 복수심보다 주먹을 강하게 만드는 건 없었다. 몬스터 D의 가족 앞에서 수가 무릎을 꿇었던 장면을 재생시키고 또 재생시켰다. 일가족을 한꺼번에 모욕한 나쁜 새끼. 115킬로그램의 체중을 실어 두 주먹으로 녀석을 난

타했다. 뻑. 가슴에 극심한 고통이 밀려오면서 숨쉬기가 힘들었다. 묵직한 쇳덩어리가 날아든 것 같았다. 쿵. 나는 담벼락에 몸을 부딪쳤다가 땅바닥으로 나동그라졌다. 퍽퍽 퍽 퍽퍽퍽 퍽 퍽퍽 퍽……. 주먹질 소리는 굿판을 벌인 것처럼 신나게 이어졌다. 주먹질 소리만큼의 통증이 내 몸 전체로 퍼져나갔다. 몬스터 D의 격한 숨소리가 간간이 들려왔다.

입에서 윽 윽 신음이 터져 나왔다. 신음과 함께 비릿한 액체가 흘러나왔다. 침인지 피인지 개거품인지 알 수 없었다. 그런데 무슨 우라질 시추에이션이야. 공기총을 맞은 곰처럼 나자빠져 대책 없이 두들겨 맞으면서 속이 후련하다니. 눈시울이 뜨거워졌다. 분해서도 아니었고 슬퍼서도 아니었다. 몬스터 D의 주먹이 사랑스러웠다. 나, 변태였나? 인정사정없는 주먹이 나를 일깨우고 있었다. 교실이라는 던전에서 그래도 나를 인간 취급해준 건 몬스터 D밖에 없었다고. 초딩 때부터 악연으로서 나를 견제해왔고 지금 이렇게 적극적으로 상대를 해주고 있잖아? 켁켁 클클클……. 나는 기침을 하며 웃었다. 머리통으로 또 한 번 쇳덩어리가 날아들었다. 빡. 밤하늘의 별보다 8000배는 빛나는 별들이 눈앞에서 팽글팽글 돌았다. 멀리 명왕성이 보이는 것 같았다. 몬스터 D의 숨소리가 아득히 멀어졌다.

죽음보다 편안한 잠을 자고 일어난 곳은 병원이었다. 소아청소년정신과가 아니라 종합병원 응급실이었다. 빌어먹을, 이대로 1

년 동안 잠만 자는 기적은 안 일어나나? 눈을 뜨니 잡다한 인간들이 다 보였다. 주머니곰과 날라리뽕 신부는 왜 여기 있는 거야. 자기 안에 '그놈'을 키웠던 자들의 동문회야? 수와 란과 찬은 가족 조각상처럼 삼각형으로 붙어서 나를 내려다보았다. 지옥에서 소환된 괴물을 바라보는 듯 모두들 파랗게 질려 있었다.

—단, 이거 몇 개?

찬은 들고 있던 매운새우깡 봉지에서 새우깡 두 개를 꺼내 보였다. ㅋㅋㅋㅋㅋㅋ……. 나는 소리도 못 내고 웃었다. 얼굴이 빡빡 당기며 쓰라렸다. 엉뚱한 녀석. 찬이 수의 아들이 아니라면 꽤나 귀여울 텐데.

—독고단, 야밤에 피 칠갑을 하고 성당에 온 놈은 네가 처음이자 마지막일 거다. 내 방까지 왔으면 노크라도 하지 왜 문 앞에서 뻗어? 하느님이 내려다보고 눈물이라도 흘리시라고?

뭔 소리야. 내가 성당엘 갔다니. 전혀 기억에 없는 일이었다.

—담배 사러 나가다 나도 잠깐 기절했다고.

뻥치고 있네. 그런데 도대체 왜 그 시간에 다른 곳도 아니고 성당엘 갔을까. 납득할 수 없는 얘기였다. 음침한 뒷골목에 자빠져 몬스터 D에게 화려하게 얻어맞은 것까지는 기억났다. 그다음부터는 완전히 새까만 필름이었다. 내 무의식에 어떤 의도가 있었다면 사제관과 창고 사이의 끽연 공간으로 가려고 했던 게 아닐까. 내가 이 몰골로 날라리뽕 신부를 찾아갔다니 말도 되지 않았다. 성모상을 찾아 젖가슴에 안기려 했다면 또 모를까.

—독고단을 이렇게 만든 건 독고단인가, 다른 어떤 놈인가. 아주 제대로 엿 먹었어.

이번엔 주머니곰이었다. 신부와 교사가 말하는 거 하나는 저렴했다. 날라리뽕 신부는 그렇다 치고, 주머니곰은 또 어떻게 알고 왔지? 같잖은 선문답은 짜증스러웠다. 나를 이렇게 만든 건 나인가, 내가 아닌 다른 어떤 놈인가, 라니. 다른 어떤 놈은 몬스터 D야, '그놈'이야?

—여긴 어떻게…….

주머니곰을 올려다보며 슬쩍 물었다.

—무단결석에다 집 나간 지 사흘째라는 얘기 듣고 가만히 있겠냐? 명색이 담임인데.

그는 어울리지도 않게 쑥스러워했다. 몬스터 D가 날 반쯤 죽여놓은 사실은 모르고 있나? 모르는 게 나았다. 쪽팔리니까.

하지만 나는 몬스터 D에게 맞은 일이 조금도 자존심 상하지 않았다. 맞을 때의 느낌이 아직 생생했다. 내가 비정상적인 방법으로나마 소통할 수 있었던 건 몬스터 D밖에 없었다고 생각한다면 미친놈일까? 녀석은 날 죽도록 패놓고 기분이 어땠을지 궁금했다.

—누구니? 널 죽이려 했던 녀석이.

란이 물었다. 말끝이 약간 떨렸다. 나는 대답하지 않았다. 몬스터 D와의 한밤 결투는 영원히 비밀로 하고 싶었다. 내 인생 최고 장면을 꼽는다면 바로 그 장면이니까.

—누구냐니까? 너 같은 거구를 만신창이로 만드신 그분이. 집단 구타였어?

—어떤 놈이 할 얘기가 있다고 해서 따라갔다가 입체적으로 맞았어.

—대체 왜? 금품을 노리진 않은 것 같던데. 바이올린도 그냥 있더라고. 바이올린은 왜 가지고 나갔니?

뭘 두고 다니는 데 선수인 내가 제정신도 아니면서 바이올린을 끝까지 끌어안고 다녔다니. 바이올린이 날 따라다닌 것 같았다. 아무튼 할 말은 없었다. 그런 짓은 모두 '그놈'이 한다고 말해야 미친놈으로밖에 안 보이는데 뭐.

—담당 의사가 2, 3일 입원 치료 받고 퇴원하라고 했다. 좀 있다 병실로 옮길 거야.

돌덩이처럼 서 있던 수가 다 죽어가는 소리로 입을 뗐다. 병상에 누워 있는 나보다 우울해 보였다. 몬스터 D의 파파, 검사 나리 앞에서 무릎을 꿇었을 때보다 열아홉 배는 딱한 몰골이었다.

—입원 필요 없는데. 아무렇지도 않아.

절반은 거짓말이었다. 여기저기 아프지 않은 데가 없었으니까. 하지만 입원해 있을 만큼의 통증은 아니었다. 오히려 적당히 아프니 기분이 좋기까지 했다. 몬스터 D에게 맞을 때 내가 맞은 게 아니라 그놈이 맞은 거였나?

―아무렇지도 않다니. 어떤가 한번 봐. 거울 속에 있는 애가 독 고단으로 보이나.

란은 가방에서 꺼낸 화장품 케이스를 열어 거울을 들이댔다. 우핫, *크크크크크*……. 웃음이 터지려는 걸 수습했다. 턱이 금이라도 간 듯 아팠다. 거울 속엔 무영 던전에서 처치한 몬스터 페트라이가 살아 돌아와 있었다.

―이만 가보겠습니다. 보충수업이 있어서요.

주머니곰이 시계를 들여다보며 말했다. 옆에서 고개를 숙인 채 묵주를 돌리던 날라리뽕 신부가 눈을 번쩍 떴다. 기도를 하다 졸았던 게 분명했다. 그런데 주머니곰은 학교에서 병원으로 달려왔다는 말인가? 머릿속으로 계산해보니 화요일 오후인 것 같았다. 날라리뽕 신부도 성당에서 신자들을 몇 명 만나기로 했다며 묵주를 집어넣었다.

란과 수는 교육부 장관과 교황을 배웅하듯 주머니곰과 날라리뽕 신부를 뒤따라 나갔다. 없는 것보다는 있는 게 조금 나은 응원단이 퇴장한 것처럼 마음이 허전했다. 미운 정이라도 들었나?

―넌 학원 안 가냐?

매운새우깡을 한 개 한 개 끊임없이 꺼내 먹는 찬에게 물었다.

―학원 가려면 한 시간 더 있어야 해.

찬은 매운새우깡 세 개를 한꺼번에 내 입에 넣어주었다. 만 이

틀을 굶다가 먹는 매운새우깡이었다.

─내 방 자물쇠는 그대로 있냐?

─어. 란이 뜯자고 하는데 수가 그냥 두라고 했어.

정신을 잃을 때까지 얻어터진 건 난데 그사이 다른 사람들이 이상해졌다. 크크크……. 뭐가 좋다고, 몬스터 페트라이의 꼬락서니로 응급실에 누워서 자꾸 웃음이 나왔다.

응원단 둘을 배웅하고 온 란은 예상했던 질문을 던졌다.

─이틀 동안 어디 있었어? 온 동네 PC방을 다 뒤져도 없던데.

─그만해.

수가 란의 말을 제지했다.

─단, 아무 말 않겠다. 하지만 여기까지야. 앞으로 집을 또 나가거나, 무단결석을 하거나, PC방에 갈 경우, 완치될 때까지 무조건 입원이다.

그의 말에는 온도가 없었다. 차갑지도 않고, 미지근하지도 않았다. 차가움보다 더 차갑게 느껴지는 온도 없음. 정말로 수는 한계에 이르렀는지도 몰랐다.

─대답해.

란이 재촉했다.

─장담 못해.

─뭐?

─집을 나간 것도, 무단결석을 한 것도, PC방엘 간 것도 내가

한 짓이 아니야.

―또그얘기야? 너를그렇게만드는뭔가가있다는.

란이 마침내 따발총을 쏘았다.

―어.

란은 침대 한 귀퉁이에 털썩 주저앉아 도리질을 했다. 숱 없는 머리카락 사이로 힘줄 불거진 목이 부러질 듯 가느다랬다.

―그 귀신 말이구나?

찬이 끼어들었다. 수가 느닷없이 울음을 터뜨린 건 그때였다. 목구멍으로 소리를 삼키고 있었지만, 눈물이 밋밋하고 가파른 안면 굴곡을 따라 흘러내렸다.

―수! 왜 그래?

란이 수의 팔을 집아 흔들었다.

―무, 무, 무서워. 무섭다고.

수의 눈물은 멈추지 않았다. 내가 무섭다는 건지, 이 상황이 무섭다는 건지 알 수 없었다. 이렇든 저렇든 나 때문이지 뭐.

―그런 말 하지 마. 나도 무서우니까.

란은 다시 침대에 걸터앉아 창 쪽으로 고개를 돌렸다.

―나도 무서워.

찬은 돌림노래를 하듯 중얼거리더니 다 비운 매운새우깡 봉지를 쓰레기통으로 던졌다.

수의 눈물처럼, 창밖엔 느닷없이 비가 내리기 시작했다. 두려움에 사로잡힌 일가족에겐 더없이 어울리는 배경이었다. 나는 눈을 감았다. 그놈이 아무 명령도 내리지 않을 때 내가 할 수 있는 일이란 고작 이 순간을 회피하는 것뿐이었다.

5

전지 4주의 병원 진단서를 학교에 제출하고 한 주를 병결 처리하기로 했다. 꼭 일주일을 쉬게 되었다. 놀토가 끼었으니 결석은 정확히 닷새. 학교에 가지 않으니 살 것 같았다. 아무도 없는 집에서 피아노도 치고, 무기 아이템도 만들고, 아쉬움 없이 먹었다. 웬일인지 무기 아이템 만드는 게 그다지 재미있지는 않았다. PC방엔 가지 않았다. 아무리 미쳤어도 KO패 당한 격투기 선수 같은 몰골로 프리우스 던전을 찾아갈 수는 없었다. 침울한 집안 분위기도 신경 쓰였다. 조금만 더 퀘스트를 수행하면 레벨이 50대로 뛰고 전투력도 막강해질 텐데.

온몸에 난 상처는 하루가 다르게 회복되고 있었다. 어디 하나

부러진 곳 없이 살집만 터지고 멍들어 치료는 의외로 간단했다. 몬스터 D 새끼, 체육관에서 상대를 골병만 들도록 구타하는 법을 배운 모양이었다. 병원에서는 하루만 더 있다가 퇴원했다. 병원 냄새를 맡느니 똥 냄새를 맡는 게 낫지.

벌써 금요일. 시간은 더럽게도 빨리 갔다. 사흘만 있으면 다시 지겨운 교복을 입고 한심한 몬스터들이 득시글대는 창선의 던전으로 가야 했다. 차라리 지옥으로 가라고 하면 순순히 갈 수도 있을 것 같았다. 좀 미리 가는 것뿐이니까. 하지만 100억 원을 준다 해도 학교엔 가기 싫었다. 나도 134340처럼 누구의 간섭도 없이 살고 싶었다. 성가신 일도 없고, 자유롭고, 얼마나 좋아. 그렇게 되면 그놈도 지랄 발광을 할 일은 별로 없겠지.

퇴원하고 나서 리탈린을 다시 복용하기 시작했다. 어차피 이래도 저래도 좌충우돌, 속는 셈 치기로 했다. 하지만 요 며칠 그놈이 잠잠한 이유는 리탈린보다 몬스터 D가 퍼부은 엄청난 주먹질 때문이 아닐까. 야구공처럼 단단한 주먹으로 마사지를 받고 나서 그놈이 확 꺾어진 것 같았다. 어쩌면 그놈도 지금 빠른 속도로 회복되고 있는지 모르지.

란에게 134340 얘기를 했다. 이틀간 어디 있었는지 집요하게 묻기에 귀찮아 말해버렸다. 내가 134340 집에 있었다고 하자 란은 무슨 소리냐며 재방송을 요구했다.

―친구 집에 있었다고.

나에게 친구가 없다는 걸 누구보다 잘 아는 란은 잠시 말이 없었다.

—친구……라고?

—어.

—친구가 생기자마자 걔네 집에 가 있었다……. 기억할 만한 일이네. 어떻게 만났니? 어떤 애야?

그냥 넘어가지 꼬치꼬치 캐묻긴. 나에게 친구가 생긴 게 빅뉴스이긴 하겠지.

—편의점에서 만났어. 알바가 날 도둑으로 몰려는데 134……아니, 플루토가 날 구해줬거든.

—플루토? 그 애 닉네임이 플루토야?

—응, 자기가 명왕성에서 왔다고 뻥을 치거든.

134340에 대해 길게 문답이 이어질까봐 플루토란 이름을 댔다. 명왕성을 영어로 플루토라고 하는 건 인터넷 검색을 하다 알게 되었다. 명왕성 퇴출에 대한 정보는 134340이 말한 내용이 거의 핵심이었다. 명왕성이 태양 주위를 공전하는 다른 행성들과 달리 17도 각도로 삐딱하게 돈다는 데는 웃음이 나왔다. 134340과 딱 어울리는 별이잖아.

—무슨 얘긴지. 암튼, 어떡하다 도둑 누명을 쓴 거야?

—자유시간이 나도 모르는 사이에 내 주머니에 들어가 있었다니까. 근데 편의점 알바가 나를 상습 절도범으로 몰면서 CCTV

까지 보여주겠다고 짖어대는 거야. 내가 자유시간을 훔친 게 사실이라면 그놈, 아니 내 손이 하는 짓을 내가 몰랐다는 얘기지.

란은 조심도 하지 않고 한숨을 내쉬었다.

—그때 플루토가 나타났어. 자기가 내 주머니에 장난으로 자유시간을 몰래 넣었다면서 알바한테 만 원을 던지더라고. 생전 처음 보는 애라 완전 벙쪘지.

거짓말은 쉬웠다. 원래 이야기에서 134340과 나, 두 인물만 서로 바꾸면 되었으니까. 란은 어디까지가 진실이고 어디부터가 거짓말인지 알 수 없다는 표정이었다.

—여자애야, 남자애야.

—여자.

—뭐? 그럼 여자애 집에 있었다고?

—이제 그만하지? 아무 문제 없었어.

내가 인상을 구기자 란은 더 이상 추궁하지 않았다. 그놈이 지금까지 보여준 일들로 인한 학습 효과였다.

—아무 일 없었다니 헌금이라도 듬뿍 바치고 감사를 드려야 할 일이네.

란은 어깨를 들썩 올렸다가 내렸다. 밤거리를 배회하는 꼴통들과 어울리지 않은 걸 그나마 다행으로 여기는 것 같았다.

수는 웬만하면 나와 마주치지 않으려 했다. 구제 불능 골칫덩이가 눈 뜨고 봐줄 수 없는 몰골로 집에서 빈둥거리는 게 보기 싫겠지. 자기가 낳지도 않은 녀석이 시시때때로 말썽을 일으키고 다니니 괴롭기도 하겠고. 하지만 수도 알아야 한다. 뇌의 주름도 제대로 잡히지 않은 아이에게 사칙연산 고문을 하고 그로부터 쭉 군기를 잡아온 대가를 치르고 있는지도 모른다는 사실을. 난 정 말 세상에서 제일 멋진 새아버지의 마음에 들지 않는 아들로 사 는 게 좆같이 고달팠단 말이다.

밖에서 누군가 왔다 갔다 하는 소리가 들리더니 찬이 방문을 열고 들어왔다.

―단, 아직도 아파?

찬은 눈치를 보며 다가와 들고 있던 스틱 소시지를 건넸다.

―아픈 게 아니라 근질거려. 이 형님이 얼마나 강한 분인지 아 직도 모르냐?

비닐 벗긴 스틱 소시지를 한입에 넣었다.

―벌써 학교 갔다 온 거야?

―어, 오늘 수업 한 시간 덜 있는 날이야.

―란은 뭐 해?

―약국 갔어.

―왜?

―게보린 사 먹고 열심히 저녁밥을 지을 거래.

란은 회사에서 조퇴를 하고 들어왔다. 편두통이 심해 일을 할 수 없었다나. 두 달 사이 체중이 3킬로그램이나 줄었다고 했다.

예전엔 내 덕에 저절로 다이어트가 된다며 재미없는 농담까지 했지만, 지금은 대책 없는 노화 속도에 거울도 보기 싫다고 푸념을 했다. 음악실 사건 이후 더 윤기가 없고 늙어 보이는 건 사실이다.

—단, 피아노 좀 쳐봐. 나는 단 피아노 소리가 좋더라. 히.

하여간 이 녀석 붙임성엔 두 손 두 발 다 들어야 한다니까.

—짜식, 듣는 귀는 있어가지고.

나는 찬의 팔을 가볍게 비틀어 꺾으며 일어났다. 삭신이 쑤셨다. 뭘 쳐볼까.

—그거 쳐줘. 두 손 엇갈리면서 하는 거.

푸핫. 웃음이 나왔다. 영화 〈말할 수 없는 비밀〉의 〈시크릿〉을 녀석도 좋아하는 모양이었다. 나는 피아노 뚜껑을 열고 의자에 앉았다.

손가락은 그런대로 건반 위에서 잘 놀았다. 컨디션이 괜찮은지 집중도 그럭저럭 잘되었다. 도입 부분엔 조금 빠른 걸음으로 곧게 뻗은 길을 걸어가듯이, 그다음엔 완만한 경사에 자전거 바퀴가 굴러가듯이, 그러다 페달을 밟으며 질주하듯이, 마지막엔 끝없이 이어지는 미로를 따라 소중한 그 무엇을 찾아가듯이, 그리고 숨이 멎을 만큼 빠른 속도로 맥박이 뛰듯 연주했다. 왼손을 오른손 좌우로 옮기며 격정적으로 휘몰아칠 때는 와, 하는 찬의 감탄사가 들렸다.

짝, 짝, 짝. 찬의 박수 소리가 짧게 이어졌다.

─근데 몇 군데 틀렸지.

─이 새끼가.

팔꿈치로 녀석의 어깨를 찍었다. 이 자식 정말 듣는 귀가 있네. 세 군데쯤 틀린 게 사실이었다. 연주를 다시 시작했다. 모든 신경을 피아노에 집중했다. 〈말할 수 없는 비밀〉의 마지막 장면이 생각나면서, 구연습실이 있는 건물의 철거 장면이 떠올랐다. 건반과 손가락이 신랄한 교미를 하듯 달라붙었다 떨어지기를 반복했다. 포크레인이 피아노가 있는 방을 무너뜨릴 때, 나는 손가락에 힘을 빼고 약지로 마지막 E 건반을 땅, 쳤다. 그리고 두 손을 무릎에 내려놓았다. 핏방울 대신 굵은 땀방울이 건반 위로 툭 떨어졌다.

─잘 친다.

깜짝이야. 뒤를 돌아보았더니 134340이 서 있었다.

─집에 들어오다 문밖에서 만났어. 독고단을 찾아왔다고 하는데?

134340 뒤에 있던 란이 말했다. 혈색이 좀 도는 것 같았다.

─오늘이 아니잖아.

나는 134340을 집으로 오라고 했다. 하지만 그건 내일이었다. 병원에서 퇴원해 문자를 보낼 때 분명히 '토요일'이라고 찍었다. 아파트 주소와 함께. 날짜를 토요일로 잡은 데는 두 가지 이유가 있었다. 토요일은 란이 독거노인 도시락 배달을 하는 날이었고, 이번 주엔 봉사 활동 후 레지오 단원들과 모임을 갖는다고 했기 때문이다. 수는 걱정하지 않아도 되었다. 란이 집에 없으면 어떻게든 일을 만들어 바깥으로 나가니까. 찬에겐 134340이 왔던 걸 말하지 말라고 입단속을 할 참이었다. 그런데 문자가 가는 도중 '토' 자가 '금' 자로 바뀌었나?

―오늘이 토요일인 줄 알았어.

소리는 작았지만 딱따구리 웃음이 흩어졌다. 이해 못할 일은 아니었다. 자기 안에 '그놈'이 살고 있는 종족들은 언제나 정신이 없으니까. 암튼 이럴 줄 알았으면 쓰레기장 같은 방이나 좀 치울 걸. 그런데 지금 무슨 일이 일어난 거지?

불가마에 들어간 것처럼 얼굴이 화끈거렸다. 134340이 보는 가운데 〈시크릿〉을 연주한 거야?

―우리 형아 피아노 잘 치지.

찬이 134340을 보고 말했다.

―응.

134340은 수줍어했다. 란과 찬 때문인지 많이 어색해 보였다.

―우리 단한테 얘기 많이 들었어.

―많이 듣긴 뭘 많이 들어.

란의 입을 막아버리고 싶었다. 란은 아닌 척하면서 134340의 차림새를 살폈다. 평소와 다를 바 없는 모습이었다. 낡아빠진 후 드티에 얻어 입은 듯 큼직한 힙합 바지. 좀 후지긴 했지만 파란색 니트 모자로 노란색 펑키 머리를 거의 덮은 건 다행이었다.

―플루토도 학교에서 보충수업 안 듣나 보지?

―란! 머리 아프다면서. 가서 누워 있지?

진땀이 흘렀다. 플루토가 뭔지 134340이 알 게 뭐야. 그리고 남이야 보충수업을 듣든 놀러 다니든 뭔 상관이냐고. 134340은 아무 대답도 못하고 쭈뼛거렸다. 대략 난감, 빨리 이 상황에서 벗어나야 했다.

―뭐 맛있는 거라도 해줄까?

란은 긴장한 것 같았다. 왜 안 그렇겠어. 나에게 친구라는 게 생겼고 그 친구가 집에 놀러 왔는데.

―아니, 내가 알아서 할게.

―오랜만에 솜씨 좀 발휘해보지 뭐. 아, 그래, 링 도넛 좋겠다.

찬을 데리고 방을 나간 란은 방문을 빼꼼 열고 말했다.

―독고단 빙 완전히 가오스지? 이렇게 엉망이라아 마음이 편하다니 어쩌겠어.

그리고는 다시 문을 닫았다. 어떻게든 란과 134340이 마주치는 일은 막아야지. 어쨌든 134340이 요일을 착각한 건 오히려 잘된 일이었다. 피아노 연주를 영영 들려주지 못할 줄 알았는데, 대박이었잖아.

134340은 무기 아이템이 진열된 아트리움에 흥미를 보였다. 30여 개의 아이템이 거의 내 작품이라고 하자 헥, 하고 놀랐다.

―피아노를 치는 독고단과 무기를 만드는 독고단은 같은 사람인가?

무슨 소리야. 무심코 한 말 같았는데 갑자기 주머니곰이 생각나 기분이 잠깐 나빠졌다.

134340은 나에게 피아노 연주를 더 듣고 싶다고 했다. 앙코르 요청까지 받을 줄은 몰랐는데…….

—엉망이 될지도 몰라. 성질 더러운 어떤 놈이 내 손가락을 마비시킬 수도 있거든.

134340은 좁은 어깨를 으쓱 들어 올렸다가 내렸다.

생각지 못했던 성공적인 데뷔 덕분인지 그리 떨리지는 않았다. 관중공포증의 오랜 저주가 마침내 풀리는 걸까. 그래, 망치면 좀 어때. 한 번 제대로 보여줬으면 됐지. 나는 나도 아니고 그놈도 아닌 존재가 되었다고 최면을 걸면서 담담하게 건반을 짚어가기 시작했다. 도도 솔솔 라라 솔 파파 미미 레레 도……. 초등학교 1학년 때 담임 아줌마를 골탕 먹이느라 불렀던 〈반짝반짝 작은 별〉이었다. 솔솔 파파 미미 레 솔솔 파파 미미 레……. 원래 곡 이름은 〈'아, 어머니, 말씀드릴게요' 주제에 의한 열두 개의 변주곡 C장조〉였다. 그 옛날 나에게는 〈아, 마귀 아줌마, 엿 먹으세요〉였는데. 교실에서 돌아다니지 못하도록 나를 의자에 앉히고 줄넘기로 친친 감았던 초등학교 1학년 때의 담임에게 나는 엿 먹어라, 하는 심정으로 끝없이 그 노래를 반복했었다.

twinkle twinkle little star—how I wonder what you are—up above the world so high—like a diamond in the sky—twinkle

twinkle little star―how I wonder what you are

결코 쉽지 않은 곡을 나는 두 군데만 틀렸고, 피아노 소리는 경쾌했다. 별일도 다 있지, 그놈이 날 도와주고 있었다.

다음 곡은 브라이언 크레인의 〈버터플라이 왈츠〉. '하늘에 계신 우리 아버지'께서 란의 헌금 약속을 듣고 은총이라도 베푸셨는지, 손가락은 이번에도 나를 배반하지 않았다.

생일을 자기 마음대로 정할 수 있다면 오늘로 하고 싶었다. 나든, 그놈이든, 그놈이라는 나든, 태어나서 처음 누군가에게 제대로 폼을 잡은 날이니까. 손가락은 두 번 다른 음을 짚었을 뿐 그 이상은 말썽을 부리지 않았다. 헌금을 듬뿍 바치겠단 약속을 반드시 지키라고 란에게 말해야 할 것 같았다. 잠깐 정신이 흩어져 마시막 부분에서 삑사리가 났다. 뭐 이쯤이야. 갑자기 철이 든 듯 그놈은 너그러웠다.

이것이
명왕성으로
가는 길이라면

1

빌어먹을, 기어이 등교를 하고야 말았다. 수와 린은 학교에 가기 싫다는 내 말에 대꾸조차 하지 않았다. 따발총을 쏘고 말을 더듬는 것보다 더 미칠 것 같았다. 주머니곰도 친히 나에게 전화를 해 속을 뒤집어놓았다. 일단 학교에 나오라고? 그럼 이단은? 뻔한 거 아냐. 들으나 마나 한 소리로 나를 회유하고 안 되면 겁을 주겠지.

주머니곰은 조례 후 교무실로 나를 불러 말 같지 않은 소리를 했다.

—나만큼 독고단을 아는 사람은 없다는 확신을 전제로 말하는데, 너 학교 관두면 97퍼센트 잉여 인간 된다. 나머지 인간이란?

루저, 떨거지란 뜻이지. 자퇴생의 비극이 뭔지 알아? 학교를 때려치우고 사회로 나가는 순간 쓰레기 취급을 받는다는 거야. 그리고 냉혹한 정글에서 무시무시한 심판을 받게 된다는 말씀이지.

그것 봐, 예상대로였다. 주머니곰이라고 별수 있어? 게다가 자기만큼 날 아는 사람이 없다니, 뭔 재채기하다 죽은 강아지 코뼈 같은 소린지. 내가 고개를 돌리고 이를 빠드득 갈자 그는 이렇게 덧붙였다.

—일주일만 잘 생각해봐. 97퍼센트의 위험 지대로 나갈지, 2년 반만 잘 참고 버틸지.

자기가 미래를 내다보는 초능력자야 뭐야. 97퍼센트는 뭘 근거로 계산한 수치인지 알 수 없었다. 나는 네, 라는 대답도 하지 않고 교무실을 나왔다. 시궁창 같은 기분이었다. '나머지는 곧 루저'란 등식은 어떻게 성립하는 거지? 세계 위인들의 대다수가 그 나머지였단 사실을 모르나고. 초딩 때부터 위인전을 권장 도서에 뭐하러 넣는지 이해가 되지 않았다.

그대로 학교를 나가버리라고 '그놈'은 아우성쳤지만 나는 교실로 돌아갔다. 리탈린 효과 때문이었을 것이다. 하얀색 작은 알약에 불과했지만 리탈린은 독한 약물임엔 틀림없었다. 혹시 나중에 멍청이가 되지 않을까 두려워하는 데엔 다 이유가 있다니까.

5교시 한국사 시간엔 몬스터들의 절반 이상이 졸거나 잠을 잤다. 식곤증에다 수면제나 다름없는 수업, 어떻게 졸리지 않을 수 있을까. 경신환국이 어쩌고 남인과 서인이 저쩌고 하는 소리는 들렸지만 귀에 들어오지는 않았다. 교사용 지침서만 줄줄 읽어대는 한국사 선생은 다행히 양심적이었다. 수업에 대한 열의가 없는 만큼 몬스터들을 족치지는 않으니까. 실력 없으면 마음이라도 넓게 가지라는 게 한국사 선생의 좌우명인 것 같았다. 그의 컨디션이 좋지 않을 때 재수 없이 걸려 욕을 먹는 몬스터도 있긴 하지만 그런 일이 흔치는 않았다.

나의 고매하신 짝꿍 몬스터 D는 수업에 임하는 자세가 평소와 다름없었다. 어떤 조건에서도 졸지 않는 지독한 새끼. 녀석도 리탈린을 복용하고 있을지 몰랐다. 집중력을 높여준다는 이유로 이 무시무시한 약을 자식에게 먹이는 정신 나간 부모들도 있다니까. 몬스터 D의 마마라면 충분히 그럴 수 있었다.

그사이 몬스터 D에게는 한 가지 달라진 점이 있었다. 나에게 그렇게 예민하게 굴던 녀석이 이제 별 신경 쓰지 않기로 한 듯 무덤덤해졌다. 한밤에 나를 때려눕힘으로써 숙원 사업을 이루셨다 이거지. 어찌된 일인지 나도 복수심은 들지 않았다. 그렇다고 녀석과 새로운 관계를 만들어보고 싶은 것도 아니고. 아무 생각 없이 그저 빌어먹게 쓸쓸하기만 했다.

나는 교실 앞 화이트보드를 컴퓨터 모니터 삼아 프리우스를 시작했다. 글자 하나 없이 반들반들한 흰 보드에 영웅의 무덤이 나타났다. 4번 방에 들어가 첫 번째 보스인 탐욕의 자볼루스를 만났다. 힘겨운 상대였다. 자볼루스의 스킬 중에 '죽음의 선고'라는 게 있는데, 30초 후에 5000의 데미지를 줄 수 있었다. 레벨 38 이상의 악사를 동반한 길드 파티를 하지 않는다면 완전히 끝장날 수도 있어 위험했다. 뭐 상관없었다. 레벨 45에다가 어차피 상상인데 뭐든 못 죽여. 나는 1초에 열 번 이상의 엄청난 속도로 키보드를 두드려 이 사악한 자볼루스를 보기 좋게 처치했다. 5번 방으로 가니 막강한 마법형 몬스터 '소리술사의 넋'이 있었다. 마법 공격을 하는 몬스터를 싫어했지만 천천히 다가갔다. 빨리 해치우고 다음 방으로 가야지.

누군가 내 정수리를 2초 간격으로 연속해 누르는 것 같아 고개를 옆으로 돌렸다.

—뭐 하는 거냐?

국사 선생이 내 손을 내려다보고 있었다. 열 개의 손가락이 거미 다리 모양을 한 채 엉거주춤 멈춰 있었다.

—공부하기 싫어? 그럼 교실에서 나가도 돼.

너무 점잖게 말해 비난인지 선심인지 헷갈렸다.

—정말 나가도 괜찮아.

영화배우 안성기 아저씨 같은 호남의 인상이 웃음을 머금었다. 비웃음인지 진짜 웃음인지 곧 판단이 섰다. 조는 몬스터, 자는 몬스터도 있는데 멀쩡히 눈 뜨고 있는 나를 걸고넘어질 게 뭐야. 찍힌 놈이라 이거였다. 빌어먹을. 나는 조용히 일어나 국사 선생 놈에게 목례하고 교실을 나왔다. 반항하느냐며 태클을 건다든가 붙잡고 훈계를 하는 귀찮은 일은 일어나지 않았다.

어디로 갈까. 이 빌어먹을 학교엔 음침한 구석이라도 가고 싶은 곳이 없었다. 웬일인지 그놈은 꿈쩍도 하지 않았다. 체육관 뒤에서 담배 두 대를 빨고 돌아와 3층 복도 끝까지 걸었다. 건너편으로 음악실이 보였다. 건물과 건물 사이를 잇는 브리지를 건넜다. 음악실 문은 열려 있었다. 안으로 손자국이 어지러운 까만색 피아노가 보였다. 몬스터가 장작 패듯이 패던 피아노였다. 문을 열고 피아노 앞으로 다가갔다. 피아노 뚜껑을 열었다. 방금 양치를 한 것처럼 건반에서 알싸한 향이 코끝까지 퍼졌다. 피아노 의자에 앉았다. 가장 낮은 음의 건반부터 가장 높은 음의 건반까지, 하나도 빼놓지 않고 눈으로 훑이 올라갔다. 머릿속에 엉켜 있던 잡념이 밀려나고 악보가 펼쳐졌다.

영국 애니메이션 〈스노우맨〉의 주제곡 〈Walking in the Air〉를 연주하기 시작했다. 피아노 소리와 함께, 주인공 제임스가 자신이 만든 눈사람과 하늘을 날아가는 영상이 머릿속에 펼쳐졌다. 끝없이 함박눈 내리는 세상을 새처럼 날아 여행하는 두 주인공의 판타지가 손가락 끝에서 풀려 나왔다. 고요하면서 청량한 피아노 소리가 음악실에 함박눈처럼 떨어져 내렸다. 중간 중간, 고래가 물을 뿜어 올리거나 산타클로스를 기다리는 소녀가 창밖을 보다 놀라는 장면을 상상하며 강약을 주기도 했다. 평화롭고 아름다운 느낌이 육중한 내 몸을 감쌌다. 현실이 이럴 순 없을까.

─오~ 쩐다 쩔어. 거의 피아니스트잖아.

흠칫. 피아노에서 손가락을 떼고 고개를 들었다. 한두 명도 아니고 스무 명쯤 되는 몬스터들이 장의자에 흩어져 앉아 나를 바라보고 있었다. 다음 시간이 음악이었나? 우연도 황당한 우연이었다. 몬스터들의 눈빛은 하나같이 의왼데? 하고 있었다. 거대한 곰이 가볍게 재주를 부린 것 같았겠지.

─음악 시간마다 반주가 어떻고 콩나물대가리가 어떻고 하던 게 괜한 시비가 아니었어. 크크.

─반주자 바꿔도 되겠네.

일찌감치 '대포'가 된 몬스터들이 한마디씩 하고 있었다. 내 눈가의 멍과 입가의 피딱지, 부은 얼굴을 보고 무슨 일이 있었는지 궁금해 죽겠다는 표정을 짓던 녀석들이었다. 구경거리, 씹을 거리가 될 만한 사건을 찾아 끝없이 코를 킁킁대고 다니는 C급 몬스터들. 얼핏, 맨 앞줄 반대편 끝에 앉은 몬스터 D와 눈이 마주쳤다. 녀석은 백만분의 1초밖에 안 되는 속도로 시선을 돌렸다. 얼굴이 벌겋게 달아올라 있었다.

수업 시작종이 울리고 음악 선생이 들어오자마자 몬스터 D는 말했다.

─선생님, 이제 정말로 독고단이 반주를 했으면 좋겠는데요.

또 뭔 소릴 지껄이는 거야.

―왜, 그렇게 반주가 하기 싫어?

음악 선생은 몬스터 D와 나의 눈치를 살폈다. 그럴 만도 했다. 음악실에서 피 튀기는 난투극을 벌였던 2인이었으니까.

―네.

녀석의 대답은 분명했지만 거만하거나 오기가 서려 있지는 않았다.

―독고단 피아노 실력 완전 지존이에요.

―야, 아까 그거 한 번 더 쳐봐.

―어디서 많이 들었던 곡인데.

C급 몬스터들이 신나게 떠들었다.

―전 반주 같은 거 안 하는데요. 치고 싶은 거만 쳐요.

음악 선생이 뭐라고 말을 걸기 전에 먼저 선수를 쳤다. 나 자신을 아직 믿을 수 없는 데다, 몬스터들 앞에서는 아무것도 하고 싶지 않았다.

―둘 다 하기 싫다면 내가 해야지 뭐. 손가락 다 나았다.

음악 선생은 붕대를 푼 손가락을 들어 올렸다. 오~~~. 몬스터들이 장난스런 감탄사를 터뜨렸다. 쓸데없이 개폼을 잡은 것 같아 쪽팔렸다.

마침종이 울리자마자 밖으로 나왔다. 누군가 말을 붙여 올까 봐 신경 쓰였다. 관심을 받는 게 성가시기보다는 낯설고, 익숙지 않았다. 하지만 어이없게도 그리 나쁘지는 않았다. 나도 별수 없는 놈인가? 음악 시간의 분위기와 달리 말을 거는 녀석은 없었다. 다행스럽기도 하고 아쉽기도 했다. 빌어먹을.

음악책을 손에 든 몬스터 D가 내 옆을 지나쳐 갔다. 짧은 순간이었지만, 나를 흘깃 쳐다볼 때의 눈빛이 무슨 말인가 하는 듯했다. 불쾌함도 유쾌함도 아닌, 해석하기 어려운 눈빛이었다. 녀석의 눈빛을 밀어내지는 않았다. 몬스터 D는 천천히 멀어져갔다. 쿨한 게임 오버 같았다. 승자도 패자도 없는.

주변을 돌아보았다. 다른 몬스터들이 교실로 뛰어가거나 허접한 몸 개그로 우스꽝스러운 짓들을 하고 있었다. 나는 매점으로 향했다. 왠지 허전해 배 속에 뭐라도 집어넣어야 할 것 같았다. 뭘 먹어야 허전한 속을 채울 수 있을까. 점심 먹은 지 두 시간 좀 넘었을 뿐인데 벌써 허기가 졌다.

좀 조용해지긴 했지만 그놈은 틀림없이 아직 건재했다. 17년을 내 안에서 살았는데 쉽게 사라지기야 하겠어? 나는 어느 쪽도 바라지 않았다. 그놈이 날뛰는 것도, 완전히 찌그러져 사라지는 것도 지금은 감당할 수 없었다.

2

징말 미치고 환장하겠다. 결국 주머니곰에게 한마디도 못하고 학교를 나섰다. 일주일 생각하든 한 달 생각하든 별의미 없다고 말하고 싶었지만 기회를 잡지 못했다. 종례 후 교무실에 갔을 때 주머니곰은 자리에 없었다. 보나마나 어디선가 흡연을 하고 있었 겠지. 상담실로 가볼까 하다가 교문으로 발길을 돌렸다. 찾아다 니기가 귀찮았다. 돌아버릴 지경이었다.

발걸음은 집으로 향하고 있었다. PC방에 가고 싶었지만 쩐이 없었다. 란과 수는 게임의 유혹을 차단하기 위해 당분간 용돈을 주지 않겠다고 했다. 살 게 있으면 언제든지 말하라고? 더럽게 치 사한 벌을 내리면서 선심 쓰는 척이었다. 친구가 없다는 사실은 이럴 때 더 실감 났다. 이 나이에 천 원 한 장 얻어 쓸 친구 하나 없고, 참으로 어처구니없는 인생이었다.

집이 가까워지면서 아는 얼굴들이 하나둘씩 나타났다. 뽕브라 아줌마와 앞집 아줌마, 성당 초등학교 주일학교 교사 아줌마, 이들을 피하느라 이리저리 길을 돌았다. 빌어먹을, 뭔 죄를 졌다고 어지러운 곡선을 그으며 길을 가야 하는지. 가식적인 친절만 아니어도 고개 숙여 인사할 용의는 있었다. 하지만 자기 자식이 나와 어울리기만 해도 눈살을 찌푸릴 여자들과는 눈도 마주치기 싫었다.

그런데 저건 뭐지? 아파트 놀이터를 지나치는데 독고찬 또래의 남자 녀석이 낯익은 물건을 한 손으로 빙빙 돌리며 다가왔다. 얼마 전에 만든 어메이징밀리터리메탈슈터였다.

─야, 너, 그거 어디서 났냐?

거대한 덩치에 가로막히자 녀석은 한 발짝 뒤로 물러섰다.

─이거요? 친구가 빌려줬는데요.

─친구 누구?

─독고찬이라고 있어요.

독고찬 이 새끼를 그냥. 공들여 만든 내 무기 아이템을 밖에까지 내돌려?

─나 독고찬 형인데, 그거 내 꺼거든? 내놔.

─돈 주고 빌렸어요. 500원.

하여간 감탄할 만한 장사 수완이었다. 전세금이 아까워 잠깐 월세를 줬다 이 말씀이지.

―그건 내가 알 바 아니고.

나는 어메이징밀리터리메탈슈터를 빼앗았다. 녀석은 눈알에 반항기가 가득했지만 감히 대들지는 못했다. 한 주먹이면 놀이터 건너편으로 날려버릴 수 있을 만큼 비리비리한 녀석이었다.

―형이 독고찬한테 얘기해주세요. 500원 돌려주라고.

녀석은 돈을 받지 못할까봐 걱정되는 모양이었다.

―양심 좀 있어라, 짜샤. DVD 절반만 봤다면서 대여료 환불해달란 거랑 똑같잖아.

나는 녀석을 한 번 꼬나보고 발걸음을 옮겼다. 이를 가는지 울믹이는지 뒤에서 불규칙한 호흡 소리가 들려왔다.

독고찬은 주황색 슬라이스 치즈를 손가락으로 찢어 먹으며 TV를 보고 있었다. 손에 든 리모컨을 낚아챘다. 〈뽀롱뽀롱 뽀로로〉를 당장 꺼버렸다.

―아 씨, 왜 그래……?

신경질을 내려던 찬은 말꼬리를 흐렸다. 내가 어메이징밀리터리메탈슈터를 내밀었기 때문이다.

―형아…… 이현수 만났어? 그 자식이 어메이징밀리터리메탈슈터에 뿅 가서 한 번만 빌려달라고 떼를 쓰잖아.

약아빠진 새끼, 형아는 무슨. 히, 웃는 찬의 입을 발바닥으로 밀었다.

─허락도 없이 내 아이템을 밖으로 내돌려?

─반납할 때까진 내 맘대로 해도 되는 줄 알았지.

입으로 날아드는 두 번째 발을 녀석은 용케 피했다.

─이걸 확!

주먹에 파워를 실어 날리는 0.001초의 순간, 내 손은 독고찬을
비껴 벽으로 날아갔다. 꽝! 그 0.001초의 순간은 내 안의 그놈을
제압한 순간이기도 했다. 그놈, 정말 한물갔나? 나는 실핏줄이 터
져 빨갛게 변한 손마디를 내려다보았다. 배 속이 근질거릴 만큼
통쾌하기도 하고 겁이 나기도 했다.

─단, 누나 왔어.

─뭐?

찬의 손가락이 가리킨 곳을 눈으로 따라갔다. 초록색 여행용
트렁크와 함께 현관에 134340이 서 있었다.

─지나가다 들렀어.

─어떻게 들어왔어?

─문 열려 있던데? 네 신발이 문틈에 끼어 있더라.

어메이징밀리터리메탈슈터 때문에 흥분해 들어오다 그쪽으로
운동화를 벗어 날린 모양이었다.

─문자라도 보내지.

─왜, 싫어?

―아니, 뭐.

싫다기보다 당황스러웠다. 너무 멋대로잖아.

―휴대폰 깜박하고 집에 두고 나왔어.

―단도 깜박깜박 잘 까먹는데.

찬은 내 눈치를 살살 보며 바닥에 떨어진 리모컨을 집어 들었다. 그러고는 134340을 보고 헤헤 웃었다. 맞아 죽을 뻔했는데 구세주가 따로 없겠지. 녀석은 TV를 켜고 재빨리 볼륨을 줄였다. TV 속에서는 뽀로로가 친구들과 식탁에 둘러앉아 무언가를 맛있게 먹고 있었다. 줌아웃되고 창문에 세균으로 보이는 놈들이 달라붙어 집 안을 들여다보았다. 뽀로로를 다시는 못 보게 하고 싶었지만 그럴 때가 아니었다. 지금 134340과 뭘 해야 하지? 친구가 집에 놀러 오는 게 여전히 어색하고 낯설었다.

―이 동네 지나치다가 그냥 와봤어. 구민회관 앞에서부터 독고단 너네 집 약도가 머릿속에서 사사삭 펼쳐지더라.

134340은 머리를 북북 긁어댔다. 안 그래도 야성적인 머리카락이 사방으로 들고일어났다. 내가 뻣뻣하게 굴어 불편한가 보았다. 그런데 뭐? 우리 집 약도가 머릿속에서 사사삭 펼쳐지더라고? 친구가 하나밖에 없는 애들이 처음 하는 일이란 머릿속에 친구네 집 약도를 입력해 넣는 것인가. 몬스터 D에게 맞았을 때만큼이나 가슴이 뻐근했다.

―들어오지 않고 뭐 해.

퉁명스럽게 말하고 내 방으로 들어왔다. 어떻게 생긴 친군데, 입에서 나오는 말이 하나같이 멋대가리 없었다.

―카론은 두고 왔어?

방으로 따라 들어온 134340에게 물었다. 134340은 그제야 입가의 근육이 조금 풀려 침대에 걸터앉았다.

―여기.

어깨에 멘 천 가방을 열자 카론이 얼굴을 내밀었다. 커다란 오렌지색 눈의 동공이 동그랗게 이완돼 있었다.

―명왕성은 퇴출됐지만 카론은 생명을 다할 때까지 그 주변을 떠나지 않을 거야.

134340이 목덜미를 쓸어주자 카론은 골골 소리를 냈다.

134340과는 별로 할 일이 없었다. 친구가 집에 놀러 오면 뭘 하고 노는지 알아야지. 혼자서 노는 건 도가 텄는데 누구와 같이 노는 데는 바보가 따로 없었다. 새로 만든 무기 아이템을 보여주고 나니 더 이상 할 게 없었다. 134340은 가방에서 종이 한 장을 꺼냈다. 책에서 찢어낸 듯한 그것은 고흐의 그림 〈별이 빛나는 밤에〉였다. 134340은 말했다.

―고흐만큼 별을 잘 그린 화가는 없어. 보석처럼 빛나는 별이 아니라 둥근 불덩어리처럼 타오르는 별이잖아? 크기도 모두 다르고. 밝은 별은 크게 그리고 어두운 별은 작게 그렸어. 난 별을 사랑했던 고흐를 사랑해.

―나는 꼭 미친놈이 그런 것 같은데?

134340은 킥킥 웃었다.

―그 말도 틀리진 않지.

―마음에 든다는 얘기야.

둘러댄 말은 아니었다. 심상치 않은 일이 일어날 듯 꿈틀거리는 밤하늘과 검은 불꽃처럼 치솟아 오른 나무, 거침없는 붓 자국. 마치 내 정신 상태를 옮겨놓은 듯한 그림이었다. 134340은 〈별이 빛나는 밤에〉를 높이 들어 올렸다.

―고흐는 별이 있는 곳으로 가고 싶어 했어. 동생 테오에게도 그렇게 얘기했지. 살아서는 갈 수 없는 곳이라면서. 지금은 어느 별에선가 미친놈처럼 웃으며 태양계의 푸른 행성을 바라보고 있겠지? 이 괴상망측한 행성을. 나도 고흐치럼 별이 있는 곳으로 갈 거야.

―소행성 134340으로?

134340은 가방에서 카론을 꺼내며 고개를 끄덕였다. 134340, 이러다 정말 어느 날 자취도 없이 사라지는 거 아냐? 느닷없이 겁이 났다. 방문을 향해 어메이징밀리터리메탈슈터를 세 발 쏘았다. 탕, 탕, 탕. 공포탄 소리에 카론이 134340의 겨드랑이에 얼굴을 묻었다.

―에디슨은 어때?

궁금했다. 134340보다 먼저 별이 있는 곳으로 갈 사람은 에디슨이니까.

　—음…… 더 작아졌어. 어린아이처럼.

　진담인지, 농담인지. 어쩌면 정말 어린아이처럼 작아졌을지도
모른다. 20센티미터 작아진 사람이 10센티미터 줄어드는 게 뭐
어렵겠어. 그런데 분홍색 캡슐 알약, 먹으면 정말 몸이 작아지는
약일까? 내가 카론에게 그 약을 먹이려 했던 날, 134340이 내질
렀던 말이 기억났다. 죽는단 말야! 어린 짐승이 먹으면 치명적일
수도 있겠지만, 비명은 너무 처절했다. 혹시 잘못 먹으면 죽을 수
도 있는 건가.

　—피아노 칠까?

　어메이징밀리터리메탈슈터를 아트리움에 꽂고 말했다. 피아노
말고는 놀 거리가 없었다.

　—〈반짝반짝 작은 별〉부터. 그거 들으면 플레이아데스성단의
푸른색 일곱 자매 별이 떠올라.

　134340은 침대 위에 올라가 앉았다.

　이번엔 별로 긴장하지 않았다. 134340이 자기 별로 돌아갈지
모른다……. 이런 막막한 느낌이 오히려 안정감을 주었다. 나는
좀 과장되었다 싶을 만큼 경쾌하게 연주를 했다. 손가락이 빠른
속도로 건반을 훑고 지나갔다. 투명한 별들이 튀어 올랐다. 그 별
들이 또 다른 별들을 낳고, 또 다른 별들이 다시 또 다른 별들을
낳았다. 별들은 점점 가볍고 맑게 튀어 올랐다.

3분쯤 지나 마지막 별들이 허공으로 흩어져 사라졌다. 나는 피아노 뚜껑을 덮었다.

―나가서 걸어 다니자.

내 말은 좀 딱딱했다.

―왜 갑자기.

―그냥, 답답해서.

조금도 걷고 싶지는 않았다. 시간 가는 줄 모르고 있다가 란이나 수와 마주칠까봐 조바심이 났을 뿐이다. 134340이 달갑지 않은 존재가 되는 게 싫었다. 자퇴생. 수와 란에게 그보다 더 한심해 보이는 아이는 없겠지. 그래서 그렇게 싫다는 학교에 굳이 가 둬놓으려는 거 아냐?

―집에 갈게. 카론에게 먹이를 줘야 해.

134340은 가방에 〈별이 빛나는 밤에〉를 넣고 일어섰다. 카론이 갓난아이의 울음 같은 소리를 냈다. 카론에게 먹이를 준다는 말은 핑계 같았다. 내가 불편하게 만들었겠지. 미안했지만 할 수 없었다.

나는 아파트 단지를 걸어가는 134340을 베란다에서 내려다보았다. 혹시 뒤돌아 나를 올려다보지 않을까 싶었지만 그런 일은 없었다. 134340에게 안겼을 때가 생각났다. 밋밋하지만 편안했었는데. 언젠가 또다시 그 완만한 가슴에 안겨 잠들고 싶었다.

노란 펑키 머리는 점점 멀어지더니 상가 건물 뒤쪽으로 사라졌

다. 방으로 돌아와 침대에 누웠다. 걷잡을 수 없이 피곤이 몰려왔
다. 머리도 아프고 몸도 아팠다. 잠잠하던 그놈이 워밍업을 시작
했나. 아니면 몬스터 D에게 기절할 때까지 맞았던 후유증이 계속
되고 있나. 몬스터 D는 외로움의 굳은살을 키우며 열라 보충수업
을 받고 있을 것이다. 마마와 파파가 원하는 미래를 위해. 황당한
생각이 휙 머리를 스치고 지나갔다. 마흔한 살쯤 되면 몬스터 D
가 보고 싶어지지 않을까. 웃기는 일이었다.

3

'그놈'은 약해지고 있었다. 몬스터 D에게 어두운 뒷골목에서 KO패를 당한 이후부터였을 것이다. 그날로부터 지금까지 사건이라고 할 만한 일이 한 번도 일어나지 않았으니까. 리탈린을 거르지 않고 복용하고 있었지만 리탈린 때문인지 아닌지는 알 수 없었다. 머리는 계속해서 아팠고 잠도 잘 오지 않았다.

매일 지각을 했지만 학교는 빠지지 않았다.

넌 지금 지옥으로 가고 있는 거야.

그놈이 속삭여도 담배만 몇 대 피우다 지옥의 문을 들어섰다. 조금 달라진 점은 내 주변을 얼쩡거리는 몬스터들이 몇 명 생겼다는 것이다. 기껏해야 온갖 너절한 말들을 섞어 저급한 개그를 풀며 환심을 사려는 게 전부였다. 나를 동류항으로 만들어 C급 몬스터들의 개체 수를 늘리려는 의도겠지. 솔직히 말하면 좀 들뜨긴 했다. 뽕브라 아줌마 이후로 누군가에게 호명을 받기는 처음이었으니까. 하지만 맞장구를 치고 싶지는 않았다. 지금까지 없는 인간 취급을 하다가 갑작스레 호감을 표하는 몬스터들을 믿을 수 없었다.

어느새 금요일. 한 주 사이에 나는 두 번이나 조퇴를 했다. 교실에 앉아 있기조차 힘들었다. 주머니곰은 순순히 조퇴증을 끊어주었다. 다음 주엔 나에게 어떤 회유책을 쓸까. 일주일만 더 생각해보라는 둥 열 받는 소리를 하진 않겠지? 그런데 한 가지 어이없는 사실이 있었다. 주머니곰이 여전히 꼴 보기 싫지만 나쁜 인간이라는 생각은 들지 않았다. 리탈린은 분명 뇌를 마비시키는 약이다.

마지막 수업을 잠으로 겨우 때우고 교실을 나섰다. 주머니곰의 종례는 1분도 채 걸리지 않았다. 복도를 걸어가는데 몬스터 D가 화장실에서 나왔다. 잠깐 눈이 마주쳤지만 곧 시선을 돌리고 계단을 향해 걸어갔다.

—독고단.

뒤를 돌아보았다. 녀석은 바지 주머니에 손을 찔러 넣은 채 내 앞으로 걸어왔다.

—가질래?

녀석이 주머니에서 꺼낸 것은 체육관 회원증이었다.

―6개월짜린데 이젠 필요 없어서. 아직 3개월 이상 남았어.

이 새끼가 뭔 소릴 하는 거야. 느닷없이 사람 붙잡고 지껄이는 말을 이해할 수 없었다. 3개월 이상 유효한 체육관 회원증을 나에게 주겠다니.

―한국말인데 알아들을 수가 없잖아.

내 손에 넘겨진 체육관 회원증을 내려다보며 말했다.

―너, 몸 좀 만들어라.

―뭐?

이 새끼가 약을 올리는 거야, 충고를 하는 거야. 어느 쪽이든 재수 없었다. 녀석의 표정을 살폈다. 별다른 감정은 느껴지지 않았다.

―너한테 필요한 것 같아서. 버리려니 아깝기도 하고.

속이 점점 불편해졌다.

―술 처먹은 놈 어쩌다 KO패 시키고 나서 갑자기 부처님이 되셨나?

―난 이기지도 않고 지지도 않았어. 마침표를 찍었을 뿐이야.

마침표라. 금세 알아들었지만 속은 계속 거북했다.

―너한테 정말 필요한 게 뭔지 알아? 자신감이야.

―무슨 개소리야.

건방진 새끼. 비위가 상했다.

─3개월 체육관에서 뛰고 나면 지방이 빠지면서 근육과 함께 자신감이 붙을 거야. 혼자 살아갈 자신감. 너에게 잘 지내보자고 손을 내밀거나 다시 대결할 생각은 없어. 난 우정을 쌓을 시간도 없고, 더 이상 싸움을 할 시간도 없으니까. 성공해야 하거든. 혼자 있는 놈이 혼자 있는 또 다른 놈에게 전하는 처음이자 마지막 메시지였다고 생각해라.

몬스터 D는 그대로 뒤돌아 교실로 갔다. 뒷골목에서 한 방 되게 맞았을 때보다 머리가 더 땅했다. 나쁜 새끼, 이젠 주둥아리로 KO패를 시켜? 내 몸을 뒤덮고 있는 비곗살이 수치스러웠다. 하지만 어찌 된 일인지 들끓는 분노는 생기지 않았다. 심상치 않은 조짐을 보인다 싶던 그놈은 어느새 성질을 죽이고 있었다. 그놈이 돌기 전에 몬스터 D가 자리를 떴는지, 그놈의 뒷심이 현저히 약해졌는지 알 수 없었다. 체육관 회원증을 들여다보았다. 금메달체육관. 어이없이 큰 체육관 직인이 마치 자신감을 키워주겠다고 약속하는 것 같았다. 빌어먹을.

회원증을 바지 뒷주머니에 찔러 넣고 계단을 내려갔다. 체육관에 나갈 생각은 없었다. 매일 지옥을 들락거리는 마당에 그럴 의욕이 생길 리 없잖아. 나는 그것을 나의 아트리움에 보관할 작정이었다. 까먹고 있는 동안 세탁기에 들어가 만신창이가 되어 나오는 일이 없다면 말이다. 몬스터 D가 나에게 던지고 간 메시지를 생각해보았다. 나에게 가장 필요한 무기는 자신감이라⋯⋯.

졸라 건방진 새끼.

지옥문을 나서는데 문자 메시지 도착음이 들렸다. 란이 아니라 134340이길 바랐다. 둘 다 아니었다. 수였다. 잘못 보낸 거 아냐? 수가 나에게 보낼 메시지가 있을 리 없잖아.

란이 몸살 걸렸다. 프라이드치킨 사 갈 테니 저녁에 같이 먹자.

오늘 해가 북쪽에서 떴나. 지금까지 수가 나에게 문자 메시지를 보낸 적은 한 번도 없었다. 얼굴이 뜨듯해졌다. 굉장히 어색했다. 뭔가 트집을 잡거나 경고를 날린 것도 아니고, 저녁에 치킨을 같이 먹자고? 게다가 수는 양념치킨을 좋아하지 프라이드치킨은 입에 낄 대지도 않았디. 완전히 내 입맛에 맞추겠다는 얘기였다.

대답할 말이 떠오르지 않았다. 아주 어려운 숙제를 받아 든 것처럼 고민스럽기까지 했다. 왜 안 하던 짓을 하고 난리야. 내가 보낸 문자는 겨우 한 글자였다.

응.

수신함을 열어 수가 보낸 문자를 다시 확인했다. 혹시 찬에게로 갈 문자가 잘못 왔을 수도 있었다. 하지만 찬에게 하는 말투라고 하기엔 너무 건조했다. 문자를 삭제하려다 보관함에 저장했다. 기념할 만한 사건이잖아?

휴대폰을 주머니에 넣다가 발걸음을 멈추었다. 나도 모르는 새 PC방으로 들어가고 있었다. 한 푼이라도 생기면 PC방부터 찾게 되니 중독은 중독인 모양이었다(찬에게 천 원을 받고 새 아이템을 빌려주었다). 들어갈까 말까. 잠깐만 놀지 뭐. 하지만 란과 수가 걸렸다. 특히 수. 진심이든 억지든 문자 메시지까지 동원해 잘해보자는 신호를 보냈는데, 곧바로 PC방엘 들어가려니 보이지 않는 손에 목덜미를 잡힌 것 같았다.

결국 PC방 입구에서 뒤돌아 나왔다. 그놈이 사양길로 접어든 게 틀림없었다. 폭풍처럼 저지르고 보는 놈인데 말이다. 그럼 내 상태가 좋아지고 있는 건가? 장담할 수 없었다. 현실은 한 뼘도 달라지지 않았으니까. 학교에는 여전히 아무런 흥미도 느낄 수 없었다. 주머니곰이 말한 일주일 중 닷새가 지났지만, 남은 주말 동안 어떤 변화가 있으리라고는 조금도 기대되지 않았다.

혹시 주머니곰이 란과 수에게 말했나? 일주일 유예 기간을 갖고 학교 문제를 결정하기로 했다고. 그래서 수가 나에게 생뚱맞은 문자를 보냈는지도 모르지. 빌어먹을, 내가 그런 빤한 수에 넘어갈 것 같아? 그놈이 부활하든 사라지든 한 발짝도 물러설 수 없었다. 시행착오를 그만큼 거쳤으면 됐지 얼마나 더.

아파트 놀이터를 지나다 찬의 친구와 다시 마주쳤다. 생까려는 녀석을 불러 세웠다.

─찬한테 500원 받았나?

─아뇨. 자기랑 상관없는 일이래요.

역시 독고찬은 보통 놈이 아니었다.

─언제 우리 집에 한번 놀러 와라. 내 방에 쩌는 무기들 빵빵하게 있거든. 무료로 보여줄게.

녀석은 쳇, 하고는 인사도 없이 가버렸다. 허튼소리로 들렸겠지. 기분이 나쁘지는 않았다. 어쨌든 돈을 주고 빌릴 만큼 내 아이템에 관심을 보였던 녀석이니까.

집에 들어가기 전 쓰레기 재활용품 분리수거장 옆에서 담배를 꺼냈다. 니코틴이 땡긴다느니 하며 그놈이 신호를 보내지는 않았다. 오랜 습관이랄까. 담배는 백해무익하다고 하지만 담배만큼 위안이 되는 깃도 없었디. 그런데 멀리서 다가오는 S라인의 섹시한 아줌마는 누구? 뽕브라, 혜리 엄마였다. 자주도 마주치네. 담배를 교복 주머니에 넣고 다시 놀이터 쪽으로 걸어갔다. 다른 장소를 물색하든가 해야지. 나처럼 '그놈'과 함께 사는 놈들은 어딜 가나 귀찮은 일뿐이다.

4

일주일 중 그래도 숨통이 좀 트이는 날이 있다면 둘째와 넷째 주 토요일이다. 놀토라 학교에 안 가거든. 이젠 학교의 '학' 자만 생각해도 치가 떨렸다. 이 지긋지긋한 학교를 다니지 않으면 곧장 지옥의 나락으로 떨어질 것처럼 벌벌 떠는 이유를 모르겠다.

토요일엔 저녁때까지 홀가분하게 시간을 보낼 수 있었다. 란은 독거노인 도시락 배달 봉사를 하고, 수는 란이 돌아올 때까지 밖에서 시간을 때우기 때문이다. 독거노인들보다 나에게 더 복된 일이지 뭐. 아침에 약속이 있어 용돈이 필요하다고 했더니 란은 순순히 지갑을 열었다. 밑져야 본전 식이었는데 웬일이야. 처음엔 5000원을 꺼내다가 마음이 바뀌었는지 만 원짜리로 바꾸었

다. 내가 깨끗이 씻고 옷도 갈아입어 기분이 좋아졌다나. 자기 몸
도 아닌데 란은 내가 안 씻고 옷도 안 갈아입는다고 질색했다. 몸
의 청결 상태는 정신 상태를 나타낸다던가 뭐라던가. 란은 내가
누굴 만나는지는 묻지 않았다.

수는 지난 저녁 정말로 프라이드치킨을 사 왔다. 아홉 조각이
든 것으로 두 세트나. 나를 구슬리기 위한 회유책 같지는 않았다.
치킨을 가장 공평하게 나누는 방법에 대해 말했을 뿐이니까. 무
슨무슨 수식이나 공식을 들이대며 찬에게 수학 공부를 시킨 것도
아니었다. 좋아하는 사람이 많이 먹는 게 합리적인 방법일 수도
있다나. 여러 가지로 애를 쓰는 것 같았다. 그런데 표정이 가관이
었다. 하지 않아도 될 일을 굳이 하면서 고통스러워하는 얼굴이
었다. 불쌍하다는 생각이 들지는 않았다. 그러기엔 독고민수와
독고단의 거리가 너무 멀었다.

수는 가슴살 한 조각만 먹었다. 나는 부위에 상관없이 일곱 조
각을 먹고 난 후 란의 요청으로 피아노를 쳤다. 소파에 누운 란은
내 방에서 울려 퍼지는 피아노 소리를 들으며 잠이 들었다. 아주
잠시였지만 평화로운 기분이 들기도 했다. 이 집에선 별일 없으
면 평화로운 거다.

—란이랑 수만 조용하면 집이 다 조용하다니까.

거실에 찬과 나 둘만 남았을 때 말했더니 찬이 일갈했다.

—단이 조용해서 수와 란도 조용한 거야.

예전 같으면 주먹부터 날아갔겠지만 큭큭 웃음이 나왔다. 땅콩만 한 녀석이 식구들을 위에서 내려다보고 사는구나. 나는 하나 남은 닭 날개를 녀석에게 양보했다.

오후 1시에 134340을 만나기로 했다. 점심은 집에서 해결하자고 했다. 둘 다 돈이 없으니까. 만나서 하는 주된 일은 무작정 걷기였다. 아무 소리 하지 않고 걷긴 걷지만 죽을 맛이었다. 20분만 걸어도 돌아가실 것처럼 숨이 차고 티셔츠가 푹 젖을 만큼 땀이 흘렀다. 몬스터 D의 같잖은 충고를 받아들여 살을 빼볼까 싶기도 했지만 자신 없었다. 먹지 않으면 속이 허해 뻥 뚫어질 것 같았다. 폭식은 내가 아니라 그놈이 하는지도 몰랐다. 아직 살아 있겠지?

약속 장소는 구립 도서관 앞이었다. 좀 일찍 나와 도서관 건너편 PC방에 들어왔다. 프리우스 던전은 이전처럼 경이롭거나 판타스틱하지는 않았다. 기막히게 맛 좋은 떡갈비도 오래 먹다 보면 그 맛이 덜해지는 이치인가. 그래도 신물 나는 창선고등학교 1학년 1반 던전보다 450배는 살 만했다. 나의 분신 아니마와 함께 광활한 지역을 활개 치고 다니는 건 여전히 흥분되는 일이니까. 그런데 프리우스에서 느끼는 흥분이 예전과는 좀 달랐다. 처음엔 분명히 아니마에게 빠졌었는데, 지금은 몬스터 사냥에 미친 듯 몰두하고 있었다. 아니마도 마찬가지였다. 그녀는 스킬을 끝내주게 구사해 퀘스트 수행에 열을 올렸다. 여린 몸으로 막강 파워를 과시하며 몬스터를 공격하는 모습은 혀를 내두를 정도였다.

오늘은 길드 파티를 해볼까. 여럿이 번잡스럽게 몰려다니며 몬스터 사냥을 하는 게 싫어 거의 솔로잉을 하는 편인데, 왠지 혼자서 감당하기 불가능한 괴력의 몬스터를 박살 내고 싶었다.

솔루터스 대도시 인근에 위치한 마수지옥으로 갔다. '몰이사냥'을 하는 사냥터였다. 최대 난이도의 던전이라 미리 공부를 하고 진입했다. 아무리 머리가 천재라지만 경험자들의 한 수 가르침이 도움이 될 테니까. 다양한 직업의 파티원들이 모인 던전은 더 역동적이고 긴장감이 넘쳤다. 마법을 사용해 데미지 딜러 역할을 하는 원소술사, 근거리 무기를 사용하며 탱커 노릇을 하는 전사, 단검과 활로 효과적인 공격을 하는 사냥꾼, 현란한 검술로 급소를 찌르는 검사, 아군의 능력치를 상승시켜주며 치유의 능력을 가진 악사, 그리고 권총과 소총을 자유자재로 써먹는 테크노크라시 사수인 나. 던전은 화려했다.

첫 번째 보스인 무린과 닭들의 대장인 영매사 카투라, 흉포한 붉은꼬리를 처리하는 건 시간문제였다. 몇 초간 기절시키는 스킬밖에 없거나 체력이 낮아 한 번에 왕창 몰아 사냥을 할 수 있었다. 순식간에 경험치가 쌓이고 아이템이 늘어났다. 길드 파티가 솔로잉보다 나은 점은 좀 더 빠른 시간에 힘을 키울 수 있다는 데 있다. 아군은 조금 더 전진해나갔다. 제사장 바쿠야를 만났다. 상당히 강력한 놈이라 주의할 필요가 있었다. 사수인 내가 선공을 치자 바쿠야는 호위뿔소 두 마리를 소환했다. 바쿠야만큼 강력한 몬스터였다. 아군들이 호위뿔소를 상대하는 동안 탱커가 바쿠야를 멀리 떼어놓았다. 바쿠야가 호위뿔소를 또다시 소환하면 따로 떼어놓기가 어려워지기 때문이다. 바쿠야의 체력이 18퍼센트로 감소했다. 공격을 집중시킬 때였다.

문자 메시지가 도착한 것은 바로 그때였다. 134340이었다.

조금일찍나왔는데어디야?

재빨리 답장을 날렸다.

도서관건너피씨방

결전을 치르려던 차에 갑작스레 던전을 나갈 수는 없었다. 134340에게서는 대꾸가 없었다. 그사이 아군은 바쿠야를 쓰러뜨리고 마수지옥의 드넓은 들판을 전진해나갔다.

─캐릭터 매력적이다. 끌리는데?

깜짝이야. 뒤돌아보니 134340이었다.

─와, 이 꼬마 진짜 귀엽다.

134340은 카론을 자판 옆에다 내려놓고 내가 앉은 의자 등받이에 팔꿈치를 얹었다. 카론은 아니마를 보고 나─ 앙칼진 소리를 냈다.

─내 환상의 커플 아니마야. 어디서도 이런 아일 만날 수 없지.

나는 장난스럽게 웃었다.

─뭐가. 다 똑같은 아이들인데.

134340은 손가락으로 모니터를 여기저기 찍었다.

─잘 봐, 이 아니마들. 헤어스타일하고 옷만 달랐지 네 아니마랑 똑같잖아. 얼굴의 반은 차지하는 큰 눈에다 조그만 코, 입술, 통통한 볼…….

─……!

뒤통수를 쇠망치로 한 대 얻어맞은 것 같았다. 정말, 똑같았다. 원소술사의 아니마, 악사의 아니마, 전사의 아니마, 검사의 아니마, 사냥꾼의 아니마, 그리고 사수인 나의 아니마……. 머리 모양과 새깔, 입고 있는 옷만 달랐을 뿐 모두가 복제 인형처럼 똑같았다.

나는 게임을 종료했다. 박진감 넘치는 몰이사냥이 시작되고 있었지만 더 이상 보고 있을 수 없었다. 아니마가 복제 인형이었다니.

─내가 방해했나?

134340이 바탕 화면을 멍하니 바라보는 나에게 말했다.

─나가자.

그대로 카운터에 가 계산하고 PC방을 나왔다.

─도서관에 들러야 돼?

134340에게 물었다. 약속 장소를 잡을 때 134340이 도서관에

볼일이 있다고 했던 것 같았다.

―뭐 꼭 그런 건 아니고.

134340은 떨떠름하게 대답했다.

―좀 걸을래?

―너 왜 그래? 환상의 커플 아니마를 내가 무시해서?

―아니.

나는 발걸음을 옮겼다. 그리고 몇 미터 걷다가 방향을 바꾸었다. 학교 쪽으로는 단 한 발짝도 가고 싶지 않았다. 고물 트렁크 덜덜거리는 소리가 내 뒤를 따라왔다. 오늘따라 더 시끄러웠다. 134340이 눈치를 본다는 걸 알았지만 알 바 아니었다. 아니마의 실체를 알게 된 지금 그 무엇에도 신경을 쓸 수 없었다. 134340이라도 말이다. 아니마가 나만의 아니마가 아니라 얼마든지 복제할 수 있는 모든 게이머들의 아니마였다니. 사기를 당한 것 같았다.

얼마 걷지도 않아 땀이 나기 시작했다. 굵은 땀방울이 이마에서 눈으로, 턱으로, 관자놀이로 사정없이 굴러떨어졌다. 손을 올리기도 성가셔 그냥 두었다. 115킬로그램의 살덩어리가 베어버리고 싶을 만큼 귀찮고 무거웠다.

―계속 걸을 거야?

134340이 내 옆으로 따라붙으며 물었다. 카론은 134340의 어깨 위에 올라가 있었다.

―걷는 거 좋아하잖아.

보도블록이 고르지 않아 트렁크가 몸살을 앓듯 요란한 소리를 냈다. 둘이 다닐 때는 트렁크를 내가 끌었지만 모른 척했다. 최소한의 배려심도 쥐어짤 수 없었다. 나는 그런 놈이었다.

―에디슨이 사라졌어.

―뭐?

나는 발걸음을 멈추었다.

―에디슨이 없어졌다고.

134340은 한쪽으로 눌린 머리카락을 잡아당기며 발끝으로 보도블록을 찍어댔다.

―확실해?

―응. 의자에 옷만 고스란히 남기고 갔어.

의심하고 싶지 않았다. 내가 보았던 에디슨은 전기보다 더 위대한 발명을 해내리라 믿었다. 이 더러운 행성 지구에서 사라지는 것만큼 엄청난 일이 어디 있어. 그런데 빌어먹을, 축하는 못할망정 왜 이렇게 가슴이 꽉 막히는 거지? 초강력 알약은 몇 알이나 먹었을까. 에디슨이 사라진 자리에 있는 것처럼 나는 경건하게 고개를 숙였다. 굿바이, 에디슨. 어디로 갔든지, 그는 행복했을 것이다.

―알약은 좀 남겨두고 갔어?

―꽤 많더라. 에디슨이 그렇게 굉장한 유산을 남겨줄 줄 알았으면 있을 때 잘해줄걸. 난 이제 5년만 잘 버티면 돼. 그 정도는

얼마든지 참을 수 있어. 19년을 그렇게 보냈는데 5년쯤이야.

134340은 슬퍼 보이지 않았다. 언젠가 자신이 하게 될 일을 에디슨이 먼저 해냈을 뿐이라 그런 걸까. 느닷없이 가슴이 철렁 내려앉았다. 134340이 사라진다면?

나는 다시 걷기 시작했다. 지옥을 헤맨 것 같은 날이었다. 아니마가 한낱 복제 인형에 불과했다는 사실을 알게 된 날, 유일한 친구 134340이 영원히 내 곁을 떠날 수도 있다는 사실을 깨닫게 된 날. 걸음이 점점 빨라졌다. 속이 울렁거리고 토할 것 같았다. 그놈이 성질을 부리고 있었다. 그럼 그렇지. 아직 죽지 않았구나. 내 발걸음이 빨라지는 만큼 134340의 고물 트렁크 소리도 점점 시끄러워졌다. 지나가는 사람들이 구경거리라도 만난 듯 134340과 나를 흘긋거렸다. 거대한 덩치에 인상을 북 긋고 땀을 줄줄 흘리며 성난 듯 걸어가는 남자애. 그리고 노란색 펑키 머리에 까만 고양이를 어깨에 올린 채 낡아빠진 초록색 트렁크를 끌고 그 뒤를 바쁘게 따라가는 여자애. 어떻게 구경거리가 안 되겠어.

그렇게, 토요일 한낮의 거리를 나는 134340과 걸었다. 이것이 소행성 134340으로 가는 길이라면……. 아무 소용도 없는 가정이 그림자처럼 따라붙었다. 걸으면 걸을수록 멀미는 더 심해졌다. 그놈은 때를 기다린 듯 계속해서 성질을 부리고 있었다.

나 좀 살려줘

1

일주일이 지났다. 그리고 아무런 일도 일어나지 않았다. 프리우스 던전엔 가지 않았고, 134340을 만나지도 않았다. 학교엔 꼬박꼬박 가야 했다. 최악이었단 얘기다. 무기 아이템을 만들지도 않았고 가지고 놀지도 않았다. 그놈은 내가 뭘 해도 성질을 부렸다. 내 안에서 그놈이 생지랄을 하는 게 느껴졌다. 지랄을 하는 건 그놈이지만 괴로운 건 나였다. 어쩌라고. 집에 있을 땐 계속 먹기만 했다.

다시 토요일. 학교에서 네 시간을 겨우 버티다 왔다. 창선고등학교 1학년 1반 던전에선 눈을 감고 있어도 구역질이 났다. 몬스터들이 와글와글 먹이를 섭취하는 게 꼴 보기 싫어 점심도 먹지 않았다. 배가 고파 돌아가실 것 같았지만 체육관 뒤에서 담배를 피웠다. 음습한 공간을 찾아 기어드는 몇몇 몬스터들과는 서로 알은체하지 않았다. 내가 원하는 일이란 여전히 한 가지였다. 학교를 때려치우는 것. 학교에 가지 않으면 뭘 하냐고? 장담하건대, 아무것도 하지 않아도 지금보다는 나았다.

집에 오자마자 닥치는 대로 먹어치우고 침대에 누웠다. 이제 방문을 잠그지도 않았다. 내가 어떤 꼬락서니로 뭘 하고 있어도 란과 수는 태클을 걸지 않았다. 약속대로였다. 학교에 다니고, 약 꼬박꼬박 먹고(란은 약을 먹을 때 내 혀 밑까지 검사했다.) PC방에 가지 않고, 그러면 간섭하지 않겠다고 했으니까. 수와 란은 무슨 생각을 하고 있을까. 독고찬 말대로 내가 조용하니 두 사람도 조용했다. 이렇게 스무 살까지만 데리고 있다가 집에서 내보내기로 작정했을지도 모르지.

멍하니 누워 천장 벽지의 체리 개수를 세었다. 왼쪽 맨 위에서 오른쪽으로, 그 밑으로 내려와 오른쪽에서 다시 왼쪽으로. 387, 388, 389…….

―단, 안 자?

독고찬이 방으로 들어왔다. 394, 395, 396…….

―란이 전화했었는데 단 뭐 하나 한번 보라더라?

400, 401, 402, 403…….

―요샌 총 안 만들어?

408, 409, 410⋯⋯.

—더 이상 꽂을 데도 없네.

413, 414, 415, 416⋯⋯.

—바겐세일 해도 될 텐데. 3천 원 정도면 살 애들 많을 거야.

420, 421, 422⋯⋯.

—아, 주일학교에서 다음 주에 재활용품 바자회 한대. 내가 무기 아이템 팔아줄까? 팔고 또 새로 만들면 되잖아. 애들이 이 총들 보면 뻑 갈걸? 얼마씩 팔면 될까?

—427, 428, 429!

벌떡 일어나 아트리움에서 BB탄 총을 꺼냈다. 탕, 탕, 탕탕, 탕, 탕탕⋯⋯. 탕탕, 탕, 탕, 탕탕, 탕⋯⋯. 방문으로 날아간 총알들이 우박처럼 밑으로 떨어졌다. 문 옆에 있던 독고찬이 하얗게 질려 귀를 막았다. 아트리움을 향해 총을 난사했다. 줄줄이 걸려 있던 아이템들이 우쭐우쭐 몸을 틀었다. 플라스틱으로 만든 총들은 금이 가거나 깨지기도 했다. 탕, 탕, 탕, 탕탕, 탕탕⋯⋯. 탕, 탕, 탕, 탕탕, 탕⋯⋯. 신성한 무기 아트리움이 초토화되고 있었다.

한쪽 모서리에 클립으로 고정시킨 금메달체육관 회원증이 눈에 띄었다. 나에게 필요한 건 자신감이라고? 몬스터 D가 했던 말이 생각났다. 시건방진 새끼. 나는 BB탄 총구를 내 오른쪽 귀 위에다 댔다. 방아쇠를 당길 때 찬이 악 소리를 질렀다. 총알은 천장에 맞고 튕겨 나갔다. 발사와 동시에 총구를 천장으로 향하게 했다. 나 같은 겁쟁이가 별수 있어? 체육관 회원증에 조준을 하고 총을 쏘았다. 회원증은 곧 방바닥으로 떨어졌다.

—내 아이템들을 팔고 싶다고?

나는 BB탄 총을 아트리움 아래쪽으로 내던졌다. 독고찬 키만 한 총이 벽에 맞고 떨어지며 어딘가 부서지는 소리가 났다.

—어.

찬은 손가락으로 귀를 후비며 대답했다.

—몇 대 몇으로 할까.

—음…… 7 대 3? 아니, 6 대 4. 단이 6, 내가 4.

약아빠진 새끼. 잔뜩 졸아붙어서도 머리를 굴리고 있었다. 누굴 닮아 계산에 밝은지 몰랐다. 먹을 것을 앞에 놓고도 수학을 가르쳤던 수의 영향일 수도 있었다. 유전자가 어디 가겠어? 내 안의 그놈이 격하게 사지를 뒤틀었다.

다 때려 부숴.

오랜만에 그놈이 내리는 명령이었다. 무기를 때려 부수라니. 한동안 미친 지랄을 하더니 맛이 간 게 분명했다.

다 때려 부수라고!

그놈이 속을 뒤집으며 성난 악어처럼 요동쳤다. BB탄 총을 다시 집어 들어 벽을 힘껏 내리쩍었다. 견고해 보이던 총이 금세 두 동강 났다. 찬이 몇 발짝 뒤로 물러섰다. 아트리움의 아이템을 하나씩 꺼내 박살 냈다. 만들 때는 날밤을 샜지만 절단 내기는 순식간이었다. 소중히 아끼던 무기 아이템들의 잔해가 사방으로 튀었다. 아직 죽지 않았음을 확인시키려는 듯, 그놈은 오랜만에 존재감을 드러냈다. 5분도 안 돼 벽에는 신성한 아트리움 대신 낡아빠진 식탁보만 걸려 있었다. 아트리움에 더 이상 무기는 남아 있지 않았다.

—치워.

나는 찬에게 뒤처리를 맡겼다.

—빗자루가 어딨더라?

찬은 슬금슬금 눈치를 보며 방을 나갔다.

담배와 라이터를 주머니에 넣고 집을 나섰다. 옷은 땀으로 푹 젖었지만 갈아입지 않았다. 금세 또 젖을 텐데 뭐. 날씨가 좋아 석양이 곱게 붉었다. 134340이 생각났다. 어떻게 지내고 있을까 에디슨이 사라졌다는 소식을 전한 날 이후로 아무 연락이 없었다. 마음이 50억 광년 떨어진 먼 우주 어딘가로 가 있겠지. 한때는 134340의 간절한 소망이 이루어지길 바라기도 했지만 지금은 아니었다. 나는 134340이 지구에 남아 있길 바랐다. 왜? 134340이 사라지는 것도, 혼자 이 더러운 늪 같은 지구에서 살아가는 것도 두려웠다.

걷다 보니 성당 앞이었다. 빌어먹을, 토요일이라고 자동인형처럼 두 발이 이리로 향했나 보았다. 오늘은 란이 미사를 보러 가라느니, 고백성사를 보라느니, 잔소리도 하지 않았는데 말이다. 학교만 다니면 아무 간섭도 하지 않겠다던 공약을 지키려는지, 란은 요즘 잔소리라고는 한마디도 하지 않았다. 수는 한꺼번에 늙어버린 것처럼 기력도 없었고 입도 잘 열지 않았다. 하지만 내 마음이 약해질 리 없었다. 전부 다 자퇴 얘긴 꺼내지도 못하게 하려는 속셈인데 뭐.

성당 사무실 안으로 벽걸이 전자시계가 보였다. 18:31. 거짓말치고 밀떡을 받아먹었던 새끼들은 여전히 농구를 하고 있었다. 내가 다가가자 슬금슬금 눈길을 피했다.

─무서워서 피하는 거냐, 더러워서 피하는 거냐.

녀석들은 골대에 맞고 튕겨 나온 공을 천천히 패스하며 고개를 가로저었다.

─아무 문제 없는데.

─너도 할래? 좀 있으면 미사 시간인데.

나랑 같이 놀기 싫다 이거지. 그놈이 몸을 뒤틀었지만 꾹 눌러 참았다.

─뺑까고 밀떡 받아먹으면 맛있냐?

무슨 얘긴지 몰라 어리뻥뻥해 있는 녀석들을 향해 침을 찍 갈겼다.

마당을 가로질러 걸어갔다. 농구공이 백보드에 텅 맞고 튕겨 나오는 소리가 들렸다. 사제관과 창고 사이의 끽연 공간으로 들어갔다.

―한 대 피우려고?

혁. 기절하는 줄 알았다. 날라리뽕 신부가 내 자리에서 담배를 피우고 있었다.

―왜, 네 자리를 불법 점거한 것 같아서? 여긴 내 영역인데.

하여간 뻔뻔스러웠다. 신자들 몰래 숨어서 담배를 빨고 있는 사제라니. 밖으로 나가려고 했더니 다리를 뻗어 입구를 막았다.

―네 안에 살고 있는 그놈은 요즘 얌전하신가?

무슨 개떡 같은 소리야. 아무리 신부라도 꽤나 아는 것처럼 오버하는 건 달갑지 않았다. 조금 전까지 씨근덕거리던 그놈은 이상하게도 얌전했다. 선배님을 알아봤나?

―좋으실 대로 생각하세요.

말투가 건방지게 나와 만족스러웠다.

―아니마는 지금도 만나고 있냐?

미친 기억력이었다. 아니마 얘기를 했던가, 싶을 만큼 고해소에서 했던 대화가 가물가물한데 초능력이라 할 만했다.

―네. 하지만 이제 맛탱이가 갔어요. 완전히 속은 것 같아요.

지금 내가 뭐라고 지껄이는 거야. 날라리뽕 신부에게 고민 상담이라도 하려고? 주둥아리를 박음질해버리고 싶었다.

―변질된 건 버려야지. 확실하게.

날라리뽕 신부는 담배꽁초를 바닥에 떨어뜨리더니 발로 꾹 밟아 양옆으로 비볐다.

―내 방에서 고백성사 볼래? 얼굴 맞대고.

―아뇨.

한우 갈비를 사준다 해도 고백성사는 보고 싶지 않았다. 날라리뽕 신부와 말장난이라도 하고 싶다면 모를까. 게다가 살찐 메기 같은 얼굴과 마주 보고 앉아서 뭘 고백을 해.

―고백성사 안 주세요? 사람들 기다릴 텐데.

날라리뽕 신부에게서 1초라도 빨리 벗어나고 싶었다.

―오늘은 주임신부님이 하고 계셔.

빌어먹을.

―본당에 들어가 있을게요. 머리가 아파서…….

―나 때문에?

메기 입에서 터져 나온 웃음소리에 사제관이 날아가는 줄 알았다. 정말 머리가 아팠다.

―미사는 꼭 보고 가라. 그래야 독고단 안에 있는 그놈도 은총을 받지.

웃음소리가 또 한 번 터져 나왔다. 웬수 같은 날라리뽕 신부. 미사 때 맨 앞줄에 앉아 보란 듯 잠을 자야지. 고개를 의자 등받이 뒤로 젖히고 마음껏 입을 벌린 채로. 아마 놀라거나 불쾌해하는 게 아니라 낄낄거리고 웃을 거다. 날라리뽕이니까.

날라리뽕 신부는 꽁초를 주워 들고 끽연 공간을 나갔다. 바통 터치, 라는 뜻이겠지. 담배를 피워 물었다. 아트리움을 초토화시

킨 날의 담배 맛이라고 별다를 건 없었다. 속은 여전히 메스꺼웠
다. 가만히 서서 담배 피우기도 힘들었다. 나는 다시 134340을 생
각했다. 노란색 펑키 머리가 보고 싶었다.

2

조퇴를 했다. 아무도 믿지 않겠지만 교실에서 쓰러졌다. 5교시 국사 시간이 끝나갈 때쯤이었다. 50분 가까이 나는 그놈과 사투를 벌이고 있었다. 교실에서 나가라는 그놈의 명령에 복종할 수 없었다. 성가신 일이 벌어지는 게 싫었으니까. 배 속에서 부글부글 용암이 끓는 것 같았다. 땀으로 푹 젖은 몸에서는 뜨겁게 열이 났다. 몬스터 D는 샤프 펜으로 국사 선생이 떠드는 소리를 또박또박 받아 적고 있었다. 옆에서 엎드렸다 일어났다 몸을 뒤틀었다 정신 사납게 구는데도 눈 하나 깜짝하지 않았다. 무서운 새끼.

조례 시간에 주머니곰은 모의고사 성적표를 나누어주었다. 몬스터 D가 1반에서 유일하게 1등급을 찍었다는 소식도 전했다.

모의고사를 언제 보았는지 기억나지 않았다. 아마도 내가 결석한 날 시험을 치른 모양이었다. 몬스터 D는 척추를 곧게 펴고 부동자세로 성적표를 들여다보았다. 언뜻 본 녀석의 얼굴은 촉촉하게 땀이 배어 있었다. 감격스럽기도 하겠지. 1등급의 성적을 위해 쌍코피 터져가며 참고서를 달달 외웠을 테니까. 비위가 상했다. 부럽지도 질투가 나지도 않는데 속이 더럽게 켕겼다. 오전 수업을 겨우 버티고 점심시간엔 담배를 피웠다. 4교시 후 체육관 뒤에서의 끽연은 어느새 정해진 일과가 되었다.

5교시가 시작되기 직전 화장실로 달려가 정신없이 토했다. 국사 선생이 앞문으로 들어갈 때 나는 뒷문으로 들어가 내 자리에 털썩 몸을 부렸다. 교사용 지침서를 읽는 국사 선생의 목소리가 신경을 긁어댔다. 귀에서 윙윙 소리가 들리고 눈앞이 하얗게 탈색했다가 검은 곰팡이가 번지듯 까맣게 뒤덮이기도 했다.

교실에서 나가!

그놈이 명령할 때마다 오른쪽 뒤통수가 쿡쿡 쑤셨다. 위가 다시 뒤집히면서 신물이 목젖까지 올라왔다. 머릿속에서는 천둥이 치고 윙윙 소리가 점점 커졌다.

교실에서 나가!

쿵, 소리를 들은 후 눈을 떴을 땐 온몸이 젖어 있었다. 교실 바닥에 흥건한 건 땀이 아니라 물이었다. 아랫도리가 축축하고 뜨뜻한 게 오줌을 싼 것 같기도 했다. 몬스터들의 더러운 운동화와 삼선 슬리퍼들이 시야에 들어왔다. 나는 교실 바닥에 누워 있었다. 빌어먹을. 성가신 일이 벌어지는 게 싫어 몸부림치며 참았는데 완전 대박이었다. 이 몸뚱어리로 교실에서 쓰러지다니. 그놈이 대체 무슨 짓을 저지른 거지? 몬스터들은 호기심 가득한 눈으로 나를 내려다보고 있었다.

—괜찮냐?

국사 선생의 따분한 목소리가 들렸다. 괜찮으면 이 거구가 교실 바닥에 쓰러졌겠어? 다른 몬스터들의 대가리들 너머 몬스터 D가 보였다. 녀석은 청소 도구함에 기대 나를 바라보고 있었다. 100가지 생각이 뒤엉킨 얼굴이었다. 도와줘! 나는 하마터면 몬스터 D에게 그 말을 내뱉을 뻔했다. 돌이 갓 지나 요람에 누워 내질렀던 말. 도와줘! 세상에 혼자 내던져진 공포감을 못 이겨 기저귀에 오줌을 지린 채 나는 허공을 향해 구원 요청을 했고, 그놈이 내 안에서 꿈틀 응답을 했던 것이다. 그 후로 십수 년이 지나 교실 바닥에 병든 짐승처럼 쓰러져 똑같은 비명을 지를 뻔하다니. 그것도 내 원수였던 몬스터 D에게 말이다. 청소 도구함 쪽을 다시 보았을 때 몬스터 D는 없었다.

내가 벌떡 일어나자 몬스터들은 한 발짝씩 뒤로 물러났다.

—괜찮냐?

국사 선생은 교사용 지침서를 외우듯 같은 말을 반복했다. 마침종이 울렸다. 나는 대답하지 않고 교실을 나갔다.

화장실에 들러 또 한 번 토했다. 커다란 이명이 머리통을 뒤흔들었다. 주머니곰에게 내려가 조퇴를 하고 싶다고 했다. 더 이상 학교에 있다간 정말로 뒈져버릴 것 같았다.

주머니곰은 순순히 조퇴증을 끊어주었다.

─교실에선 왜 쓰러진 거야?

빌어먹을, 국사 선생이었는지 몬스터들이었는지 주둥아리 한 번 가벼웠다.

─그놈이 발광을 했나?

대꾸하지 않았다. 주머니곰이 그놈을 안다고 해서 나에게 도움 될 일은 없었다. 대신 나는 한 가지 요구를 했다.

─집에다 알리지는 말아주세요.

─뭘?

주머니곰은 조퇴증을 내 교복 주머니에 찔러 넣고 대답을 기다렸다.

─교실에서 뻗었던 일과 조퇴, 두 가지요.

─집에 안 가고 어디로 새려고?

─들를 데가 있어요.

─조퇴하고 갈 만큼 중요한 데야?

─네.

─가다가 길바닥에 눕는 건 아니겠지?

─네.

주머니곰은 집게손가락으로 책상을 톡, 톡, 톡, 두드렸다.

―독고단, 넌 그놈이 누구라고 생각하냐?

무슨 개 같은 소리야. 그놈이 누군 줄 알면 내가 이 고생을 하겠어? 입을 닫고 주머니곰의 삼선 슬리퍼만 내려다보았다.

―하교 시간 맞춰 집에 들어가. 학부모에게 전화 오는 거 재미없다.

꾸벅 고개를 숙이고 돌아서는데 또 한마디가 뒤통수로 날아와 꽂혔다.

―살 빼. 십대에 성인병 걸리면 인생 황당해진다.

들은 척하지 않고 교무실을 나왔다. 살을 빼라고? 내 의지대로 될 일이 아니었다. 끝없는 허기를 느끼는 건 그놈이니까.

내가 갈 곳은 PC방이었다. 프리우스 던전에서 나는 작정하고 죽음의 전투를 했다. 아니마의 성향을 '적극 자존 공격형'으로 맞추고 '매사에 적극적으로 행동하라'는 조언을 걸어놓았다. 퀵 슬롯에 아니마의 스킬을 등록하고 닥치는 대로 각종 스킬을 사용했다. 고생을 많이 시키면 아니마의 기분이 급격히 다운된다는 것쯤 알고 있었다. 뱀의 영혼, 정화의 불꽃, 화염 폭풍 등 데미지가 강한 공격에 몬스터들은 꼼짝 못하고 죽어 나자빠졌다. 내 손가락은 열띤 경기를 하듯 키보드를 두드려댔다. 던전에는 피비린내가 진동했다.

처음엔 신이 나서 적들을 처치하던 아니마가 마침내 화를 냈다. 2분 동안 스킬을 사용하지 않겠다며 토라져버렸다. 선물 공세를 하면 삐침 상태를 해제할 수 있지만 나는 그렇게 하지 않았다. 오히려 한 번 더 아니마의 스킬을 써먹었다. 곧바로 아니마가 스킬 사용을 거부하는 사태가 벌어졌다. 선물로도 마음을 돌릴 수 없는 지경에 이른 것이다. 의도한 일이었다. 친밀도는 이미 30 이상 하락했다. 하지만 프리우스에 오기 전 친밀도는 이미 제로로 떨어진 거나 마찬가지였다. 나에게 복제 아니마는 아무런 의미도 없으니까. 이제 10분간 아무 조치를 취하지 않으면 아니마는 사망하게 되어 있었다.

나는 그 상태로 아니마를 놔두고 화장실로 갔다. 오줌을 눈 다음 담배를 두 대 피우고 돌아오니 아니마는 죽어 있었다. 게임을 종료했다. 컴퓨터 이용 시간은 43분. 가운터에 돈을 내고 나오다 계단에 주저앉았다. 분노한 듯 그놈이 날뛰기 시작했다. 씨발, 어떡하라고. 너도 죽어봐라 이거야? 대폭발이 일어나는 것처럼 감당할 수 없이 속이 뒤집혔다. 목, 가슴, 배, 등, 팔다리 할 것 없이 여기저기 쿡쿡 쑤셨다. 또다시 구토가 일고 어지러웠다. 눈앞이 빙빙 돌았다. 란에게 전화를 걸었다.

—란, 나 좀 살려줘. 죽을 것 같아.

몇 초간 침묵이 흐르고 란의 목소리가 들려왔다.

—메가톤급 사건이라도 터졌나 보네. 어디야?

—PC방.

─집에서 얘기하자.

전화를 끊고 계단을 내려왔다. 아직 한낮이었다. 현기증 때문에 걷기가 힘들었다. 땀에 젖은 몸이 천만 근이나 되는 듯 무겁고 다리가 후들거렸다. 사람들과 건물들이 너울거리고, 길이 늘어났다 줄어들었다 했다. 대갈통은 사방으로 조여들어 금방이라도 터져버릴 것 같았다. 그놈은 내 머리 꼭지부터 발가락 끝까지 점령한 채 발악을 했다.

휘청휘청 걸어가며 나는 미친놈처럼 히죽히죽 웃었다. 갑자기 이해할 수 없을 만큼 평화로운 느낌이 거구의 몸을 휩쌌다. 이유도 모르게 담담해지면서 무엇이 어찌 되든 상관없을 것 같았다. 그놈이 지랄을 떠는 가운데 평화를 느끼다니, 미치긴 확실히 미친 모양이었다. 나는 몬스터 D에게 맞았을 때보다 더 엉망이 된 몸을 이끌고, 너울너울 춤추는 거리를 히죽거리며 걸어갔다. 이 시간이 영원으로 이어지길 간절히 바라면서.

3

134340네 집 대문은 열려 있었다. 망설이다 안으로 들어섰다. 오기 전에 134340에게 전화를 해보았으나 '없는 번호'라는 기계음만 들려왔다. 에디슨의 고물 창고는 좀 더 흉물스러워 보일 뿐 달라진 게 없었다. 창고를 지나치려다 멈추었다. 창고 입구에 포르노 CD가 쌓여 있었다. 좋지 않은 예감이 들었다.

집 안은 조용했다. 좁아터진 마루는 전과 다름없이 잡다한 물건들로 발 디딜 곳을 찾기가 힘들었다. 에디슨의 방문은 닫혀 있었다. 열어보려다 그만두었다. 약품 냄새가 나지 않았기 때문이다. 실험은 끝났고, 에디슨이 사라진 게 분명했다. 마루를 가로지르다 용도를 알 수 없는 기계에 걸려 넘어질 뻔했다. 소리가 크게

났지만 134340의 방에서는 아무런 기척도 없었다.

134340의 방은 한 뼘쯤 열려 있었다. 문틈으로 노란색 펑키 머리가 보였다. 엉킨 머리카락이 지저분했다. 134340은 침대에 기대앉아 카론의 등을 쓰다듬고 있었다. 까맣게 펼쳐진 우주를 배경으로, 134340과 카론은 버림받은 두 개의 별 같았다. 방문을 두드렸다. 무슨 생각을 하는지 134340은 노크 소리를 듣지 못했다.

—카론.

카론과 134340은 동시에 고개를 돌렸다.

—5년을 기다리기가 힘들 것 같아.

134340은 대뜸 그렇게 말했다. 갑작스레 나타난 나를 보고 놀라지도 않았다. 그런데 5년을 기다리기가 힘들 것 같다니. 에디슨이 사라졌다는 소식을 전하면서 134340이 했던 말이 생각났다. 난 이제 5년만 잘 버티면 돼. 그 정도는 얼마든지 참아줄 수 있어. 19년을 그렇게 보냈는데 5년쯤이야. 하지만 지금 134340은 단 하루도 버티지 못할 것처럼 지쳐 보였다. 작은 얼굴이 많이 야위어 있었다.

—CD는 왜 창고에 내놨어?

134340은 기침을 하듯 쿡 웃었다.

—때려치웠어. 그 개자식이 노골적으로 성희롱을 하더라고.

그 개자식이 누구인지는 금세 알 수 있었다. 십중팔구 식빵이었다. 얼마나 모욕을 당했기에.

─내 노랑머리가 섹시하다나? 쓰레기 자식. 그러면서 내 머리카락을 만지작거리더니 나중엔 목덜미까지 주무르는 거야. 그 자식 다섯 손가락에 확실하게 이빨 자국을 내줬어. 내 오른쪽 뺨을 연타로 네 번이나 갈기더니 온갖 더러운 욕은 다 퍼붓더라? 그 자식이 보는 눈은 좀 있는 게, 내가 가게를 나갈 때 뒤통수에 대고 침을 뱉듯이 말하는 거 있지. 이상한 년이라고.

134340은 또 기침을 하듯 쿡쿡 웃었다.

─약을 먹어볼까.

─무슨 약?

134340이 말하는 약이 무슨 약인지 모르지 않았다. 할 말을 찾지 못했을 뿐이다. 알 수 없었다. 134340이 약을 먹고 명왕성으로 돌아가야 하는지, 아니면 이곳에 남아 있어야 하는지.

─완전히 혼자인 사람들은 얼마나 될까. 이상한 년들, 이상한 놈들, 이상한 사람들. 그들은 별이 되어야 해. 퇴출된 별들이지만 그 무엇의 방해도 없이 자기만의 궤도를 돌면서 빛을 낼 수 있으니까.

134340은 우주가 펼쳐진 까만 벽을 올려다보았다. 시선이 가닿은 곳에 소행성 134340이 있었다. 해왕성 옆에서 17도 삐딱하게 궤도를 틀고 노르스름하게 빛나는 별은 태양계의 여덟 행성 끝에서 아이처럼 작았다.

─나가서 걸을까?

나는 방문을 붙잡고 선 채 말했다.

—힘들어 죽으려고 하면서 왜.

—살 좀 빼려고. 십대에 성인병 걸리면 인생 황당해진다고 어떤 꼰대가 충고하더라.

주머니곰의 조언을 받아들인 건 아니었다. 이것이 마지막일지도 모른다는 생각이 들었다.

내일이면 나는 입원하기로 되어 있었다. 수와 란에게 그렇게 하겠다고 말했다. 학교에 계속 다니느니 소아청소년정신과 안정병동에 있는 게 나을 것 같다고 했다. 란은 울음을 터트렸고, 수는 얼굴을 찌그러뜨린 채 한숨을 길게 내쉬었다. 두 사람이 일방적으로 들이댄 약속을 지킨 것뿐인데, 말기 암 환자를 입원시키는 것처럼 구는 게 난감했다.

나는 그다지 심각하지 않았다. 학교만 아니라면 어디에 있든 상관없으니까. 어느 곳에선가 이탈된 존재들이 모인 안정병동은 졸라 꾸리꾸리하고 갑갑한 곳이었다. 하지만 학교라는 최악의 던전에서도 얼마를 살았는데, 그걸 못 참아?

첫 번째 입원했을 때는 매일 꼭지가 돌아 애꿎은 간호사들을 괴롭혔다. 말이 좋아 안정병동이지 완전히 정신병자 취급이었다. 8층의 폐쇄된 안정병동 바깥으로는 아예 나갈 수도 없었고, 보호자가 와서 데리고 나가도 정해진 구역과 시간을 벗어날 수 없었다. 병원에서 반경 200미터 바깥으로는 나가지 말고 두 시간 내에 들어오라. 이런 식으로 발목에 쇠고랑을 채우는 게 안정병동이 환자들에게 하는 짓이었다. 물론 병동 안에 있기보다는 밖으로 나가는 게 나았다. 당연하지. 나사 빠진 몰골들과 소독약 냄새 나는 곳에서 어슬렁거리고 싶겠어?

하지만 란이 병원으로 연락을 해오면 아무도 보고 싶지 않다고 성질을 부렸다(병원에선 휴대폰을 소지할 수 없었다). 나를 병원에 처박아두고 한핏줄인 수, 란, 찬이 평화로운 한때를 보내고 있을 거란 생각에 분노가 치밀었다. 그러면서도 수와 란이 면회를 오면 반가움이 앞섰다. 어이없고 짜증 나는 일이었다. 반경 200미터 이내의 음식점에서 배를 채우고, 카페 같은 데서 시간을 죽이거나 할 일 없이 거리를 어슬렁거리다가, 병원 앞에서 수와 맞담배를 피우고, 다시 안정병동으로 들어가는 게 면회의 전부였다. 돌이키고 싶은 기억이라고는 단 한 가지도 없지만, 그때의 기억은 떠올리기만 해도 끔찍했다.

이번엔 얌전히 지낼 생각이었다. 백 번 씹어 고민해도 학교보다는 안정병동이었다. 그리고 닥털이 그놈을 죽여줄 수도 있잖아? 나도 바보 멍청이가 되겠지만 일단 숨을 쉬고 싶었다. 학교는 내 숨통을 조이도록 프로그래밍된 곳이었다. 초등학교 4학년 때부터 알고 있었던 걸 지금까지 억지로 버텨온 게 잘못이었다.

그놈은 나를 궁지로 모는 존재이기도 했고 나를 지켜주는 존재이기도 했다. 한 가지 분명해진 사실은, 그놈을 죽여버리지 않으면 내가 이 별에서 살아가기가 불가능하다는 것이었다. 잊고 있었다는 듯 그놈이 길길이 날뛸 때도 고통스러웠지만, 이젠 잠잠할 때도 힘들었다. 나는 닥털과 상담할 때 강력히 요청해볼 작정이었다. 리탈린을 더 세게 처방해달라고.

134340과 걷는 것은 둘이 함께할 수 있는 처음이자 마지막 여행 같았다. 우리는 카론을 데리고 담배를 피우며 방향 없이 걸었다. 초록색 고물 트렁크도 한 세트처럼 따라붙었다. 트렁크는 왜 끌고 나가냐고 하자 134340은 말했다. 언제든 이 별을 떠날 거니까. 먹고 싶은 게 있냐고 물었더니 카론의 사료가 떨어졌다고 했다. 고개 숙여 카론에게 입 맞출 때 가느다란 목덜미의 푸른 핏줄이 도드라졌다. 며칠 굶은 건 카론이 아니라 134340 같았다. 가는 길에 동물병원을 발견하고 카론에게 줄 자묘용 사료 1.5킬로그램을 사서 트렁크에 넣었다. 남은 돈은 134340 몰래 사료 밑에 넣었다. 입원 전 특별 보너스로 란에게서 받은 돈은 그렇게 썼다.

얼마나 걸었는지 땀으로 겉옷까지 푹 젖었다. 몸에서 땀 냄새가 났다. 신경 써서 깨끗한 옷으로 갈아입고 나왔는데 소용없었다. 란은 옷을 자주 갈아입으라고 습관처럼 말하지만 쓸데없는 잔소리다. 갈아입을 때뿐인걸 뭐.

―더 걸을 수 있어?

134340이 멈춰 서더니 옷소매로 내 턱에 매달린 땀방울을 훔쳐내고 물었다.

―어.

―언제까지?

―별이 뜰 때까지.

―이미 별은 떴는데?

134340의 손가락은 먼 우주의 어느 한 곳을 가리켰다. 초저녁 별 하나가 가물가물 빛을 내고 있었다.

―그럼 별이 질 때까지.

134340은 딱따구리처럼 웃었다.

길은 어디로든 뻗어 있었고 길게 길게 이어졌다. 누가 앞서지도 뒤서지도 않은 채 134340과 나는 발길이 향하는 대로 걸었다. 세상이라는 던전에서 만신창이가 된 거구의 사내놈과 태양계 행성에서 퇴출된 별로부터 온 펑키 머리 소녀, 그 소녀의 위성인 작고 까만 고양이, 그 뒤를 덜덜거리며 따르는 초록색 여행용 고물 트렁크. 이렇게 이상한 세트로 묶여 끝없이 걷다가 한꺼번에 50억 광년 너머의 그 별로 사라지고 싶기도 했다.

―잠깐.

아파트 단지 산책길에서 하천 쪽으로 내려갈 때였다. 걸음을 멈추고 134340의 어깨를 잡았다.

―응?

나는 134340의 뺨에 재빨리 키스했다. 가슴이 터질 것 같았다. 나로서는 무지막지한 용기를 냈기 때문이다. 어쩌면 처음이자 마지막 용기일 수도 있었다. 134340은 까치발을 들어 내 머리를 쓰다듬고는 경사로를 내려갔다. 자그마한 뒷모습이 곧 사라질 것처럼 위태로워 보였다.

어둠은 점점 두터워졌다. 밤하늘에 드문드문 희미한 별이 돋았다. 가로등 불빛이 점점이 이어진 하천변을 134340과 나는 말없이 걷기만 했다. 이것이 소행성 134340으로 가는 길이라면…….

별이 질 시간이 다가오고 있었다.

4

병원 지하 편의점에서 캔 커피 두 개와 과자 몇 봉지를 사고 건너편 만화방에 들렀다. 이틀 전 빌렸던 강풀의 『순정만화』 1, 2권을 반납하고 『그대를 사랑합니다』 1~3권을 빌렸다. 『순정만화』는 별로 볼 만한 게 없어서 빌렸는데 뻔한 얘기면서도 그럭저럭 재미있었다. 표지를 보니 『그대를 사랑합니다』는 노인들의 사랑 이야기인 것 같았다. 제정신으로 들어와도 왠지 나사 하나가 빠져서 나갈 위험이 있는 곳에서는 감동 스토리로 마음을 한 번씩 휘저어놓는 것도 나쁠 건 없겠지. 만화방엔 환자복을 입은 어린애 두 명과 역시 환자복을 입고 목발을 짚은 남자 하나가 만화책을 이것저것 꺼내 보고 있었다. 보호자인 듯한 아줌마 둘은 조용

조용 얘기를 나누다가 유리문 밖으로 의미 없는 눈길을 보내곤
했다.

—여기서 좀 쉬었다 갈까?

내 뒤를 졸졸 따라다니던 남자 간호사가 말했다. 내가 안정병
동 밖으로 나올 때 보호 의무를 맡은 간호사였다(말이 보호지 실
은 감시였다). 나는 대답 대신 테이블에 만화책을 놓고 의자에 앉
았다. 간호사는 안정병동을 나보다 더 지루해하는 것 같았다.

비닐봉지에서 캔 커피를 꺼내 그에게 하나 건넸다.

—병원엔 자원 입원했다며?

고맙다는 말도 없이 캔 커피의 꼭지를 따며 그가 물었다. 나는
만화책 1권의 표지를 넘겼다.

—니 안에 어떤 놈이 산다는 게 진짜야?

빌어먹을, 닥털과의 상담 내용을 모두가 공유하고 있는 모양이
었다. 고해성사나 마찬가진데 이래도 되는 거야?

—올라가죠.

나는 만화책을 덮었다. 그놈이 비위가 상했는지 속이 메스꺼웠
지만 더 이상의 반응은 없었다. 약발은 확실히 먹히고 있었다. 입
원하자마자 매일 두 번씩 꽤 많은 약을 복용해왔는데 강도가 세
긴 센 모양이었다(가공할 리탈린은 두 알씩이나 되었다). 매일 머
리가 아팠지만 학교에 갈 때보다는 나았다. 병원에서 보름 넘게
지내는 동안 간호사와 단 한 번의 트러블도 없었다. 안심할 일은

아니었다. 그놈이 어디 조용히 물러설 놈이야? 한동안 죽은 듯 얌전히 있다가 갑작스레 나를 교실 바닥에 기절시켜 개망신을 당하게 만든 게 그놈이었다.

간호사와 지하에서 에스컬레이터를 탔다. 1층 수납 창구의 벽시계가 오후 2시를 넘어서 있었다. 토요일. 점심때가 지나면 수와 란이 올지도 모른다. 두 사람은 주말마다 면회를 왔다. 오늘 온다면 세 번째였다. 내 주치의이자 소아청소년정신과 과장은 틀림없이 장기 입원이 필요하다고 할 것이다. 상담 때마다 내가 그놈 얘기를 했으니까. 어떻게 된 정신과 닥털이 소심하기 짝이 없었다. 내가 그놈 얘기만 꺼내면 듣는 대로 차트에 마구 휘갈겨 적는 걸 한두 번 본 게 아니다.

뭐 어쨌건 상관없었다. 내 목적은 리탈린에 찌들어 하루빨리 천재에서 바보가 되는 것이었다. 학교는 자퇴하기로 합의했다. 출석 일수가 모자라면 퇴학 처리가 돼 수와 란, 닥털이 내린 결론이었다. 자퇴 결정을 하고 나서 란은 나에게 축하한다고 말했다. 어금니를 빠득 깨물고 한 말이었지만 그런 농담은 괜찮았다. 수는 집이라도 무너진 것처럼 참담한 표정을 감추지 못했다. 내 아버지가 된 이후로 끊임없이 날 괴롭혀왔지만, 지금 생각하면 겪지 않아도 될 고통을 겪은 사람이기도 했다. 자기 핏줄도 아닌 놈 때문에 돼먹지 않은 인간들 앞에서 무릎을 꿇는 굴욕까지 당했으니 말이다. 몇 달 전 이 병원 신경정신과에서 우울증 진단을 받고 약을 복용 중이라고, 란이 말해주었다. 나 때문이란 거야? 하고 열을 냈지만 나 아니면 누구 때문이겠어. 하지만 수가 나에게 한 잘못을 생각하면 결국 기브 앤 테이크였다. 준 만큼 받았을 뿐이라는 얘기다. 사칙연산 고문부터 길을 잘못 든 거라니까.

나는 소아청소년정신과 안정병동 생활에 대충 만족하고 있었다. 아니면 어쩌게. 무엇보다 학교에서 자율 퇴출되었으므로 더 이상 뭘 바라거나 거부해서는 아니 될 일이었다. 소원을 이루었는데, 나도 그런 정도의 염치는 있었다. 복학 문제는 닥치면 그때 부딪치기로 했다. 미리 걱정하는 것만큼 어리석은 일이 어디 있어. 기적이 일어나 학교가 달라지거나 내가 달라진다면 복학을 고려해볼 수도 있겠지.

내 인생의 고난이 여기서 끝날 리야 없겠지만 어떤 식으로든 문제는 해결될 것이다. 좌충우돌 맞서다가 안 되면 피해 가고, 피해도 안 되면 누군가에게 구원을 요청하면 된다. 십중팔구는 또 란을 부르겠지만(몬스터 D를 경멸했지만 어쩌면 나도 마마보이일지 모른다). 나는 밑도 끝도 없는 믿음으로 마음이 편안했다. 빌어먹을 리탈린 덕분이지 뭐. 134340과 걸을 때 그랬던 것처럼, 어디로든 길은 나 있게 마련이다. 그렇게 걷고, 걷고, 계속 걸어가는 거다. 세상이라는 던전에서 어떤 몬스터들을 만나게 될지는 내 운이고. 설마 지금보다야 낫지 않겠어? 그놈도 언젠가 늙어 힘이 빠질 때가 오겠지. 그렇지 않은 경우는 상상하고 싶지도 않았다.

안정병동 휴게실로 갔다. 병실은 갑갑했고, 하루 종일 멍때리고 있는 우울증 환자들 옆에 있는 게 싫었다. 나도 리탈린과 함께 우울증 약을 먹고 있지만, 정말 세상엔 무시무시하게 우울한 사람들이 많은가 보다. 휴게실에서 할 일은 없었다. 피아노가 있었지만 치고 싶지 않았다. 아니마를 죽여버린 이후 피아노를 만져본 적도 없었다. 무기 아이템도 만들지 않았다. 즉, 모든 게 정지 상태였다.

안정병동에서는 무기 아이템뿐만이 아니라 간단히 뭘 만들고 싶어도 그럴 수 없었다. 금지 사항이 많았기 때문이다. 금지 사항에는 소지품에 대한 것도 있었다. 뾰족하거나 날카로운 형태로 된 물건과 끈 같은 것을 소지할 수 없었다. 칼은 물론 면도기, 옷 길이도 인 되었고, 볼펜이니 스프링 노트도 쓸 수 없었다. 아무것도 가지고 있지 말라는 얘기지 뭐. 자살 방지를 위한 규칙인 것 같았다. 그런 규칙들과는 무관하게 환자들 중에는 당장 죽고 싶다, 라고 얼굴에 써 붙이고 다니는 사람들이 많았다.

휴게실에 나와 있는 환자들은 열 명쯤 되었다. 탁구를 치는 두 남자 말고는 모두 의자를 하나씩 차지하고 뿔뿔이 흩어져 있었다. 정신머리를 침대 머리맡에 두고 나온 듯 멍한 환자들은 책 읽는 여자와 혼자 바둑 두는 남자를 무료하게 바라보았다. 책 읽는 여자는 지독하게 예민해 보였다. 나보다 먼저 입원한 환자는 두 사람뿐이었다. 그럴 수밖에 없었다. 일주일 입원비와 진료비가 50

만 원. 아무나 감당할 수 있는 액수가 아니라 웬만한 사람들은 일주일 이상 입원을 하는 경우가 드물었다. 나는 들어오고 싶을 때 들어와 나가고 싶을 때 나갈 수 있으니 좀 사는 수와 란에게 감사라도 해야 하나?

흰 플라스틱 의자를 들고 창가로 가 앉았다. 이제 내가 할 일은 편의점에서 사 온 과자를 씹으며 창밖을 내다보는 것뿐이었다. 창밖으로는 병원 정문이 내려다보였다. 창가에 앉아 있으면 아는 얼굴들이 하나둘 정문으로 들어오는 게 보였다. 물론 정말 그렇다는 얘기는 아니다. 나를 보러 오는 사람은 수와 란밖에 없으니까. 리탈린에 취해 바보가 되어갈수록 사람들이 보고 싶었다. 가장 보고 싶은 건 눈치 100단, 기분 맞추기 500단인 독고찬. 잔대가리를 너무 굴려 패기도 많이 팼지만 그만큼 생각도 많이 났다. 돌이켜 보면 독고찬은 나에게 없어서는 안 될 존재였다. 찬 아니면 내가 누구와 놀고 누구에게 화풀이를 했겠어. 찬은 아주 가끔이지만 귀여울 때도 있었다. 코알라처럼 빠끔 눈을 뜨고 엉뚱한 질문을 한다거나 생각지도 못한 명언을 나불거릴 때가 그랬다. 무기 아이템은 박살 낼 게 아니라 찬에게 줄 걸 그랬다. 돈 밝히는 녀석이 횡재한 듯 좋아했을 텐데.

이해할 수 없는 건 (상상일 뿐이지만) 병원 정문으로 들어오는 사람들 중에는 말도 안 되는 인물들이 있다는 거였다. 주머니곰과 날라리뽕 신부. 리탈린이 내 머리통을 마비시키는 게 분명하다니까. 그들을 떠올리면서 그렇게 짜증 나지 않는 걸 봐도 그랬다. 그리고 뭐, 따지고 보면 존경할 만한 면이 전혀 없지도 않았다. 빌어먹을 유전자를 가지고 태어나 교사나 신부가 되었으니 얼마나 이를 악물고 살았겠어. 그놈을 죽여버렸는지 그놈과 화해를 했는지 한번 물어볼 걸 그랬나? 주머니곰이 마지막으로 했던 말이 생각났다. 그놈이 누구라고 생각하냐? 언젠가 주머니곰을 보면 한번 물어봐야겠다. 당신에게 그놈은 누구였냐고. 날라리뽕 신부는 알고 있으려나? 신하고 통하는 사람이잖아.

주머니곰과 날라리뽕 신부의 뒤를 이어 병원으로 들어서는 인물은 몬스터 D였다. 아무리 내가 리탈린 때문에 맛이 가는 중이라도 그렇지, 말이 되나? 하긴 말이 안 될 것도 없었다. 지금까지 알았던 녀석들 중에 내가 몬스터 D만큼 가장 오래, 가장 많은 관심을 가졌던 녀석도 없으니까. 그래도 보고 싶기까지 하다니, 정상이 아니라는 얘기였다. 일생의 원수 같았던 놈이 보고 싶다니 말이다. 몬스터 D는 바로 옆에 앉았던 거구의 원수가 사라져 속이 시원하려나? 어쩌면 좀 허전할지도 모르겠다. 그 녀석도 나에게 가장 오래, 가장 많은 관심을 가지고 살아왔을 테니까. 지금은 모의고사 1등급에서 미끄러지지 않기 위해 잠을 잘 때도 바짝 긴장한 자세로 각을 잡고 자겠지. 알고 보면 나만큼 불쌍하거나 나보다 더 불쌍한 녀석이다.

몬스터 D의 뒤를 이어 병원으로 들어오는 사람은 없었다.

134340도 본 적이 없다. 당연했다. 134340은 곧 명왕성으로 가게 될 테니까. 어쩌면 벌써 먼지만큼 작아져 지구에서 사라졌는지도 모른다. 한때는 나도 134340과 함께 별로 가고 싶었지만 이제는 그런 생각을 하지 않는다. 50억 광년 너머의 별로 간다는 거, 웬만큼 용기가 있지 않고는 할 수 없는 일이다. 덩치만 컸지 나는 졸라 겁 많은 놈이다. 창선고등학교 1학년 1반 몬스터들을 찌질하다고 욕했지만, 소심하기로 치면 내가 그 자식들보다 조금도 뒤지지 않을걸?

어제는 꿈에 134340이 나타났다. 소매가 긴 하얀 원피스를 입고 반들반들 새까만 카론을 한 손에 안은 채 나에게 맨발로 걸어왔다. 길게 자라난 머리카락은 여전히 노란색이었고 눈부시게 빛났다. 134340은 나를 보고 웃으며 말했다. 완벽하게 새로운 하루가 밝았어. 전혀 다른 세계가 나를 기다리고 있어. 나는 그 세계와 순수하게 어울리는 소리를 낼 수 있어. 아주 기쁘고 경건한 마음으로 그 세계의 일부가 될 거야. 그리고 매일 노래를 불러야지. 내 영혼이 축제처럼 깨어나는 노래를……. 134340은 카론을 다른 한 손으로 바꿔 안고 뒤돌아 걸어갔다. 뒷모습이 조금씩 지워졌다. 내가 손을 뻗었을 때 134340의 모습은 완전히 사라졌다. 나는 눈을 떴다. 그리고 양쪽 눈꼬리를 따라 주르륵 눈물이 흘러내렸다.

병원 정문으로 수와 란이 들어오는 게 보였다(이건 상상이 아니다). 이번에도 독고찬을 데려오지 않았다. 다음엔 달고 오라고 해야지. 무서워할 거 없잖아. 전염병으로 입원한 것도 아닌데. 찬이 오면 녀석이 좋아하는 〈시크릿〉을 연주해줘야겠다. 진지한 표정으로 피아노 소리에 귀를 기울일 녀석을 상상하니 웃음이 나왔다. 아, 한 가지 란에게 사달라고 할 게 있다. 천체망원경. 태양계 행성에서 퇴출된 명왕성을 찾아본다고 하면 코웃음을 치겠지? 하지만 란은 결국 나에게 천체망원경을 사줄 것이다. 기가 센 것처럼 굴지만 한 번도 나를 이겨본 적이 없고 돈도 많으니까.

수와 란의 모습이 시야를 벗어났다. 조금 있으면 안정병동으로 올라와 면회 신청을 할 것이다. 오늘은 앞으로의 다짐이나 복학 얘기를 꺼내도 아무 말 말고 있어야지. 사람 마음이 어떻게 변할지는 아무도 모른다는 둥, 결말을 아는 인생은 없다는 둥 말대꾸를 했다간 천체망원경이 아예 물 건너갈 수도 있으니까.

빌어먹을, 나는 아직까지는 천재다. 내 안에서 그놈이 힘없이 킥킥 웃는 소리가 들렸다.

마지막 원고지를 앞에 놓고 나는 한 번도 깎지 않은 연필을 손에 쥔 것처럼 난감하다. 소년은 아직 황량한 던전에서 '그놈'에게 이끌려 다니는데……. 마침표를 찍을 수 없는 이야기를 너무 섣부르게 해버리고 말았다. 작가로서의 욕망은 때로 이기적이고 무책임하다. 나는 그 벌을 받느라 오랫동안 이 책을 들춰보지 못할 것이다.

내가 가장 사랑했고 지금도 가장 사랑하며 앞으로도 가장 사랑할, 나의 영원한 소년. 거구인 그의 몸과 뛰어난 두뇌, 예술적 감성과 재능, 그 안의 '그놈'만 빌려 왔을 뿐이라고 연막을 쳤으나, 하루에 한 바닥씩 소설이 흘러나갈 때마다 나는 오그라든 두 손을 감추어야 했다. 결국 소년의 그림자는 내 손끝에 깔려 있었으므로.

『그놈』을 쓰는 내내, 모든 문장 뒤에 나는 안감을 대듯 간절한 바람을 덧대었다. 누구나 자기 안에는 '그놈'이 산다. 운이 좋아 그놈이 순하게 엎드려 있든, 운이 나빠 그놈이 거칠게 사지를 뒤틀든. 누군가 '그놈'으로 인해 마음속 어둠이 번식하고 있을 때, 우리는 그에게서 눈길을 거두는 대신 따뜻한 밥 냄새 같은 신호를 보내야 한다. 너를 이해해. 너는 혼자가 아니야.

『그놈』은 나에게 불안하게 박동하는 초록색 심장과 같다. 나는 소년을 보듬듯 이 소설을 둥글게 둥글게 보듬을 것이다. 독자들에게 쿨하게 보내버리기엔 아직은 안타깝고 애틋하다.

조금이라도 덜 부끄러워지기 위해 작가의 말은 짧아야만 한다. 소년이 던전에서 돌아올 때까지, 나는 작게 오므린 괄호 속에 들어앉아 어느 드라마의 제목을 표절한 두 마디의 돌림노래를 하고 있어야 할 것이다.

미안하다, 사랑한다…….

창밖 동쪽 하늘엔 슈퍼문이 붉게 타오르고 있다.

석 달간 변함없는 응원을 보내며 인터넷 연재 마라톤을 함께 완주해주신 네티즌 독자 여러분들께 진심을 다해 감사드린다. 협조엔 무심하고 이것저것 까다롭기만 했던 나를 한결같은 웃음으로 대해주신 사태희 부장님과 윤민혜 씨에게도 차곡차곡 모아두었던 고마움을 전한다.

2012년 봄과 여름 사이에

박 선 희

* 이 책이 집필된 시간의 한 부분을 만해마을에서 보냈습니다. 매일 세 끼의 밥을 맛있게 지어주신 보살님께 감사드립니다.

새로운 세대와 소통하는 자음과모음 청소년문학

이야기의 힘을 믿는 우리 시대 청소년들과
문학을 통한 재미와 감동, 사색의 시간을 함께 나눕니다!

성인식 | 이상권 소설집

소년은 어느 순간에 청년이 되고 어른이 되는 걸까. 마지막으로 소년 혹은 소녀였던 때를 기억하지 못하는 사람들과 현재 성장기 한가운데를 통과하고 있는 청소년들에게, 아동청소년문학의 대표작가 이상권이 들려주는 다섯 편의 성장기.

남쪽에서 보낸 일년 | 안토니오 콜리나스 장편소설

★ 서울시교육청 추천도서

스페인 평단에서 '미학 교육을 위한 소설'이라는 평가를 받았으며, 예술과 삶, 사랑에 관한 모든 테마를 깊이 있게 살펴볼 수 있는 성장소설이자 미학소설. 고등학생 하노의 한 학년 동안의 삶을 케텔비의 음악, 만테냐의 그림, 릴케의 시 등 여러 예술 장르를 아우르며 유려한 언어와 시적인 문체로 그려냈다.

비너스에게 | 권하은 장편소설 ★ 한국도서관협회 우수문학도서

청소년소설에서 금기시돼왔던 동성애를 정면으로 다루는 권하은 작가의 소설. 주인공 소년은 사랑과 미의 여신인 비너스에게 보내는 편지에서 자신과 친구들의 이야기를 털어놓으며 혼란스러운 내면을 치유하고 성장한다. 청소년뿐 아니라 성인까지 모두 공감할 만한 이야기이다.

나의 고독한 두리안나무 | 박영란 장편소설

★ 한국도서관협회 우수문학도서

엄마의 교육열로 무리하게 필리핀으로 유학 온 유니스는 엄마와 연락이 끊기면서 이른바 '버려진 신세'가 된다. 그럼에도 엄마를 이해하려 애쓰며 마을 가장 높은 곳에 있는 두리안나무숲을 찾아가서 위안을 얻는다. 엄마에게 버림받았지만 마냥 어둡지만은 않은 사춘기 소녀의 심리를 서정적으로 잘 풀어냈다.

날아봐, 슈퍼맨 날아봐! | 안나 커즈 장편소설

사고로 아빠를 잃은 후 엄마와 함께 새로운 도시로 이사를 가게 된 상처투성이 제레미. 그런 제레미의 상처를 치유해준 것은 골칫덩이 아론이었다. 제레미가 조금은 특별한 친구 아론과 함께 애벌레를 관찰하며 벌어지는 가슴 따뜻한 감동과 유머, 드라마, 서스펜스가 녹아 있는 성장소설.

오늘의 할 일 작업실 | 김혜진 장편소설

입시를 앞둔 중·고등학생들의 성장의 순간에 주목했다. 주인공 초우는 사촌 오빠가 다녔던 화실을 찾아가 그림을 시작하면서 비로소 미술이 자기가 하고 싶어 했던 일이라는 것을 깨닫는다. 사춘기 소녀가 가진 불투명한 삶에 대한 고민과 괴로움을 작업실을 통해 드러내고 해결하고 있다.

고마워하지 않을래 | 클로딘 르 구이크프리토 장편소설

두 다리는 마비되고, 한 팔을 쓰지 못하는 테오는 12년 동안 당연하게 받아들인 타인의 도움을 이제는 그만 받기로 한다. 하루 종일 자신이 말하는 '고마워요'의 횟수를 통해 성공과 좌절을 맛보는 테오의 솔직담백한 내면이 섬세하게 그려졌다. 장애 아동을 대하는 주변 사람들의 균형 잡힌 시각이 돋보인다.

하늘을 달린다 | 이상권 장편소설 ★ 문화체육관광부 우수교양도서

우리나라 대표 생태문학 작가, 이상권의 장편소설이다. 짝짓기 시기가 된 암컷 딱새 '하늘눈'은 '번개부리'와 함께 인간들이 버리고 간 벌통에 그들만의 터전을 마련하지만, 다른 새들이 시시때때로 그들을 노린다. 작가는 새 한 마리 한 마리의 삶을 통해 사랑, 생명, 자연을 이야기한다.

하프라인 | 김경해 장편소설

스트라이커로서 축구 인생을 시작하지만 열등감과 끊임없는 경쟁의식에 시달리는 축구 소년의 성장스토리. 골에 대한 강박관념은 오히려 주인공에게 계속되는 부상과 마음의 상처를 안겨준다. 실패와 좌절을 맛보는 과정을 통해 주인공은 비로소 진정한 어른으로, 또 축구선수로 성장한다.

정의의 이름으로 | 양호문 장편소설

성적 외에는 관심을 두지 않는 엄친아 주인공이 친일파 청산 문제를 접하면서 조금씩 성장한다. 작가는 역사왜곡과 역사정의에 관한 문제를 청소년들과 함께 고민해 보고 싶다고 말했고, 이 책을 통해 '일제강점기의 잔재 청산'에 대한 간접적인 경험을 선사한다.

불량청춘 목록 | 박상률 장편소설

진식은 어느 것 하나 빠지지 않는 모범생 반장이다. 하지만 버섯즙 패거리는 진식과 진식의 친구 현우에게 계속 시비를 걸어온다. 급기야 주유소 습격 사건, 현우의 여자친구인 은빈이를 납치하는 일까지 벌이는데…… 불량청춘들의 진짜 싸움은 주먹이 아니라 자기반성과 성찰임을 보여준다.

다이어트 학교 | 김혜정 장편소설

살을 빼고야 말겠다고 독하게 결심한 홍희는 다이어트 학교에 들어간다. 하지만 목표 체중에 도달하지 못하면 '나는 돼지다. 하지만 사람이 될 거다!'라는 구호를 외쳐야 하고, 금식령이나 독방령이 선포되기도 한다. 정말 다이어트를 위해 모든 것을 포기해도 되는 걸까?

라구나 이야기 외전 | 박영란 소설집 ★ 서울시교육청 추천도서

필리핀 라구나에서 외로움과 슬픔의 시간을 딛고 진정한 자신과 마주하는 일곱 인물들의 이야기이다. 이야기의 배경이 되는 라구나에서의 삶은 누군가에게는 타국이라는 낯선 일상이기도 하고 또 다른 누군가에게는 가까이 하기엔 너무나도 먼 이상을 꿈꿀 수밖에 없는 현실이기도 하다.

지하세계 아이들 | 프랑수아즈 제 장편소설

★ 한국간행물윤리위원회 청소년권장도서

가까운 미래, 지상은 경찰력이 유지하고 하수구에는 고아 패거리들이 살아간다. 이리엘은 부모를 잃은 소녀지만 다른 버려진 아이들을 돌보며 삶의 희망을 잃지 않는다. 어느 날 이리엘은 은신처를 발각당해 아이들과 헤어지고……, 세상에는 혁명의 기운이 감돈다.

시간을 파는 상점 | 김선영 장편소설

★ 제1회 자음과모음 청소년문학상 수상작

시간의 양면성을 재미있게 엮어낸 성장 소설. 온조는 인터넷 카페에 '시간을 파는 상점'을 오픈해 자신의 시간으로 손님들의 어려운 일을 대신 해준다. 옆 반에서 일어난 PMP 분실 사건을 시작으로 상점을 통해 의뢰 받은 각각의 사건들을 해결하며 온조는 우리에게 주어진 시간의 의미를 깨닫는다.

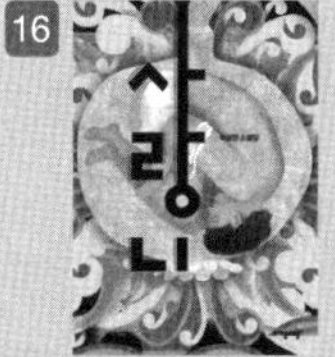

사랑니 | 이상권 소설집

폭력의 당위에 온몸으로 질문을 던지며 저항하는 다섯 편의 이야기. 어른이 된다는 것은 사랑니가 주는 치통을 참아내는 연습과 비슷하다. 사랑니와 눈물겨운 사투를 벌이던 진우는 그제야 자궁 속 사랑니로 아파하던 여자 친구의 고통과 마주하는 자신을 발견하게 된다.

그놈

© 박선희, 2012

초판 1쇄 인쇄 2012년 5월 24일
초판 1쇄 발행 2012년 6월 8일

지은이   박선희
펴낸이   강병철
주간   정은영
편집   사태희 윤민혜 이미현 박영숙
디자인   이영민 김희숙
제작   고성은 김우진
마케팅   조광진 장성준 이도은 박제연
홍보   전소연 김우리
E-사업부   정의범 조미숙 이혜미

펴낸곳   ㈜자음과모음
출판등록   2001년 5월 8일 제313-2001-259호
주소   121-840 서울 마포구 서교동 396-33번지
전화   편집부 02) 324-2347 경영지원부 02) 325-6047
팩스   편집부 02) 324-2348 경영지원부 02) 2648-1311
이메일   jamoteen@jamobook.com
홈페이지   www.jamo21.net

ISBN 978-89-544-2728-9(43810)